MARC TRÉVIDIC

AHLAM
oder Der Traum von Freiheit

ROMAN

Aus dem Französischen
von Regina Keil-Sagawe

KINDLER

Die Originalausgabe erschien 2016
unter dem Titel «Ahlam»
bei Éditions Jean-Claude Lattès in Paris.

1. Auflage September 2016

Satz Garamond PostScript, InDesign,
bei Pinkuin Satz und Datentechnik, Berlin
Druck und Bindung
CPI books GmbH, Leck, Germany
ISBN 978 3 463 40678 7

AHLAM
oder Der Traum von Freiheit

ERSTES KAPITEL

Am 2. Januar 2000 kurz vor Mittag ging eine weiße Gestalt von Bord der Fähre *El Loud*. Der Hafen von Sidi Youssef lag verlassen da. Keine Hochsaison, «Saison der Schafe», wie die Einwohner der Kerkennah-Inseln die Touristen, vor allem die Engländer, gern nannten. Denn die Engländer kommen in größeren Scharen und sind noch weißer als die anderen.

Der Mann im Leinenanzug war kein Engländer, sondern ein Franzose. Auf dem Kopf trug er einen roten Panamahut, Modell Fedora, mit schwarzem Baumwollband. Vom Deck der Fähre aus hatte er die Insel mit dem Blick umfangen. Was er sah, mochte er sofort. Kein märchenhaftes Dekor, keine schroff aufragenden Berge, keine silbern flirrenden Wasserfälle, nur flaches Land. Paul Arezzo brauchte die Weite, die Ebene. Es gefiel ihm, dass nichts in die Höhe ragte. Das Schiffsdeck war der höchste Punkt des gesamten Archipels, höher noch als der Turm von Melitta und das Minarett der Moschee von Remla. Und von dort hatte er schon einmal sein neues Universum überschaut, dieses tunesische Arizona, an das er sich kaum noch erinnerte, denn er war damals erst neun gewesen.

In diesem früheren Leben hatte er vermutlich dieselbe Fähre genommen. Als sie sich dem Hafen näherten, hatte sein Kinderherz wild zu pochen begonnen. Der Reiz des

Neuen war stärker als die Erschöpfung nach den Strapazen der Reise gewesen, und er hatte die Hand seiner Mutter oder seines Vaters fest umklammert. Das war jetzt nicht der Moment, sie zu verlieren.

Siebzehn Jahre später präsentierte sich Kerkennah mit derselben Nonchalance, denselben flachen und salzigen Ebenen, diesen alles einnehmenden *sebkhas*, und noch immer mit diesen geisterhaften Palmen in großen Abständen, die ständig auf der Suche nach Wasser waren. Denn Kerkennah, von Wasser umschlossen, litt grausam unter Wassermangel. Das Paradox der Salzwasserinseln. Alles war salzig, viel zu salzig, sogar der Wind.

Paul Arezzo nahm sich ein Taxi. Er wechselte nur wenige Worte mit dem Fahrer.

«Können Sie mir ein Hotel in Remla empfehlen?»

«In Remla? Wollen Sie nicht lieber an die Küste?»

«Im Moment ist mir Remla lieber. Später werde ich dann sehen.»

«Na ja, in Remla gibt's nur ein einziges Hotel, und das ist nicht für Touristen.»

«Umso besser.»

Die Straße war schnurgerade und eben. Paul sah die Palmen vorbeidefilieren. Dromedare tauchten auf, hinter Hitzeschleiern schwebend. Dann kam Melitta, mit seinen ockerfarbenen oder weißen Häusern, dann der römische Damm zwischen den Inseln Gharbi und Chergui und der Eindruck, das Meer könne in jedem Moment das ganze Archipel verschlingen.

Das Taxi hielt vor dem Hotel Al Jazira, im Zentrum von Remla. Der Empfangschef stellte Paul eine Frage, an die dieser nicht gedacht hatte. Es war ja nur logisch, und überdies Vorschrift, dass ein Empfangschef einen Hotelgast danach fragte, wie lange er zu bleiben gedenke. Paul dachte eine Weile nach, aber ihm fiel keine befriedigende Antwort ein.

«Wenn Sie es noch nicht wissen, macht das ja nichts. Sie sagen es mir, wenn Sie so weit sind. Seien Sie uns herzlich willkommen.»

Das Zimmer war klein, aber reinlich. Ein Tisch, ein Stuhl, ein Bett, ein Wandschrank. Paul zog Jacke und Schuhe aus und legte sich hin. Er schloss die Augen und schlief tief und fest. Als er aufstand, war es schon dunkel. Draußen war die Stadt aus ihrer Betäubung erwacht. Die Straßen waren voller Menschen, die vor den Häusern und Läden saßen, und auf den Terrassen der fünf Cafés von Remla. Paul hätte seinen roten Panamahut im Hotel lassen sollen. Er brauchte ihn nicht, und die Leute hatten nur Augen für ihn. Aber jetzt war es zu spät. Die Kerkennis würden nie mehr nach seinem Namen fragen. Er war der Franzose mit dem roten Hut.

ZWEITES KAPITEL

Paul würde dem Empfangschef niemals sagen, wie lange er bleiben wollte, aber er blieb. Er hätte anderswo mehr Komfort finden können, wenn er gewollt hätte. Doch der fehlende Luxus, die Schlichtheit seines Zimmers und die Diskretion des Personals gefielen ihm. Ohnehin brachte er seine Tage damit zu, die Insel zu erkunden. Er hatte einen alten weißen Mercedes gemietet, den er an schwer zugänglichen Stellen einfach stehen ließ. Er ließ nicht eines der Fischerdörfer aus, nicht eines der zwölf Eilande, nicht einen Souk, keines der römischen Relikte, sei es Festung oder Zisterne, und keinen Strand, aber einen kompletten Monat lang hatte er kein einziges Mal die Lust verspürt, zu zeichnen oder zu malen. Dabei führte er ständig Skizzenbuch und Stift mit sich, falls die Lust zu malen jäh zurückkehren sollte. Umsonst. Die Lust war in Frankreich zurückgeblieben, hatte sich verflüchtigt, nicht anders als seine Geliebte. Die große Liebe, sie war dahin, und die schöpferische Freude war erstorben, war dem Bedürfnis gewichen, abzutauchen. Nichts vermochte sie zu wecken, weder der rote Schlick, der die Strände überzog, noch die Palmen noch die *sebkhas* noch das Meer, das in Küstennähe in Fanggründe parzelliert war wie in der Landwirtschaft. Auch die Fische auf den Marktständen verlockten ihn nicht, noch die grazilen flachbodigen Feluken der Fischer, und noch nicht einmal die schlanken, feingliedrigen Schönheiten der Kerkennah-Inseln.

Und dann sah Paul mitten im Februar plötzlich an der äußersten Spitze von El Attaya ein Dromedar durchs Wasser waten, um zur Insel Er Roumaida hinüberzugelangen. Nach und nach glitt das Tier immer tiefer ins Wasser, bis die Wellen seinen Bauch leckten. Unbeirrbar setzte es Schritt vor Schritt und tauchte schließlich wieder aus den Fluten auf, bekam wieder festen Boden unter die Hufe. Fast ohne nachzudenken, griff Paul nach seinem Skizzenblock und zeichnete die Szene. Noch am selben Abend packte er, zurück im Hotel, in seinem Zimmer seine Pastellstifte aus. Gegen Ende der Nacht hatte er die Farben zurückgewonnen, das Licht und die Reflexe. Er fühlte sich gut. Als er vom Frühstück wieder nach oben kam, begegnete ihm das Zimmermädchen, das gerade mit der Reinigung seines Zimmers fertig war. Die junge Frau schlug die Augen leicht zu Boden und deutete ein schüchternes Lächeln an.

«Wunderschön, Ihr Bild.»

«Danke! Wenn Sie wüssten, wie sehr mich Ihr Kompliment berührt. Bleiben Sie, gehen Sie nicht weg.»

Paul eilte in sein Zimmer und kam gleich darauf mit dem Bild zurück.

«Bitte, das ist für Sie.»

«Aber … aber … Nein, das kann ich nicht. Die Leute werden glauben …»

«Oh, Pardon, ja natürlich. Ich wollte Sie nicht in Verlegenheit bringen. Ich habe mir nichts dabei gedacht. Ich bin ja so glücklich. So gut habe ich mich seit langem nicht mehr gefühlt, seit …»

Das Licht in Pauls Augen erlosch. Die junge Frau merkte es sofort.

«Ach, wissen Sie, das ist doch nicht schlimm. Wenn Sie es an einer der Wände in Ihrem Zimmer aufhängen, dann sehe ich es jeden Tag.»

«Gute Idee. Und wenn ich abreise, lasse ich es einfach hängen.»

«Wissen Sie, warum die Dromedare das Meer durchqueren?»

«Ich schätze, weil sie auf eine der kleineren Inseln wollen.»

«Ja, um zu fressen. Auf Kerkennah gibt es kaum Nahrung für sie. Die mutigsten unter den Dromedaren gehen dorthin, wo die feigen sich nicht hintrauen. Sie werden mit frischem zartem Grün belohnt.»

«Und die Tunesier?»

Die junge Frau blickte nach rechts, blickte nach links, dann flüsterte sie:

«Bei Ben Ali sind es die Feiglinge, die gut zu essen haben. In Tunesien ist es besser, ein Dromedar zu sein.»

Paul ging zur Rezeption hinunter und fragte, ob er den an sein Zimmer angrenzenden Raum mieten könne.

«Erwarten Sie Besuch?»

«Nein, er ist für mich. Außerdem wäre es mir lieb, wenn Sie das Bett daraus entfernen könnten. Ich möchte dort nicht schlafen. Ich möchte dort leben, wiederaufleben.»

Paul musste lachen, als er die verblüffte Miene des Angestellten sah.

«Sofern Ihr Chef nichts dagegen hat, möchte ich in diesem Zimmer gern mein Atelier einrichten.»

Mohamed, der Hotelier, war einverstanden. Und sogar stolz. Seine Vorbehalte schmolzen beim ersten Blick auf das Pastell vom Dromedar, das ins Meer hineinglitt, dahin.

Paul flog nach Paris und kam eine Woche später mit einer beeindruckenden Menge an Material zurück. Er fuhr noch einmal sämtliche Etappen seiner ersten Inselerkundung ab. Er zeichnete den Anblick der Kerkennah-Inseln, wie er sich ihm erstmals vom Deck der Fähre aus geboten hatte, dann den Bauch des Fährschiffs, wie er sich öffnete und seinen Inhalt ausspuckte: an die hundert Passagiere, überwiegend Kerkennis, die zwischen Sfax und den Inseln pendelten, dazu Hühner, ein paar Schafe, drei Dromedare, vier Toyota-Pick-ups, zwei Mercedes-Taxis und seinen eigenen bis obenhin bepackten Allrad-Nissan. Ein Lkw mit Lebensmitteln und ein kleiner Kühltransporter waren auch mit dabei. Dann zeichnete er den Turm von Melitta inmitten spärlicher, magerer Palmen und die rundkuppligen Heiligengräber der Marabouts, die über die ganze Insel verstreut waren. Und vor allem das Meer zeichnete er, die kleinen Häfen, die Boote, die Fischer. Die Farbe des Wassers changierte in einem fort. Das Meer, hier sehr seicht, vermählte sich mit den Elementen. Ließ sich von jedem atmosphärischen Wandel anstecken. Es waren vorerst nur Skizzen, aus denen später einmal Bilder werden sollten. Ob Öl, Aquarell oder Pastell, das hing vom Motiv ab und von seiner Stimmung. Vielleicht würde er auch dasselbe Motiv dreimal malen? Das hatte er noch nie versucht. Eine Idee, die ihn interessierte. Welches wäre wohl die kraftvollste, die schönste Variante? Paul fühlte sich immer besser, wie ein löchriger Sandsack, der sich nach und nach seiner Bürde entledigt. Und außerdem, als er in Paris war, hatte er nicht versucht, sie wiederzusehen. Er war nicht rückfällig geworden.

Paul begann, Gedichte zu schreiben, sehr kurze Gedichte, manchmal nur einen Vers. Er versuchte, eines der Gedichte, das es ihm wert erschien, zu malen: *Pausenlos / vom Wind liebkost / umarmt, umtost / windet und wiegt / Kerkennah sich in den Schlaf.* Aus den schwellenden Segeln der Feluken, den sich wiegenden Palmen, der weißen Gischt, die sich über den Strand ergoss, sprachen Liebe, sinnliche Begierde und Kraft. Paul begriff, er hatte ein erotisches Bild gemalt. Und er begriff, dass es ihn danach drängte, Sex zu haben. Das Begehren war also auch zurück. Doch es war nicht die Zeit der Touristen, und Jagd auf einheimische Gazellen zu machen, das stand außer Frage. An der Bar des Grand Hotel traf er ein paar Europäerinnen, typische März-Urlauberinnen, die Ferien machen, wann es ihnen passt, keine Kinder und nichts gegen ein unverbindliches Abenteuer haben. Er warf sein Auge auf eine dünne Engländerin mit strahlendem Lächeln und charmantem Akzent und schlug ihr vor, ihr am nächsten Tag die Insel zu zeigen. Um neun Uhr holte er sie ab. Er führte sie bis ans Ende von Kerkennah, nach El Kraten, sah ihr feines blondes Haar im Winde wehen und dachte bei sich, auch schön. Im kleinen Fischereihafen von Ouled Kacem ließ er sie getrockneten Tintenfisch kosten, Gerstenschrot, Ringelbrasse und Rosinen. Er ließ sie *qêchem* trinken, Palmwein, den Nektar des Archipels. Abends lud er sie zum Dinner ins *Cercina* ein. Sie nahmen ein leichtes Mahl zu sich, er Rotbarbe, sie Seezunge. Als er sie ins Grand Hotel zurückbegleitete, flüsterte sie ihm zu, dass sie *a fabulous day* verbracht habe, ergriff seine Hand und führte ihn auf ihr Zimmer. Vier Tage verlebten sie miteinander, besichtigten die Insel, tranken, aßen und hatten Sex. Dann brachte er sie zur Fähre, küsste sie ein letztes Mal und blickte ihr nach, während ihr Schiff sich entfernte. Als die Fähre aus dem Hafen auslief, winkte sie ihm noch einmal kurz zu. Er fühlte, er war geheilt.

Ab Mitte April stellten sich bei Paul Besucher ein. Inzwischen wusste ganz Kerkennah, dass Paul Künstler war. Die Nachricht von seinem Ruhm war aus Sfax zu ihnen gedrungen. Ein Künstler von Weltruhm. Als Paul gerade mal siebzehn war, war ein Galerist mit Galerien in New York, Boston, San Francisco und Tokio vor dreien seiner Bilder in Saint-Paul-de-Vence wie vom Blitz getroffen stehen geblieben. Drei Porträts desselben Frauengesichts. Die Porträts waren identisch bis auf ein Element, das den Gesamteindruck nachhaltig veränderte. Form, Zuschnitt und Farbe der Augen, Wimpern, Brauen und Lachfältchen um die Augen, alles identisch, aber es war nicht derselbe Blick, nicht derselbe Ausdruck. Bei längerer Betrachtung stellte sich Unbehagen ein. Dem Künstler war es gelungen, wechselnde Gemütszustände durch Variationen des Blicks einzufangen. Ausgeprägt oder minimal, diese Variationen hauchten den Gemälden Leben ein, wie es der Amerikaner niemals zuvor gesehen hatte oder auch nur für möglich gehalten hätte. Er hatte darum gebeten, Paul kennenzulernen, der ihm noch weitere Versionen zeigte. Der Amerikaner hatte sie alle gekauft und weitere in Auftrag gegeben. Sechs Monate später war Paul Arezzo reich und berühmt.

Und nun war Paul Arezzo also auf Kerkennah, weit weg von Amerika, in einem etwas heruntergekommenen Hotel, und sein Leben spielte sich zwischen Schlafzimmer und Malatelier ab, einem Atelier, das ungefähr so groß war wie sein allererstes Atelier am Montmartre. Vielleicht hatte er unbewusst nach einem eng umgrenzten Raum gesucht, in dem er arbeiten konnte, einer Art Rückkehr zum schöpferischen Urquell?

Der erste bemerkenswerte Besuch war jener des Direktors des Bardo-Museums. Kaum hatte er Kenntnis von der außergewöhnlichen Anwesenheit eines Genies der Malerei auf Kerkennah erlangt, kam er aus Tunis angereist. Paul zeigte ihm bereitwillig alles, was er seit seiner Ankunft gemalt hatte, aber er lehnte jede Ausstellung für die nähere Zukunft ab. Der Imam der Altstadtmoschee von Remla machte ihm ebenfalls seine Aufwartung. Paul verstand nicht, was er von ihm wollte, aber er schätzte den gebildeten Mittsechziger, der zwanzig Jahre älter wirkte. Und dann waren da noch die wiederholten Besuche des *ômda.* Paul hatte keine Ahnung, was ein *ômda* war, und wäre schlecht beraten gewesen, ihn selbst danach zu fragen. Der ungemein korpulente Herr erging sich mit Baritonstimme in langen, von Spuckespritzern begleiteten Erklärungen. Wenn man ihn so hörte, so schien er alles zu managen, alles zu sein und alles zu vermögen, vorausgesetzt, die an ihn gerichteten Anfragen hielten sich in vernünftigen Grenzen. Jedes Dorf hatte seinen Ômda, als Mittelsmann zwischen der Bevölkerung und der Verwaltung, und da Remla eine Dreitausendseelengemeinde mit etlichen Behörden, einem Krankenhaus, einem Haus der Kultur und sogar einem Gymnasium war, war der Ômda von Remla ein äußerst wichtiger Mann, jedenfalls in seinen eigenen Augen.

Paul kannte noch nicht einmal seinen Namen. Er war der Ômda, und fertig.

Der Besuch des Polizeichefs von Remla fiel weniger angenehm aus. Er wollte unbedingt wissen, wie lange Paul auf dem Archipel zu bleiben gedenke.

«Ich weiß es ja selber nicht», antwortete der. «Gott allein weiß es.»

Arezzos ironischer Tonfall und seine letzte Bemerkung waren nicht nach dem Geschmack des Polizeichefs. Aber er hielt sich zurück. Wenngleich er hier auf der Insel die Allmacht des Ben-Ali-Regimes verkörperte, so war seine Macht doch nur auf die Tunesier beschränkt. Ein Franzose, noch dazu ein so berühmter, das war etwas ganz anderes. Der konnte ja womöglich schon am nächsten Tag Besuch vom Kulturminister oder einer anderen Autorität aus der Hauptstadt erhalten.

«Monsieur Arezzo, es ist eine Ehre für uns, Sie auf unserer Insel begrüßen zu dürfen, aber mein Vorgesetzter in Sfax hat mich gebeten, Sie daran zu erinnern, dass Touristen nicht länger als drei Monate bleiben können. Außerdem braucht man, wenn man arbeiten will, eine Arbeitserlaubnis.»

«Aber ich arbeite doch nicht, ich male. Das ist ein Zeitvertreib, ein Hobby.»

«Mit dem man viel Geld verdient.»

«Das stimmt, und ich finde, Geld hat auch seine guten Seiten, etwa, wenn es gilt, bürokratische Hürden zu nehmen. Zum Beispiel bin ich mir sicher, dass es gewaltige Kosten mit sich bringt, in Sfax eine Arbeitserlaubnis auszustellen. Zunächst mal die Überfahrt. Die Anfrage muss über das Meer hinüber-, die Genehmigung über das Meer herübertransportiert werden, und das, ohne unterwegs verlorenzugehen. Und jede Arbeit verdient ihren Lohn. Also, ich weiß zwar noch nicht, ob ich bleiben werde, aber im Falle, dass ich bliebe, wette ich, dass Sie einem Verehrer der Kerkennah-Inseln behilflich sein könnten hierzubleiben, um deren Schönheit zu malen.»

«Ähhhm … na ja … ehrlich gesagt, täte ich nichts lieber als das. Aber es ist zugegebenermaßen nicht ganz billig, wenn es schnell gehen soll. Und in Ihrem Fall muss es ja schnell gehen.»

«Bitte, erkundigen Sie sich doch bei Ihrer Präfektur in Sfax nach der Höhe der Spesen, die legitimerweise zu entrichten sind, wozu dann wohl noch diverse Steuern und Gebühren kommen, die ich zwar nicht kenne, die aber üblicherweise bei Behörden so anfallen.»

«Ah, Monsieur Arezzo, ich werde sehr schnell die nötigen Erkundungen einholen und Sie sofort informieren. Ich bin sicher, dass Sie schon in einer Woche ein sozusagen waschechter Kerkenni sein werden.»

«Daran hege ich keinerlei Zweifel. Wo ich mir doch schon gewisse … wie soll ich sagen? … tunesische Gepflogenheiten zu eigen gemacht habe.»

DRITTES KAPITEL

Paul Arezzo lernte Farhat Anfang Mai 2000 kennen. Farhat war dreißig und Paul sechsundzwanzig, aber kein Mensch hätte gedacht, dass sie nur ein paar Jahre auseinander waren. Paul hatte das Gesicht eines Jugendlichen, eine glatte Stirn, glatte Wangen, Arme und Beine, die etwas zu lang für ihn schienen. Er hatte nur wenige Falten um die Augen, und sie waren kaum ausgeprägt. Ganz anders die Furchen im wind- und wettergegerbten Gesicht von Farhat. Das Salz hatte Rillen hineingefräst wie ein Pflug in ausgedörrtes Erdreich. Aber Farhats Gesicht war schön, so rissig es auch sein mochte, oder vielleicht gerade deshalb. Seine blauen Berberaugen brachten seinen Seemannsblick zum Leuchten. Er war eine Art tunesischer Olivier de Kersauson, bald charmant, bald mürrisch, ein Spaßvogel mit Tiefgang und meist lachenden Augen, über die manchmal ein Anflug von Traurigkeit wehte, wie ein Dunstschleier, der langsam schwand. Farhat war nicht sehr groß, einen Meter siebzig höchstens, ohne ein Gramm Fett auf den Rippen. Doch seine kräftigen Muskeln ließen ihn durchaus korpulent erscheinen.

Farhat hatte immer auf Kerkennah gelebt. Als er klein war, half er seinem Vater dabei, den Fang auszuladen, aber er schwänzte niemals die Schule. Die Schule war heilig. Seine Mutter war Französischlehrerin am Gymnasium von Remla. Damit war nicht zu scherzen. Eines Tages, als ihm die

Hausaufgaben über den Kopf wuchsen, hatte Farhat sich bei seiner Mutter beklagt, dass das ja doch nichts brächte, weil er ohnehin Fischer werden wollte. Seine Mutter hatte ihm erwidert:

«Erinnerst du dich an das Wiegenlied, das ich dir vorgesungen habe, als du noch ganz klein warst?»

«Das Lied vom Ball? Ja natürlich.»

«Na los, dann sing es mal.»

«Mon ballon est tellement grand. Il vole comme un oiseau. Mon ballon m'amuse, il … il est …» (Mein Ball ist so groß. Er fliegt wie ein Vogel. Mein Ball macht mir Spaß. Er ist …).

«Siehst du, du hast es vergessen. Aber wenn du schreiben kannst, dann kannst du es aufschreiben, um dich später wieder daran zu erinnern. Und wenn du lesen kannst, dann kannst du es später deinen Kindern vorlesen.»

«Mama, kannst du es mir vorsingen? Bitte!»

«Mon ballon m'amuse. Il est tellement beau. Il court aussi vite que mon pied. (Mein Ball macht mir Spaß. Er ist so schön. Er saust schnell, so schnell wie mein Fuß.) Hier ist es zu Ende, glaube ich jedenfalls. Außerdem musst du, wenn die Touristen kommen, doch auch mit ihnen reden können. Dein Vater spricht Englisch und Französisch. Im Sommer nimmt er sie mit auf sein Boot, zu Ausflügen aufs Meer und zum Fisch-Couscous. Das bringt uns viel zusätzliches Geld ein.»

Farhat hatte bis zum Abitur durchgehalten. Seine Noten waren nicht berühmt, aber er hatte seinen Abschluss in der Tasche, immerhin. Trotzdem war er danach auf Kerkennah geblieben, und jetzt war er Fischer wie sein Vater. Er hatte die gleiche Feluke wie dieser, mit weißem Segel und blauem Rumpf, auch wenn er sich einen kleinen Außenbordmotor zugelegt hatte, um bei Gegenwind nicht unnütz Zeit zu verlieren. Und er besaß die gleiche Fischereikonzession. Rund ums Archipel war das Meer in *chrafis* unterteilt, Fischfangparzellen, die mitunter durch Barrieren aus zusammengebundenen Palmwedeln getrennt waren. Aber diese sichtbaren Abgrenzungen waren eigentlich überflüssig. Jeder Fischer wusste so ungefähr, wo er rechtens fischen durfte, und Betrug wurde nicht geduldet. Wehe dem, der sich dabei erwischen ließ! Und mit dem Fisch war es auch gar kein Problem, denn die Fischbänke zirkulierten gleichmäßig rund um die Insel herum. Sie wollten wohl niemanden neidisch machen. Mit den Schwämmen sah es da schon anders aus. Manche Stellen waren bevorzugter als andere, und zu denen gehörte auch die *chrafi* von Farhat, gleich rechts neben dem Hafen von Branca gelegen, am Ortsausgang von Remla. Sie war vor allem für ihre Garnelen berühmt. Gegen Ende Mai zog Farhat prall gefüllte Netze aus dem Meer. Die Garnelen waren nicht sehr groß, aber ihr leicht salziges Fleisch war fest und von delikatem Geschmack. Warum nur kamen sie am liebsten zu Farhat?

«Weil du ihnen so schöne Augen machst», erklärte seine Frau ihm lachend. «Sämtliche Garnelen der Insel träumen davon, sich von dir fangen zu lassen!»

«Das ist nur der Wille des Herrn», antwortete Farhat errötend.

Farhat und seine Frau waren unzertrennlich. Jeder Inselbewohner musste unwillkürlich lächeln, wenn er dieses schöne und so verliebte Paar vor sich sah. Farhats Frau war sehr hübsch, von höherem Wuchs als die meisten Frauen hier, mit einem sehnigen geschmeidigen Körper, schwarzem Haar und riesigen haselnussfarbenen Augen, die wohl jeder zum Anbeißen fand. Sie war Französischlehrerin in Remla, genau wie die Mutter von Farhat, die nicht ganz unbeteiligt war an der Annäherung zwischen ihrer jungen Kollegin und ihrem Dummerjan von Sohn. Beide kannten sich seit Kindertagen, aber hatten nicht recht begriffen, dass sie füreinander gemacht waren. Also hatte Fatima dem Schicksal ein wenig auf die Sprünge geholfen. Sie hatte sich gesagt, dass Nora ihr mit einem Körper wie diesem bestimmt schöne Enkelkinder schenken würde.

Und sie würde recht behalten. Mit zwanzig hatte Nora einen kleinen Jungen namens Issam zur Welt gebracht. Farhat war so stolz, dass alle Nachbarn ihn nur noch Abou Issam nannten, um ihn zu necken. Auch die Großmutter war überglücklich, selbst wenn sie zwei und zwei zusammenzählen konnte und es ihr so vorkam, als liege die Hochzeit von Farhat und Nora erst sechs Monate zurück.

Zwei Jahre später kam Ahlam zur Welt. Die Kleine war das Ebenbild ihrer Mutter. Issam und Ahlam wuchsen heran und wurden von Jahr zu Jahr hübscher. Issam hatte niedliche Pausbacken und runde Waden, dazu zwei hinreißende Grübchen in den Wangen, die die Touristen beglückten und die kleinen Mädchen entzückten. Ahlam war ein richtiges Püppchen, ganz zart, mit Haselnuss-Augen, die noch größer als die ihrer Mutter waren, und einer winzigen Stupsnase. Die ganze Familie war stets gut gekleidet, auf westliche Art. Farhat trug nie den traditionellen *kadrun* der Fischer, ein dickes Wollgewand, das man ständig hochkrempeln muss, damit es nicht nass wurde. Bei schönem Wetter hatte er dünne Baumwollhosen oder Shorts an, dazu falsche Lacoste-Poloshirts oder, besser noch, geblümte Hemden. Farhat liebte diese Blümchenhemden. Issam trug fast immer das Gleiche wie sein Vater. Im Winter dann wurde umgestiegen auf wärmere Hosen und Wollpullover, mehr brauchte es nicht.

Farhat und Nora hatten einen weiteren Grund, zufrieden zu sein: Issam und Ahlam waren beide hervorragende Schüler.

«Bei einer Großmutter und einer Mutter, die alle beide Lehrerin sind, hätte man schon das Schlimmste befürchten können», pflegte Farhat zu scherzen.

«Ja, zum Beispiel, als Fischer in Kerkennah zu enden», antwortete Nora dann.

Beiden war klar, dass ihre Kinder die Insel irgendwann verlassen würden. Das war das Paradox von Kerkennah. Alle Inselkinder gingen zur Schule, auf die Grundschule, ins Collège, aufs Gymnasium. Die Einschulungsrate war außergewöhnlich hoch, weit über dem tunesischen Durchschnitt. Aber alle Kinder gingen früher oder später von der Insel weg, das war der Lauf der Welt. Zunächst nicht sehr weit, nur nach Sfax, direkt gegenüber – zwanzig Kilometer mit der Fähre übers Meer und mit der Möglichkeit, jedes Wochenende daheim zu verbringen. Der Campus von Sfax war riesig. Die wichtigsten Fächer wurden hier gelehrt: Jura, Medizin, Literaturwissenschaft, Volks- und Betriebswirtschaft. Die Universität beherbergte auch die Nationale Ingenieurs-Hochschule, die Handelshochschule und die Hochschule für Gesundheitswesen. Und daneben gab es noch jede Menge anderer Institute: die Kunst- und Gewerbe-Hochschule, die Institute für Musikwissenschaft, Informatik, Multimedia, Elektronik, Biotechnologie.

Nach dem Studium jedoch schlug die Stunde der Entscheidung. Wer eine gute Ausbildung hatte, der fand auf Kerkennah keine Arbeit, oder nur sehr selten. Der Archipel brachte gute Schüler hervor und gab damit seiner Jugend den Laufpass.

«Auf Kerkennah sind die Männer Fischer und die Frauen Bäuerinnen. Das wird sich niemals ändern», bemerkte Farhat resigniert.

«Wieso?», konterte seine Frau trocken, die derartige Gemeinplätze nicht ausstehen konnte.

«Weil in Kerkennah der Mann aufs Meer gehört und die Frau aufs Land.»

«So ein Unsinn! Du kannst doch nicht mal schwimmen!»

Das war wohl wahr, Farhat konnte nicht schwimmen. In Kerkennah ist das Meer so seicht, dass man sein Leben lang im Meer baden kann, ohne schwimmen zu lernen. Dazu müsste man sich schon sehr weit hinauswagen. Und wer sich sehr weit hinauswagt, der braucht ein Boot. Und wer ein Boot hat, der muss nicht schwimmen können. Und außerdem konnte Farhat immerhin wie ein kleiner Hund im Wasser planschen.

Eigentlich hätten sich Farhats Weg und der von Paul niemals kreuzen dürfen. Es war wohl Schicksal, stand so geschrieben:

Mektoub.

Nachdem er die Insel kreuz und quer durchstreift hatte, zu jeder Stunde und unter allen nur denkbaren Lichtverhältnissen, wollte Paul sie vom Meer aus sehen, ihre Gestalt erkennen, ihre Konturen erkunden. Wonach sah dieser Fladen aus, wenn man ihn von außen betrachtete? Vielleicht würde er später gar das Bedürfnis verspüren, ihn aus der Luft zu sondieren, um ihn ganz zu erfassen? Für den Moment aber erschien ihm die Annäherung vom Meer her am vielversprechendsten für das Entdecken von neuen Perspektiven und neuen Farben. Paul befand sich in einem Zustand künstlerischer Bulimie, verspürte einen inneren Drang, schöpferisch tätig zu werden, wie er ihn nur zu Beginn seiner Karriere gekannt hatte. Ihm war schon klar, dass seine Inselbilder niemals in die Geschichte der Malerei eingehen würden, dass ein sehr viel bedeutenderes Werk auf ihn wartete. Aber er hatte seinen Spaß. Es machte ihm Freude. Der Ernst des Lebens konnte noch ein wenig warten.

Der Hotelier hatte ihm geraten, sich im Hafen von Sidi Gaben nach einem Fischer namens Farhat zu erkundigen. Die beiden Fischerhäfen von Remla lagen dicht beieinander, und der Maler befand sich im Hafen von Branca. Er sprach einen alten Fischer an, der auf der Mole im Schatten saß. Es war Anfang Mai und völlig windstill, wodurch der Eindruck lastender Hitze sich noch verstärkte. Der alte Fischer deutete mit dem Finger auf das Boot von Farhat. Dieser war auf allen vieren an Bord seiner Feluke zugange, polierte das Holz und entfernte die angetrockneten Fischschuppen.

«Guten Tag, sind Sie Farhat?»

Farhat richtete sich ohne Eile auf und drehte sich zu dem Fremdling um. Er stieg aus seinem Boot. Die beiden Männer wechselten einen raschen Händedruck.

«Ich bin …», fing der Maler wieder an.

«Ich weiß, wer du bist, Monsieur. Du bist der Franzose mit dem roten Hut.»

«Aha, ich verstehe. Ich sollte vielleicht mal etwas anderes tragen, um nicht so aufzufallen.»

«Ich weiß nicht, wie du es anstellen willst, nicht aufzufallen, bei all den Leuten, die dich besuchen kommen. Du bist ein sehr berühmter Herr.»

«Ja, ich weiß.»

«Sogar meine Frau kennt dich.»

«Ach ja?»

«Sie ist Lehrerin am Gymnasium von Remla und hat mir einen Bildband mit deinen Gemälden gezeigt.»

«Und stört es Sie, dass man mich kennt?»

«Nein, es macht mich stolz, das ist gut für Kerkennah. Was kann ich für dich tun?»

«Nun ja, der Inhaber vom Al Jazira hat mir gesagt, dass Sie vielleicht bereit wären, mit mir eine Inselrundfahrt zu machen.»

«Verstehe. Aber das ist ein Irrtum. *Chouf**, dahinten. Siehst du? Das ist Sidi Gaben. Da findest du den Farhat, den du suchst. Der hat ein Schiff mit einem großen Motor. Der kann im Nu mit dir die Insel umrunden. Er ist sehr dumm, aber sehr hilfsbereit. Ich habe nur eine Feluke und einen ganz kleinen Außenbordmotor, für den Notfall. Mit dem Segelboot einmal rund um die Insel zu fahren, das dauert ziemlich lange und ist nicht besonders komfortabel. Außerdem mache ich nur zur Schafs-Saison Inselrundfahrten.»

* arab.: schau

Paul bedankte sich bei Farhat und ging weiter. Dann machte er plötzlich wieder kehrt.

«Und wenn mir das nicht so Komfortable lieber ist? Ich würde lieber auf Ihrer Feluke um die Insel herumfahren als mit diesem sehr dummen und sehr hilfsbereiten anderen Farhat.»

«Ja, aber wir sind am Anfang der Fangsaison für Aal und Meerbrasse. Und wenn ich sie nicht fange, dann fängt sie keiner.»

«Den Verdienstausfall kann ich Ihnen ersetzen.»

«Nein, die Fische müssen gefischt werden, solange sie da sind. Sie kommen nur deshalb, und wenn man nicht da ist, dann kommen sie nie mehr wieder. Sie gehen zu den anderen.»

«Kann ich wirklich nichts tun, um Sie umzustimmen?»

«Hast du es denn so eilig?»

«Später kommen doch die Touristen. Dann habe ich die Insel nicht mehr für mich. Und Mädels im Bikini und Urlauber in der Bar, das sind keine Motive für mich.»

Farhat überlegte. Eigentlich mochte er nicht nachgeben, aber dieser Franzose gefiel ihm. Normalerweise hätte er ihn nicht sympathisch finden dürfen, ein berühmter Franzose mit viel Geld in der Tasche, das war nicht seine Welt. Aber der hier, der hatte einen sanften Blick, ein nettes Lächeln, war weder arrogant noch herablassend noch irgendwie fordernd. Er fragte nur, ganz höflich. Und dann hatte er auch die Augen seiner Frau aufleuchten sehen, als sie ihm diesen Kunstband zeigte. Seine Mutter hatte genauso reagiert. Farhat hatte verstanden, dass sie etwas zum Träumen brauchten. Wenigstens einmal könnten sie über etwas anderes reden als über die Eigenschaften von Meeraal und Zackenbarsch, über die Seegrasknäuel am Strand, das Tintenfischfestival oder die Legende vom golden glitzernden Teich.

Während Farhat noch überlegte, wie er den Frauen seines Lebens diese Freude machen könnte, hatte Paul sich bereits auf den Rückweg gemacht.

«Monsieur, komm zurück. Ich weiß, was du tun kannst.»

«Redet und ich werde tun, was Ihr befehlt», erwiderte Paul und verbeugte sich leicht, bevor er zum Boot zurückkam.

«Du kommst zu mir zum Abendessen ... sagen wir morgen Abend. Mein Haus ist in Ouled Bou Ali. Aus Remla kommend, ist es das siebte Haus auf der rechten Seite. Es ist ganz weiß, mit einer blau gestrichenen Holztür. Über der Tür ist eine Fischskulptur, ein Hahnenbarsch, um *al-'ain* zu verjagen.»

«Ich werde es schon finden. Was ist *al-'ain*?»

«Der böse Blick.»

«Dann bin ich ja beruhigt. Bis morgen Abend dann.»

«So gegen zwanzig Uhr, *inschallah.*»

«Eine Frage noch ...»

«Ja?»

«Hast du Kinder?»

«Ein Mädchen, sie ist sieben. Und einen Jungen, der ist neun.»

Farhat machte sich wieder an die Arbeit. Er war zufrieden mit sich und konnte es kaum abwarten, die Gesichter seiner Mutter und seiner Frau zu sehen. Auch die Kinder würden ganz aufgeregt sein.

Paul seinerseits hatte da so eine Idee. Er suchte sich ein schattiges Plätzchen im Hafen, das ihm freie Sicht auf Farhat, der weiter auf seinem Boot werkelte, gewährte, ohne jedoch selber entdeckt werden zu können.

Paul hatte Farhats Haus schnell gefunden. Er wusste zwar nicht, wie so ein Hahnenbarsch aussah, aber dieser fette Fisch mit einem Kamm anstelle der Rückenflosse konnte nichts anderes sein.

Es war ein Flachdachhaus, ohne Obergeschoss. Ein traditionell aus Naturstein errichtetes Haus, mit Kalkmilch getüncht, um dem Wind und dem Meersalz die Stirn zu bieten. Paul wurde sehr warmherzig aufgenommen. Fatima, Farhats Mutter, hatte ein blaues Baumwollkleid an, das weit genug geschnitten war, um ihre ausgeprägten Rundungen nicht noch mehr zu betonen. Nora war ganz in Weiß; sie trug ein langes Leinenkleid, das ihr bis auf die Waden reichte und doch ihre erlesenen Formen erahnen ließ. Farhat hatte sein schönstes Blütenhemd an. Und auch Ahlam hatte sich herausgeputzt. Sie trug ein violettfarbenes Kleid, dazu im Haar ein purpurrotes Band. Mit offenem Mund und glänzenden Augen stand sie vor dem Gast und sagte artig «Guten Tag», bevor sie zu glucksen begann. Issam reichte Paul selbstsicher die Hand. Er hatte eine beige Hose und ein cremeweißes Hemd an.

Paul war wie immer gekleidet, mit weißer Leinenhose und weißem Leinenhemd. Dazu trug er seine Lieblingsjacke, cremefarben. Die Herrin des Hauses forderte ihn freundlich auf, sich ihrer zu entledigen, da die nächtliche Hitze doch sehr drückend sei.

«Nein danke, es geht schon. Ich behalte sie lieber an. Wissen Sie, so warm ist sie gar nicht. Sie ist aus majoritärem Leinen.»

«Was ist denn majoritäres Leinen?», fragte Ahlam, wie aus der Pistole geschossen.

Alle brachen in Gelächter aus.

«Französisches Leinen», erklärte Paul.

«Jetzt werden wir Sie nicht mehr ‹den Franzosen mit dem roten Hut› nennen», scherzte Fatima, «sondern nur noch ‹den Franzosen mit der majoritären Leinenjacke›!»

«Alles in Frankreich ist majoritär. Das nennt man Demokratie», setzte Nora noch eins drauf. «In Tunesien ist es immer die Minderheit, die den Sieg davonträgt. Und wenn ich Minderheit sage, dann meine ich den Ben-Ali-Clan.»

Farhat unterbrach das Gespräch, indem er bemerkte, dass Paul doch sicherlich durstig sei. Er mochte es nicht, wenn seine Frau oder seine Mutter brisante Themen anschnitten.

«Du kannst beruhigt sein. Wir haben hervorragenden Wein.»

«Das glaube ich, aber zuvor habe ich noch ein paar Kleinigkeiten.»

Paul zog aus seinem Rucksack eine hübsche bunte Halskette für Ahlam hervor, die vor Freude in die Luft sprang. Für Issam hatte er Zeichenpapier der Marke Canson und eine Schachtel mit Pastellmalkreiden dabei. Issam bedankte sich höflich. Das Geschenk schien ihm zu gefallen. Dann überreichte Paul der Dame des Hauses mit schelmischem Lächeln ein kleines Bild vom Format dreißig mal dreißig. Der Rahmen war aus Palmenholz. Es war ein Meeresbild, ein Aquarell.

«Das ist doch nicht …»

«Doch, ganz genau, Ihr Mann auf seinem Boot.»

Die Familie kam aus dem Staunen nicht heraus. Das Bild

wanderte von Hand zu Hand. Farhat standen Tränen in den Augen.

«Wie haben Sie das denn fertiggebracht?», fragte Fatima. «Das ist mein Sohn, Strich für Strich. Es ist wie ein Foto, nur viel schöner. Und die Feluke sieht genau so aus.»

Auf dem Bild war Farhat im Schneidersitz zu sehen. Er war dabei, ein Netz zu flicken und wirkte sehr konzentriert. Da es ein Porträt war, war vom Boot nur ein kleiner Teil erkennbar, aber die Maserung des Holzes, die leichte Splitterung am unteren Ende vom Mast und die Farbintensität des Rumpfs, das alles war mit absoluter Detailtreue wiedergegeben.

Es war ein wundervoller Abend. Paul wurde mit Fragen überhäuft, auch von Ahlam und Issam. Fatima und Nora hatten traditionelle Gerichte gekocht. Zum Auftakt der Mahlzeit gab es *lablabi*, Kichererbsensuppe, als Hauptgericht Tintenfischcouscous. Paul trank als Einziger Wein, einen marokkanischen Rosé mit intensivem Bukett. Die Kinder bekamen ausnahmsweise Mandelmilchsirup. Und natürlich gab es Minztee und Datteln, bevor man auseinanderging.

Paul hatte sofort seinen Platz in der Familie gefunden und wurde seitdem häufig eingeladen. Jeden zweiten Abend, immer wenn Farhat und er von den Bootsausflügen heimkehrten, kam er mit, um Noras Kochkünste zu genießen und sich am Anblick der Köchin zu weiden. Und immer hatte er ein Mitbringsel dabei, einen Stift für Issam, ein Haarband für Ahlam, ein Kartenspiel, eine Zeichnung, irgendeinen netten Krimskrams, ein Buch oder ein geblümtes Hemd.

Aber Paul wurde von Mal zu Mal unruhiger. Noras Charme, ihre perfekten Rundungen, ihre anmutigen Gesten und Kopfbewegungen, ihr schwarzes wallendes Haar, ihre weißen Zähne, ihr entwaffnendes Lächeln und klares, helles Lachen, ihre schlanken Finger und ihre Purpurlippen wühlten ihn auf. Er hing an ihren Lippen, doch er zwang sich, sie nicht allzu aufdringlich anzustarren, um seine Gefühle nicht zu verraten. Damit würde er leben müssen.

Mektoub.

Es kam gar nicht in Frage, das alles kaputtzumachen. Er hatte keinerlei Anrechte auf dieser Insel, er, der mit offenen Armen von dieser Familie aufgenommen worden war. Und außerdem vergötterte Nora ihren Ehemann, das war nicht zu übersehen. Es war nur ein Spleen. Hatte er schon vergessen, wie sehr man darunter leiden konnte?

Die Inselrundfahrten gestalteten sich nicht als Einlösung eines Versprechens, sondern als Ausflüge unter Freunden. Anfangs hatte Farhat nicht begriffen, was Paul von ihm erwartete. Er hatte sich nicht vorstellen können, dass man immer wieder an dieselben Stellen zurückkehren müsse, manchmal schnell, dann wieder langsam, manchmal die Küste von Süden nach Norden abfahrend, dann wieder von Nord nach Süd, manchmal versuchen, auf der Stelle zu bleiben, auch wenn der Wind heftig wehte. Während Farhat ein Wendemanöver nach dem anderen machte, füllte Paul trällernd seinen Skizzenblock.

«*I can't get no satisfaction*, Farhat. Versuch's noch mal … *Tr… tr… try … try … try*. Näher am Strand entlang.»

«Das sagt sich so leicht, *Monsieur.* Hättest doch lieber ein großes Motorboot genommen. Dir recht geschehen, Feluke zu nehmen. Und der Wind, der spottet der *großen* Künstler.»

Der angenehmste Moment des Tages war das mittägliche Picknick. Farhat warf seinen Brasero an und grillte darauf Kraken, Tintenfische oder Stücke vom Seebarsch. Dann zog er aus dem Meer eine Flasche Rosé hervor, die unglaublich frisch war. Das war sein ganz persönlicher Kühlschrank. Die Küstengewässer von Kerkennah hatten an ein paar seltenen Stellen fast zehn Meter tiefe Gräben. Dort versenkte Farhat die verbotene Pulle, die er in den Touristenhotels der Insel erstand. Es war ein Trick, den er von seinem Vater übernommen hatte. Zur Hochsaison war die Konkurrenz unerbittlich, da war jedes Mittel recht. Und die Mund-zu-Mund-Propaganda oft entscheidend. Ein zufriedener Tourist erzählte es dem anderen weiter, am Poolrand, im Restaurant, am Strand, in der Bar, der Diskothek: «Ich habe heute das und das gemacht, und es war unglaublich. Geht zu Farhat und sagt ihm, ihr kommt von mir.» Farhat hatte das gewisse Extra: die frisch gekühlte Flasche Rosé zehn Meter unter dem Meeresspiegel, in einem Fischernetz, das an einer Boje hing.

Paul profitierte davon, aber nicht als Einziger. Er hatte geglaubt, dass Farhat – die Religion lässt grüßen – keinen Alkohol trinke. Aber er erfuhr bald, dass das nicht stimmte. Zwei Kerle auf einer Feluke unter bleierner Sonne hätten doch wohl noch das Recht, auf ihre Freundschaft anzustoßen. Allah hätte daran gewiss nichts auszusetzen. Eine ganz kleine Rüge vielleicht, in Form des schlechten Gewissens nach getaner Tat.

«Weiß deine Frau eigentlich, dass du heimlich trinkst, Farhat?»

«Natürlich nicht, sonst hieße es ja nicht ‹heimlich trinken›.

Aber es ist gut fürs Geschäft. Und keine fährt so gern wie sie nach Sfax, um Ahlam ein neues Kleid zu kaufen.»

«Ahlam, was heißt das eigentlich?»

«Träume.»

«Ich war mir sicher, dass es das ist! Noch eine Frage: Warum hat deine Feluke keinen Namen?»

«Was glaubst du denn, *Monsieur*? Natürlich hat sie einen Namen.»

«Und warum hast du ihn dann nicht auf den Rumpf gemalt? Alle tun das.»

«Hab ich auch. Ich habe in weißen Buchstaben ‹NORA› geschrieben ... An Backbord auf Französisch, an Steuerbord auf Arabisch. Doch Nora hat von mir verlangt, es wieder wegzumachen. Gut», wechselte Farhat das Thema, während er den letzten Schluck aus der Flasche nahm, «jetzt hast du die Mole gezeichnet, die Feluken von Melitta, die Hotels mit den Gazellen an der Westküste, die *chrafis* von Sidi Tebeni, die Dromedare auf Er Roumadia, die Schwämme von El Attaya, die Kraken von El Abassia, die Fischerhäfen von Ouled Bou Ali, Ouled Kacem, Ouled Yaneg und Ouled Ezzedine ... und was kommt nun?»

«Nun wirst du mir sagen, wo hier die nächste Boje mit Roséwein schwimmt. Übrigens solltest du statt der Kubikbojen lieber Rettungsringe nehmen.»

VIERTES KAPITEL

Am Morgen des 20. Juni konnte Nora nicht aufstehen. Der herbeigerufene Arzt gab sich beruhigend. Es war das Ende des Schuljahrs. Sie war erschöpft, das war normal. Sie müsse sich nur ein wenig ausruhen. Aber das war unmöglich, sie hatte die Abiturprüfungen abzunehmen. Doch sie fühlte sich am Ende ihrer Kräfte. Der Arzt hatte keine Erklärung für das anhaltende Fieber. Die Antibiotika zeigten sich wirkungslos. Am 21. Juni schickte er sie zur Untersuchung ins Krankenhaus von Remla. Am 22. Juni erschien er persönlich, um Farhat mitzuteilen, dass seine Frau dringend ins Krankenhaus nach Sfax verlegt werden müsse. Warum, sagte er nicht. Nur kleine Unregelmäßigkeiten im Blutbild.

Farhat sprach im Hotel Al Jazira vor, um sich bei Paul dafür zu entschuldigen, dass er ihren Bootsausflug für den nächsten Tag absagen müsse. Paul schlug ihm vor, ihn nach Sfax zu begleiten, und Farhat, ein wenig durcheinander, nahm das Angebot gern an.

Dank der Fürsprache des Krankenhausdirektors von Kerkennah wurde Nora in Sfax schnell aufgenommen und lag schon am nächsten Tag in einem Fünfbettzimmer.

Dann aber passierte gar nichts mehr.

Den ganzen Tag über passierte nichts.

Auch am folgenden Tag passierte nichts.

Farhat und Paul bekamen nicht einen der Ärzte zu Gesicht. Sie pochten vergeblich darauf, wie dringend es sei. Alles umsonst.

Paul versuchte Farhat aufzuheitern: mit einem schönen Hotel, einem guten Restaurant.

«Entspann dich, heute lade ich dich mal ein.»

«Nein, das kann ich nicht. Hast du das Hotel gesehen?»

«Jetzt hör mir zu. Wir wissen nicht, wie lange wir hier noch bleiben müssen. Nur eins ist gewiss: deine Frau braucht einen Mann, der in Form ist, der handlungsfähig ist und nicht verkümmert. Also mein Rezept für heute Abend: ein fürstliches Mahl und Wein nach Lust und Laune.»

Am nächsten Morgen wurden die beiden Freunde erneut im Krankenhaus vorstellig. Nora hatte eine schlimme Nacht hinter sich. Sie hatte mehrmals Nasenbluten gehabt und konnte kaum atmen. Am Empfang bestanden sie darauf, wie schon an den beiden Tagen zuvor, mit einem Arzt oder einem der Verantwortlichen zu sprechen. Mit ausdrucksloser Miene erklärte ihnen die Sekretärin, dass momentan niemand Zeit hätte, aber bestimmt bald jemand kommen würde. Da platzte Paul der Kragen. Farhat hatte ihn noch nie in diesem Zustand gesehen. Er brüllte in der Halle herum, hämmerte auf den Schreibtisch ein, stieß Drohungen aus. Die Sekretärin geriet in Panik. In kürzester Zeit waren sie von einem Trupp Polizisten umringt. Alle hatten Angst vor Paul. Wäre er Tunesier gewesen, hätte er sich fünf Minuten später auf dem Revier wiedergefunden, den Körper mit blauen Flecken übersät. Aber ein gutgekleideter Franzose, der schrie und tobte, das konnte man nicht auf die leichte Schulter nehmen. Schließlich erschien ein Kommissar, der einen kultivierten Eindruck machte. Er diskutierte mit Paul, und Paul machte ihm Angst. Man hatte es mit Paul Arezzo zu tun. Hochrangige Persönlichkeiten waren schon aus Tunis angereist, um ihm ihre Aufwartung zu machen, und wenn das hier so weiterginge, würde er Ben Ali persönlich anrufen. Der Kommissar wurde blass um die Nase, sobald der Name des Staatschefs fiel. Er wusste, wer dieser Franzose war, und es war gut möglich, dass sein Arm weit reichte.

Eine Stunde später hatten Farhat und Paul einen Termin bei einem bedeutenden Professor, dem leibhaftigen Direktor der Klinik.

Farhat war wie betäubt. Er war seinem Freund für die Unterstützung dankbar, aber Paul hatte doch ein wenig übertrieben.

«Ein wenig übertrieben, sagst du? Aber wenn wir nichts unternehmen, dann lassen sie sie sterben! Das ist so klar wie das Wasser von Kerkennah. Wach auf, Farhat! Ihr bezeichnet die englischen Touristen als Schafe, aber wer sind denn die wahren Schafe in diesem Land? Wenn irgend so ein kleiner Cousin sechsten Grades von Ben Ali hier im Krankenhaus erschienen wäre, dann hätte der Direktor ihm die Füße gewaschen. Sieh doch, ich habe die magische Formel ausgesprochen, und jetzt …»

«Glaubst du denn, dass sie sterben wird, *akhi**?»

«Das weiß ich nicht, *abibi***, aber wenn gar nichts passiert, dann wird sie sicher sterben …»

Paul und Farhat wurden äußerst respektvoll ins Büro des-

* Mein Bruder

** Mein Freund, eigentlich *habibi*

Professors geführt, der sie bat, es sich bequem zu machen, und ihnen Tee bringen ließ.

«Es tut mir sehr leid, dass ich Sie nicht früher empfangen konnte, aber ich musste mir zuerst die Unterlagen ansehen. Das ist eine sehr komplizierte Krankenakte.»

Aber sicher, du aufgeblasener Waschlappen, dachte Paul bei sich. Du hast mal eben die Akte überflogen, als man dir gesagt hat, dass es Probleme geben und einer aus Ben Alis Entourage dir deine schöne Karriere kaputtmachen könnte.

«Also, wir haben es hier mit einem … wie soll ich sagen … sehr ungewöhnlichen Fall zu tun.»

«Gut, Herr Professor. Wir fühlen uns geehrt, dass Sie uns in Ihrem bescheidenen Büro empfangen, aber könnten Sie uns bitte, da es ja offensichtlich ist, dass Nora eine Blutkrankheit hat, genau sagen, worum es sich handelt und was Sie für sie tun können?»

«Darauf wollte ich ja gerade hinaus. Also tatsächlich ist die Krankheit … wie soll ich mich ausdrücken?»

«Weit fortgeschritten?»

«Genau, sehr weit fortgeschritten. Es ist eine akute Leukämie.»

«Und können Sie irgendetwas tun?»

«Ich fürchte nein. Aber in Tunis, da gibt es eine Spezialklinik.»

«Dann sollten wir keine Zeit verlieren und sofort nach Tunis aufbrechen.»

«So einfach ist das nicht. Man braucht ein Empfehlungsschreiben. Es gibt nicht viele Betten, und es ist sehr teuer. Aber gut, mit Ihren Verbindungen …»

Farhat ergriff zum ersten Mal das Wort:

«Ich bin Fischer. Ich habe kein Geld.»

Paul unterbrach ihn und wandte sich an den Professor:

«Könnten Sie uns einen Moment allein lassen?»

Farhat fasste es nicht. Paul hatte den Professor gebeten oder ihm vielmehr befohlen, sein eigenes Büro zu verlassen! Und dieser hatte sich gefügt! Missmutig zwar, aber er hatte sich gefügt.

«Hör zu, Farhat, ich pfeif auf deine Vorurteile. Ich pfeif auf deine Erziehung, deine guten Manieren, deinen Stolz. Ich verbiete dir – hast du gehört, ich verbiete es dir, mein Geld auszuschlagen. So viel Geld für mich allein, das brauch ich doch gar nicht. Und denk an deine Kinder! Es ist ihre Mutter. Glaub mir, sie werden niemals eine andere haben. Also, du bist still und lässt mich bezahlen. Du lässt mich alles bezahlen. Und alles organisieren.»

«Wie auch immer, in Tunis schlagen sie uns sowieso die Tür vor der Nase zu. Hier hast du ihnen etwas vormachen können. Aber wir wissen sehr wohl, dass wir nicht zur ‹ersten Familie› des Landes gehören.»

«Wir werden uns nicht als Angehörige von Ben Ali ausgeben müssen, denn wir werden Nora nicht nach Tunis schicken. Wir bringen sie direkt nach Paris. Ich werde das mit dem Direktor besprechen. Damit Nora durchhält, bis es so weit ist, muss sie nur regelmäßig Transfusionen von Blutplättchen und roten Blutkörperchen bekommen.»

Paul erklärte dem Professor, dass er sämtliche Kosten übernehmen werde, aber er riet ihm mit Nachdruck, über Nora wie über seinen Augapfel zu wachen, bis die Verlegung organisiert sei.

Der Wettlauf gegen die Uhr begann. Paul kümmerte sich um die Reisepässe für Nora, Farhat und die Kinder. In Paris hatte er im Handumdrehen einen Termin im Hôtel-Dieu bekommen und die Zusage des leitenden Stationsarztes, seinen Schützling bei sich aufzunehmen. Er flog nach Tunis, um dort den Leiter der Pass- und Visumabteilung im französischen Konsulat zu treffen. Zwei Tage später rief dieser Paul an und teilte ihm mit, das Visum sei abholbereit.

Das Visum.

Paul raste ins Konsulat, wurde zurückhaltend empfangen.

«Ich freue mich, Ihnen mitteilen zu können, dass Madame Nora Kerrouche ihr Visum erhalten hat.»

«Und der Rest der Familie?»

«Nein, unmöglich. Jedenfalls nicht sofort. Wir haben zurzeit eine sehr restriktive Politik der Familienzusammenführung. Sollte es zum Schlimmsten kommen, könnte man eventuell …»

«Familienzusammenführung? Was soll der Schwachsinn? Das hat doch damit nichts zu tun.»

«Damit nichts zu tun? Das sagen Sie! Und am Ende bleiben sie doch alle in Frankreich.»

«Sagen Sie jetzt am besten gar nichts mehr. Sie sind ein Idiot. Da, wo bei anderen ein Herz schlägt, haben Sie nur ein Diplom.»

«Was erlauben Sie sich …»

Paul nahm sich zusammen, holte tief Luft, atmete langsam aus.

«Diese Frau wird wahrscheinlich in Paris sterben. Fern ihrer Familie. Ihr Mann und ihre Kinder werden nicht bei ihr sein.»

«Dann lassen Sie sie doch einfach dort, wo sie ist.»

«Ooooh … Vor vier oder fünf Jahren, da hätte ich Ihnen den Schädel eingeschlagen. Zufällig hat Nora eine winzige Überlebenschance. Und als Mensch ist sie so viel wertvoller als Sie, Ihr Konsulat, Ihre ganzen Stempel und Formulare. Nun, dann halt nur ein Visum. Vielleicht finden Sie ja irgendwann die Stelle wieder, an der früher mal Ihr Herz schlug.»

Paul verließ das Konsulat mit Noras Pass, der den Visumsvermerk trug, und den leeren Pässen von Farhat, Issam und Ahlam. Er hatte keine Ahnung, wie er ihnen das beibringen sollte.

Wieder zurück in Sfax, fand Paul Nora in guter Verfassung vor und Farhat bei bester Laune. Seine Drohungen hatten ihre Wirkung nicht verfehlt. Der Professor hatte Nora mit roten Blutkörperchen gedopt. Es hielt sie kaum am Platz. Sie wollte auf der Stelle nach Kerkennah zurück, um die Kinder zu sehen. Paul musste ihr erst erklären, dass das nur eine vorübergehende Besserung war. Dann kam er auf die Tatsachen zu sprechen. Nora könne den Flieger nach Paris nehmen, Farhat und die Kinder dagegen nicht. Jedenfalls nicht gleich. Einmal in Paris angekommen, würde Paul schon Mittel und Wege finden. Er würde am Quai d'Orsay vorsprechen, im Außenministerium, und sich dafür einsetzen, dass die gesamte Familie ein Visum bekäme, einschließlich Fatima.

Nora machte sich ihren Reim darauf. Sie fühlte sich besser. Ihre Kräfte waren zurückgekehrt. Sie war noch jung. Erst neunundzwanzig Jahre alt. Und sie hatte einen starken Willen. Sie wollte gesund werden, und sie würde gesund. Es war eine unerwartete Chance, in einem großen Pariser Krankenhaus aufgenommen zu werden. Das verdankte sie Paul. Und außerdem war sie noch nie in Paris gewesen. Sie würde den Eiffelturm sehen, die Champs-Élysées, Notre-Dame, Sacré-Cœur. Mit ihrem Enthusiasmus steckte sie die anderen an, ließ Farhats Einwände verstummen, die Tränen der Kinder trocknen.

Kurz vor dem Abflug hatte Nora noch einen letzten Cocktail roter Blutkörperchen und Blutplättchen bekommen. Sie fühlte sich wohl. Paul tat, was er konnte, um ihr die Anspannung zu nehmen. Er scherzte. Sie lachte, dann, wieder ernst geworden, fragte sie ihn:

«Mir kam es so vor, als ob du mir in letzter Zeit ein wenig aus dem Weg gegangen wärst. Ich meine … bevor ich krank wurde. Ich glaube, ich habe erraten, aus welchem Grund, und ich denke, du solltest dir eine nette Frau suchen, die sich um dich kümmert. Ich brauche jetzt deine Freundschaft. Etwas anderes kann ich dir nicht bieten, weil ich Farhat von ganzem Herzen liebe.»

Paul antwortete nichts.

«Paul, warum hat ein Mann, der so gut aussieht wie du, noch keine Familie gegründet?»

Paul antwortete nichts.

«Paul!»

Paul lächelte.

«Ich habe dich, ich habe Farhat, Issam, Ahlam und Fatima. Ich habe Kerkennah. Ich bereue nichts. Ich bin nicht traurig. Ich bin jung und habe viel Zeit. Ich war wahnsinnig verliebt. Ich war wahnsinnig unglücklich. Ich bin auf der Suche nach der inneren Balance.»

«Die innere Balance? Das ist doch nichts für dich! Ich sehe das Feuer in dir lodern, manchmal die Wut, manchmal die Liebe … Aber von innerer Balance keine Spur.»

«Ja, schon … aber in Kerkennah komme ich innerlich zur Ruhe.»

Im fünften Stock des Hôtel-Dieu, vor der Eingangstür zur Abteilung für Hämatologie, hatte Nora zum ersten Mal Angst, eine jähe Beklemmung, das Gefühl, nie wieder hier herauszukommen, wenn sie erst einmal über diese Türschwelle träte. Sie umklammerte Pauls Hand, holte tief Luft und schloss die Augen. Erst in der Schleuse öffnete sie sie wieder, einer weißen Kammer mit Handwaschbecken, Kleiderhaken und einem Behälter voller blauer Einmal-Überschuhe aus Plastik.

Zwar war der Professor nicht da, doch man hatte den Assistenzarzt von Noras Ankunft informiert. Er versprach ihr, dass man alles tun würde, um ihr Leben zu retten. Aber man dürfe nicht länger warten. Es würde schwierig werden. Das volle Programm an Chemotherapie, Übelkeit, Erbrechen, Knochenmarkaplasie.

Gleich am nächsten Morgen hatte Paul ein Gespräch mit dem Professor.

«Die Situation ist sehr ernst. Wir haben gestern sofort mit einer intensiven Chemotherapie begonnen. Aber ich fürchte, es wird nichts mehr nützen. Ich habe selten einen Patienten in einem solchen Zustand hier ankommen sehen. Es wurde viel zu viel Zeit verloren. Ich muss mit ihr reden. Wenn es nicht funktioniert, müssen wir sie sedieren, und ich will wissen, ob sie damit einverstanden ist, dass ich es ihr etwas leichter mache.»

«Müssen Sie ihr diese Frage denn wirklich stellen, Herr Professor?»

«Wohl oder übel. Die Familie ist ja nicht da, die die Entscheidung für sie treffen könnte. Und ich werde ihr gegenüber auch nur das Morphin erwähnen, zur Linderung der Schmerzen, für den Fall, dass alles andere nicht mehr hilft.»

Paul kam täglich ins Krankenhaus. Er saß stundenlang an Noras Bett. Er tat, was er konnte, um ihre Übelkeit und die Schmerzen der Behandlung mit azurblauen, sonnengelben Worten zu vertreiben. Er erzählte ihr von Kerkennah, von der Sonne, dem Meer, von ihren Kindern und von Farhat, der so selbstbewusst auf seinem Boot stand. Nach sechs Tagen gelang es Paul, nicht ohne Mühe, ein Telefongespräch mit Kerkennah zu arrangieren. Nora fühlte sich kräftig genug, ihrer Familie gefasst entgegenzutreten, und sie hatte ein geradezu körperliches Verlangen danach, die Stimmen ihrer Liebsten zu hören. Fatima, Farhat und die Kinder fieberten Noras Anruf im Büro des Gymnasialdirektors von Remla entgegen.

Nora legte alles, was ihr noch an Kraft verblieben war, in ihre Stimme. Es gelang ihr, beruhigend zu wirken, ohne dass die Gefühle sie auch nur einmal überwältigten. Einen kurzen kritischen Augenblick der Schwebe gab es, silberhelle Glöckchen, die zu klirren drohten, als Ahlam sie fragte:

«Mami, kommt du bald nach Hause? Du fehlst mir so sehr. Ich habe dich so lieb, meine Mami.»

«Aber ja, mein Schatz, versprochen. Und dann kommt ihr mich ja auch alle miteinander in Paris besuchen. Paul hat mir gesagt, dass er alles dafür tut.»

«Und dann kommst du mit uns nach Hause zurück?»

Bald war nichts mehr zu machen. Die acht Tage Chemotherapie hatten nichts gebracht. Noras junger Körper hatte nur kurz Atem geholt. Ein paar Tage später nahmen die Stammzellen ihr zerstörerisches Werk wieder auf und produzierten Tausende mörderischer weißer Blutkörperchen. Die in Noras Venen transfundierten Blutplättchen und roten Blutkörperchen dienten ihnen als Mahlzeit.

Der Professor sprach mit Nora, und Nora wartete auf Pauls täglichen Besuch. Er hatte am Quai d'Orsay vorgesprochen, im Außenministerium, um die Prozedur zu beschleunigen, und war zuversichtlich, bald die Visa für die ganze Familie zu erhalten. Es würde nur noch zwei oder drei Tage dauern, sagte er ihr. Nora lächelte schwach.

«Ich würde sie so gern noch ein letztes Mal sehen ... Farhats Falten, Issams rundliches Gesicht, Ahlam mit ihren großen Kinderaugen.»

«Warum redest du so? Du wirst es schaffen.»

«Nein, Paul. Ich werde es nicht schaffen. Hör mir gut zu, das ist mir jetzt sehr wichtig. Tunesien ist kein Ort, an dem man leben kann, solange Ben Ali an der Macht ist. Ich möchte, dass meine Kinder im Leben etwas anderes kennenlernen als Ungerechtigkeit und Korruption. Ich möchte, dass sie die Welt erkunden, dass sie ins Kino, ins Theater, in die Berge gehen. Ich möchte auch, dass du auf Farhat achtgibst. Wenn ich tot bin, weiß ich nicht, was dann in seinem Kopf vor sich geht. Er ist ein großes Kind. Er hat sein Leben lang erst am Schürzenzipfel seiner Mutter gehangen, dann an meinem. Wir haben uns im Kindergarten von Ouled Bou Ali kennengelernt. In der Grundschule haben wir Heiraten gespielt, und alle haben herzlich über uns gelacht. Auf dem Collège waren wir unzertrennlich. Im Gymnasium haben wir uns zum ersten Mal geküsst. Alle sagten damals, diese zwei, die werden wir eines Tages verheiraten. Und wir haben geheiratet. Es war der schönste Tag meines Lebens. Du wirst jetzt lachen, aber wir sind vor der Hochzeit zu einem Marabout gegangen. Er hieß Sidi Amor. *Amor*, stell dir mal vor! Ich ging zu ihm hinein, und er erklärte mir, dass ich schwanger sei. Ich wusste es selber noch nicht. Wir hatten eine traditionelle Hochzeit. Farhat ist trotz seiner Jeans und seiner geblümten Hemden sehr traditionell. Ich hatte Anrecht auf die Hochzeitsgesänge und das komplette *saboun*-Ritual, die Vorbereitung der Mitgift. Man geleitete mich in den Hammam. Ich hörte die Trommelklänge der Darbukas und die Geschichten der Griots. Die Musikanten trugen rote Westen und Faltenröcke. So schön war das alles. Und man hat mir die Haut mit einer Paste aus Henna und Rosenblütenwasser bestrichen, damit sie schön weich und zart für meinen Bräutigam würde. Dabei kannte er sie schon ziemlich genau, meine Haut, wenn ich ehrlich bin. Wir hatten uns vorgenommen, es nicht vor der Ehe zu tun, aber eines Tages, als die Nacht anbrach, da war unser Verlangen stärker als wir.»

Nora errötete unter ihrer Blässe.

«Ich weiß gar nicht, wie ich es fertigbringe, dir das alles zu erzählen. Die Frauen von Kerkennah sind sehr verschämt. Aber es tut gut, diese süßen Erinnerungen mit dir zu teilen. Wir haben uns in der Feluke geliebt, dort, wo ihr beide immer euren Rosé trinkt und meint, ich wüsste das nicht. Psst! Kein Widerspruch. Ich weiß es schon lange. Zum Abschluss unserer Hochzeitszeremonie sind wir mit geschlossenen Füßen Hand in Hand über einen Fisch gesprungen, damit unser Leben ein einziges Fest sei. Und trotz aller schwierigen Momente und trotz des Ben-Ali-Regimes war es ein einziges Fest. Unsere Kinder sind wahre Leuchtperlen. Issam respektiert dich, und Ahlam betet dich an. Farhat wird deine Hilfe brauchen. Also, wenn du auf sie aufpassen könntest …»

Paul wusste nicht, was er antworten sollte. Er wollte sie nicht enttäuschen. Doch es war ein Versprechen, das viel zu schwer für ihn wog. Trotzdem gab er ihr sein Wort, aber ohne Beschönigung, ohne Mogelei.

«Nora, ich werde tun, was ich kann. Aber du wirst leben. Ich bin mir ganz sicher. Du bist viel zu jung, viel zu schön. Wir brauchen dich alle noch.»

Am nächsten Tag verschlechterte sich Noras Zustand. Der Assistenzarzt erklärte Paul, dass es in jener Nacht so weit sei. Man könne nicht länger warten. Pech für die Visa, Pech für die Familie. Nora hatte in der vorigen Nacht zu große Schmerzen gehabt. Die Vitalfunktionen wurden schwächer. Ihr Körper schwoll an, die Nieren versagten. Die Haut begann schon aufzuplatzen. Es war Zeit, sich von Nora zu verabschieden, bevor sie zur großen Reise antrat.

Sie war am Ende ihrer Kräfte, die Stirn von schweißnassen Haarsträhnen verklebt, lag sie mit offenem Mund da, nach Luft ringend. Als sie Paul erblickte, schien sie sich zu beruhigen. Sie begann zu sprechen, abgehackt, aber verständlich. Manchmal machte sie eine Pause, um den Sauerstoff zurückzuhalten, der ihr ausgehen wollte.

«Paul, bitte … Bitte, Paul …»

«Ich bin da, Nora.»

«Paul, hör zu. Paul, hör zu und schreib auf, bitte … Bitte, Paul.»

«Ich höre, meine Nora. Sprich.»

«Kannst du es auf Arabisch, kannst du?»

«Nein, auf Französisch, auf Arabisch bin ich mir nicht so sicher.»

«Also, hör zu.

*Mon nounours est petit, très doux et très beau. Et son nez lui va très bien. Et puis ses yeux, regardez, regardez, brillants d'intelligence.»**

«Was ist das, Nora?»

«Das muss man Ahlam vorsingen, damit sie einschläft. Ich habe Angst, dass Farhat die Worte vergessen hat.»

«Und Issam, was singst du ihm vor?»

«Issam ist schon groß.»

«Und was hast du ihm vorgesungen, Nora?»

Nora riss die Augen weit auf und lächelte. Sie sah sich, über den kleinen runden Kopf gebeugt, der sie zur Mutter gemacht hatte.

*«Rose le dromadaire au milieu du désert. Mais bleu le dromadaire qui franchit la mer. Blanc le dromadaire qui vole dans les airs … sous la forme d'un nuage ou celle d'une page … qu'on referme quand tes yeux se ferment. Dors bien mon poussin.»***

«Und Farhat?»

Ein Anflug von Traurigkeit verdüsterte ihre Augen.

«Liebeslieder.»

* «Mein kleiner Bär / so süß so klein / mit einem Näschen wunderfein / mit Äugelein so blank so blitz / aus denen blinkt der Mutterwitz.»

** «Es war einmal ein Dromedar / das rosa in der Wüste war / doch blau, wenn's durch die Wellen geht / und weiß, wenn's in den Lüften schwebt / weiß wie die Wolke wie das Blatt / im Buch, das ich zuschlage wenn du matt / die Äuglein schließt / mein Küken, schlaf ein!»

Am Tag nach Noras Tod bekam Paul die Mitteilung, dass die Visa für Farhat und die Kinder abholbereit seien. Paul nahm all seine verbliebene Energie zusammen, um die Überführung von Noras Leichnam nach Kerkennah zu organisieren. Es war komplizierter, die tote Nora zurückzubringen, als sie lebend nach Frankreich zu holen. Der Konsulatsbeamte hatte recht gehabt. Paul hätte Nora bei den Ihren sterben lassen sollen. Doch ihm war bewusst, welch ein außerordentliches Privileg er genossen hatte. Er hatte Nora nur für sich allein gehabt. Er hatte ihre Hand gehalten, ihr die Stirn gestreichelt, ihr tröstende Worte gesagt. All die Dinge, die Farhat auch getan hätte, wenn er da gewesen wäre. Und jetzt war da dieses Geheimnis tief in ihm drin, dieses Versprechen, das er halten würde, Noras Traum.

FÜNFTES KAPITEL

Gleich am Morgen nach der Beerdigung nahm Farhat seine Arbeit wieder auf. Die Touristen waren längst da, und ihm tat es gut, keine Zeit zum Nachdenken zu haben. Fatima versorgte ihre Enkelkinder, so gut es ging. Paul war nochmals nach Frankreich aufgebrochen, um dort ein paar Dinge hinsichtlich seiner definitiven Niederlassung in Kerkennah zu regeln. Die Suche nach einer dauerhaften Bleibe war unproblematisch verlaufen. Paul war dem Charme eines Anwesens direkt am Strand erlegen, genannt *Bayt el bahr*, das «Haus am Meer». Es war rund zweihundert Meter von Branca entfernt, ein großes, in traditioneller Bauweise errichtetes Haus, das zuvor einem reichen Sohn der Insel gehört hatte. Farhat hatte Paul die Geschichte des Mannes erzählt, der in Montréal ein Vermögen gemacht hatte. Faouzi war ein großartiger Koch, er hatte in den besten Restaurants der Inseln gearbeitet, vor allem im *La Sirène* in Remla. Er hatte sich mit einem französischsprachigen Kanadier angefreundet, der seine Ferien auf Kerkennah verbrachte, und ihm vorgeschlagen, in Montréal ein tunesisches Restaurant zu eröffnen. Der Kanadier war ein seriöser Geschäftsmann und machte keine halben Sachen. Er bat Faouzi, ein Team zusammenzustellen: zwei gut ausgebildete Küchenhilfen, fünf Kellnerinnen, vorzugsweise jung und hübsch, und eine Gruppe traditioneller Musikanten. Wer Französisch sprach, hatte keinerlei Probleme, eine Arbeitserlaubnis für Montréal zu bekommen. Der kleine Trupp war geschlossen ausgewandert. Das Restaurant wurde wie geplant eröffnet, und schon nach einem Jahr musste man einen Monat im Voraus reservieren. Faouzi kehrte von Zeit zu Zeit nach Kerkennah zurück. Keines seiner Kinder war auf der Insel geblieben, nicht einmal in den Ferien kamen sie zurück. Faouzi aber zog es immer wieder nach Kerkennah. Er hatte das Archipel in den Genen. Fürs Alter hatte er das Meerhaus erbauen lassen, eine Villa nach alter Tradition, ebenerdig, mit Natursteinen aus Kerkennah, Steinen, die atmeten. Sie waren mit Kalkmörtel zementiert worden. Dann hatte man die Mauern mit einer Schicht Teer überzogen, bevor man sie mit Kalkmilch tünchte. Kalk wurde auf der Insel schon seit der Antike verwendet. Er hielt die Feuchtigkeit fern, schützte vor der salzhaltigen Luft und dämpfte das grelle Sonnenlicht. Für die Decke hatte man die schönsten Querbalken aus Palmholz gewählt, robust und gerade gewachsen, ohne jeden Makel. Die Rundhölzer stammten gleichfalls von der Palme, ebenso wie die darübergeschichteten Wedel. Eine dicke Lage getrockneter Algen sorgte für die perfekte Dachabdichtung. Und bedeckt war das alles mit einer Mischung aus Sand und gebranntem Kalk.

Die Villa hatte die Form eines Quadrats. In der Mitte befand sich der Patio, der Zugang zu sämtlichen Räumen gewährte: den vier Schlafzimmern, dem Wohnzimmer, dem Büro und der Küche. Jedes Schlafzimmer hatte sein eigenes Bad und WC. In der Mitte des Patio befand sich etwas, das einem Brunnen ähnelte, aber in Wahrheit eine Zisterne war, die für fließendes Wasser in der Villa sorgte. Die Zisterne, zum Himmel hin offen, um das Regenwasser aufzufangen, deckte fast den gesamten Trinkwasserbedarf. Sogar für den Garten auf der Rückseite des Hauses reichte das Wasser noch. Dieser Garten war eine kleine Oase, mit einem Mandelbaum, fünf Palmen, zwei Feigenbäumen, einem Granatapfelbaum und viel grünem Gras. Das Geheimnis seiner Schönheit hieß Süßwasser. Das öffentliche Leitungswasser von Kerkennah war viel zu salzhaltig. Auf der anderen Seite, zum Meer hin, verband eine weiße Terrasse die Villa mit dem Strand.

Seit dem Tod seines Besitzers in Montréal, zwei Jahre zuvor, stand das Haus leer. Die Erben hatten mit einem Ferienquartier in Kerkennah nichts im Sinn. Im Urlaub zogen sie die Bars und das bunte Treiben von Djerba vor. Paul erwarb das Haus am Meer zu einem günstigen Preis, und dank Farhats guter Kontakte machten sich schon bald ein paar ältere Arbeiter aus Kerkennah, die noch die traditionellen Maurertechniken beherrschten, bereitwillig ans Renovieren. Wenigstens mal ein Auswärtiger, der nicht auf Beton und Zement bestand! Auf Kerkennah gab es noch alle Handwerker, einschließlich eines Schmiedes, der nach uralter Art, ohne Schweißnähte, Fenstergitter herstellte, die als einzige dem Fraß des Meersalzes widerstanden. Und auch ein Tischler fand sich, der die imposante einflügelige Holztür restaurierte. Während der Renovierungsarbeiten machte Farhat ein paar Vorschläge, vor allem im Hinblick auf die Tür. Er wollte, dass sie mit Nägeln dekoriert würde und dass eine Fischskulptur darüber käme.

«Gut, dass der Fisch gegen den Bösen Blick ist, das habe ich begriffen, aber die Nägel?»

«Gegen die Dschinne, die sich dann nicht ins Haus trauen», erklärte ihm Farhat.

Paul entschied sich für einen Katzenwels, womit er Farhat zur Verzweiflung trieb, der der Ansicht war, das hebe sich gegenseitig auf.

«Verstehst du nicht, der Fisch bringt Glück, und die Katze bringt Unglück.»

«Wenn sie schwarz ist oder unter einer Leiter durchläuft, aber mein Katzenwels ist doch nicht schwarz, und wie soll er von dort oben unter eine Leiter geraten ...»

«Das ist es nicht», sorgte sich Farhat. «Der Fisch bringt Glück, aber die Katze frisst Fische.»

«Ja, aber es ist ein Katzenwels», betonte Paul. «Der wird sich doch nicht selber fressen.»

«Trotzdem, willst du dir nicht lieber einen Hahnenbarsch hinmachen, wie den über meiner Haustür?»

«Glaubst du nicht, dass der Hahn ein wenig zu französisch wirkt?»

«Na gut, und warum dann nicht eine Seezunge?»

«Sehr originell, eine Seezunge! Das wird ein richtig schönes Flachrelief!»

Zwei Tage später war der Katzenwels verschwunden und hatte einer absolut flachen Seezunge Platz gemacht, die den Besucher aber freundlich anzuzwinkern schien.

Die Renovierung von *Bayt el bahr* hatte die Gemüter beschäftigt, einschließlich jener der Kinder, die, sobald die Handwerker verschwunden waren, zum Versteckspielen in dieses neue Universum kamen. Ahlam, Issam und mehrere ihrer Freunde liefen kreuz und quer darin herum. Einer, der niemals fehlte, war Nourdine, Issams bester Freund. Obwohl er schon zehn Jahre alt war und Issam erst neun, war Issam der Größere der beiden. Neben ihm wirkte Nourdine wie eine kleine graue Garnele, die um einen Clownfisch herumschwamm. Aber es gab noch einen anderen Unterschied zwischen den beiden Kindern. Nourdine trug immer Sandalen und den traditionellen Qamis, das lange Gewand, und ließ nie die Gebetsstunde aus, selbst wenn im Eifer des Gefechts die römischen Legionen das Fort einzunehmen drohten. Die Kinder unterbrachen dann das Spiel und legten eine Verschnaufpause ein, während Nourdine ein wenig abseits sein Gebet verrichtete. Alle nahmen sie Rücksicht auf Nourdine und respektierten ihn, insbesondere Issam, der ab und zu seinem Freund beim Beten Gesellschaft leistete. Doch etwas in Nourdines Verhalten verstörte Issam und brachte Ahlam regelmäßig auf die Palme. Wenn Paul Nourdine mit einem freundlichen *salam* begrüßte, dann senkte dieser den Blick und antwortete nicht. Den anderen Kindern war das sehr peinlich, umso mehr, als sie den Grund nicht verstanden. Eines Tages ging Issam, völlig genervt vom Benehmen seines Freundes, der schon wieder den Kopf weggedreht hatte, während Paul ihn ansprach, der Sache auf den Grund:

«Also, was hat er dir getan?»

«*Makkash.*»

«Was, er hat dir gar nichts getan? Wenn ich mich so unhöflich benehmen würde wie du, würde mein Vater mich sicherlich verhauen.»

«Und meiner würde mich noch viel mehr verhauen, wenn ich zu einem *kafir** ‹salam› sagen würde.»

* Ungläubiger. Der Plural *kuffar* ist bekannter.

«So ein Unsinn! Aber bei ihm zu Hause zu spielen, das stört dich wohl gar nicht?»

«Ein *kafir* ist nirgends innerhalb von *dar el islam** zu Hause, sagt mein Vater.»

Die Renovierungsarbeiten waren noch nicht beendet, als am 2. November ein sintflutartiger Regen auf die Insel niederging, begleitet von einem gewaltigen Sturm.

«Das ist die *nawa chteh*», erklärte Fatima. «Sie kündigt die Ankunft des Winters an. Und diesmal hat sie es in sich.»

«Was für ein Glück, dass das Dach fertig ist», seufzte Paul.

An jenem Abend übernachtete er bei Farhat. Wind und Regen waren schon zu heftig geworden, um noch einmal aus dem Haus zu gehen. Erde und Meer waren nur noch eins.

Als am nächsten Morgen die Sonne aufging, bot die Insel einen trostlosen Anblick. Palmen waren umgestürzt. Schafe ums Leben gekommen. Ein Dromedar lag stöhnend am Boden, mit gebrochenen Vorderpfoten. Paul fand mehrere tote Fische auf der Terrasse seines Hauses.

Aber der Sturm war von kurzer Dauer gewesen. Die Arbeiten gingen wieder zügig voran. Ende November trafen aus Sfax ein paar Techniker ein und installierten eine moderne lautlose Klimaanlage. Paul hatte ihnen auch noch einen ungewöhnlichen Auftrag erteilt: Sie sollten eines der Zimmer isolieren und dort einen Thermostat einbauen, der für konstante Temperatur und Luftfeuchtigkeit sorgte. Als der Raum so weit fertig war, ließ Paul eine Panzertür anbringen

* Haus des Islam, übliche Bezeichnung für den gesamten Herrschaftsbereich des Islam

und Sicherheitsschlösser, und stellte einen neuen Stromgenerator hin.

Ende Dezember verließ Paul endgültig das Hotel Al Jazira. Auf dem Schreibtisch in seinem Zimmer ließ er, gut sichtbar, das Pastellbild mit dem Dromedar zurück.

Die Spediteure waren pünktlich zur Stelle. Farhat und die Kinder rissen staunend die Augen auf, als sie sahen, was Paul alles aus Frankreich hatte kommen lassen. Das imposanteste Objekt war ein großes weißes Klavier.

«Bist du Musiker?», staunte Farhat. «Ich dachte, du seiest Maler.»

«Sagen wir mal, ich bin ein Maler, der gern Musik macht. Das ist nicht unvereinbar. Mein Vater war italienischer Herkunft und Berufsmusiker. Meine Mutter war Kunstmalerin. Und das hat ziemlich gut funktioniert.»

«Du hast mir nie von deinen Eltern erzählt.»

«Du hast mich noch nie nach ihnen gefragt, und ich rede auch nicht so gern darüber. Sie sind gestorben, als ich noch klein war. Aber sie hatten genug Zeit gehabt, in mir die Liebe zur Malerei und zur Musik zu wecken. Meine Mutter stand ganz oft an der Staffelei und malte, während mein Vater Klavier spielte. Vielleicht fing sie an zu malen, weil mein Vater gerade musizierte? Oder war es umgekehrt, und mein Vater fing an zu spielen, wenn er meine Mutter malen sah? Die beiden wirkten unbeschreiblich anmutig. Meine Eltern zusammen, sie vor der Leinwand, er am Klavier, ist das Schönste, was ich je gesehen habe.»

«Aber du hast dich für die Malerei entschieden.»

«Die Malerei hat sich für mich entschieden. Ich denke,

dass ich von der Technik her ein guter Musiker war, aber ich habe es nie fertiggebracht, mich in der Musik zu verwirklichen. Und dann war es eben die Malerei, die mich schnell reich und berühmt gemacht hat.»

«Ich bin wirklich sehr froh, *akhi.* Wenn du dein ganzes Material und dein Klavier hierhergeholt hast, dann heißt das, dass du zu bleiben gedenkst. Vielleicht wirst du sogar eins der Mädchen von Kerkennah heiraten. Ich kenne mehr als eine, die nichts dagegen hätte, vorausgesetzt natürlich, dass du konvertierst», fügte Farhat mit breitem Lächeln hinzu.

«Na klar doch! Und mein bestes Stück lass ich mir dann auch gleich kupieren!»

Farhat musste unwillkürlich lachen.

Dieses tönende Lachen von Farhat … Sein erstes seit fünf Monaten, seit Noras Tod.

SECHSTES KAPITEL

Aufrecht wie ein Mast stand Farhat auf seinem Boot und schaute zu seinem Freund auf der Terrasse des Meerhauses hinüber. Farhats Füße federten im Rhythmus der Wellen, die gegen den Bootsrumpf schlugen, während das Licht sachte dahinschwand.

Tagtäglich zur selben Zeit begab Paul sich ins Freie, zur Stunde der Abenddämmerung. Vermutlich wollte er den roten Feuerball einfangen, bevor der ins Meer eintauchte. Die Terrasse und der Sandstrand gingen nahtlos ineinander über. Die Terrasse war ebenerdig erbaut, und wenn der Wind sich erhob, fielen Abermillionen von Sandkörnern über sie her und überzogen sie zärtlich mit einer goldschimmernden Schicht. Manchmal schwang Paul dann den Besen und machte klar Schiff. Manchmal aber fand er es viel schöner, den warmen Sand unter den nackten Füßen zu spüren, bevor dieser vollends abkühlte. War die dünne Sandschicht dann erkaltet, zog er sich Schuhe an und malte bis tief in die Nacht. Wenn die Dunkelheit den Strand rundherum eingehüllt hatte, stellte er eine neue Leinwand auf die Staffelei und entzündete die Lichter auf der Terrasse. Das Meer gegenüber war tiefschwarz, vom Strand kam kaum ein Hauch, aber die Terrasse war ein Lichtkegel inmitten der Finsternis. Und inmitten dieses Lichtkegels stand Paul, hoch aufgerichtet vor seiner Staffelei. Seine Bewegungen ähnelten denen eines Dirigenten im Eifer des Gefechts, mal ruckhaft und knapp, mal langsam und ausladend. Die Farbstriche, die er auf die Leinwand setzte, ersetzten die Noten, und das stumme Schauspiel seiner flinken Hände bot einen faszinierenden Anblick.

Seit einigen Wochen kamen Issam und Ahlam abends zu ihm und bewunderten den virtuosen Tanz der Pinsel. Hand in Hand, so standen sie da, fünf oder sechs Meter vom Maestro entfernt. Farhat schaute von weitem zu, amüsiert über die tastenden Annäherungsversuche seiner Kinder.

Issam war der Resolutere der beiden. Ahlam schien zögerlicher und umklammerte die Hand ihres Bruders, um sicher zu sein, ihn nicht zu verlieren. Wenn sie einmal Stellung bezogen hatten, gaben die Kinder keinen Laut mehr von sich. Sie wagten kaum zu atmen. Und eigentlich nur deshalb duldete Paul ihre Nähe. Am Anfang irritierte ihn der voyeuristische Blick der beiden kleinen Eindringlinge, die ihn im Halbdunkel beobachteten. Er war es nicht gewohnt, bei der Arbeit Zuschauer zu haben. Mit einer Ausnahme hatte er noch nie die Anwesenheit Fremder beim Malen ertragen, und diese unvermeidliche Ausnahme, das waren die Aktmodelle gewesen, die sich in seinem Pariser Atelier die Klinke in die Hand gegeben hatten. Aber das war in einem anderen Leben gewesen, zu einer Zeit, da ihn weibliche Akte noch interessiert hatten.

Bei den ersten Versuchen von Farhats Kindern, in seine künstlerische Abgeschiedenheit einzubrechen, hatte Paul sich vehement umgedreht und ihnen einen so rabenschwarzen Blick zugeworfen, dass sie erschrocken davongestoben waren, kleine spitze Schreie ausstoßend.

Allmählich hatte Paul dann gelernt, sich langsamer umzudrehen, mit einem freundlich aufleuchtenden Blick. Er war doch so froh, Noras Kinder endlich wieder lachen zu hören.

An jenem Abend spürte Paul wie üblich die Gegenwart der beiden Kinder. Er war gut gelaunt und beschloss, ihnen mit einem «Buuuh», das er in die nächtliche Stille hineintrompetete, Angst einzujagen. Issam und Ahlam liefen kreischend davon. Sie wussten, dass das hier nur Spaß war. Sie wussten inzwischen auch, dass sie jederzeit wiederkommen konnten. Sie waren stets willkommen. Vorausgesetzt, sie verhielten sich schön still.

Beim Davonlaufen war Ahlam über einen Stein gestolpert und hatte einen spektakulären Purzelbaum hingelegt. Doch ihr fröhliches Lachen beruhigte Paul und verstärkte seine ausgelassene Stimmung noch. Sie hatte sich nicht weh getan.

Einige Minuten später kamen Bruder und Schwester auf leisen Sohlen wieder herangeschlichen. Ohne sich umzudrehen, rief Paul ihnen zu:

«Wie wär's, wenn Ihr mal ein bisschen näher kämt, vielleicht auf die Terrasse?»

Issam sah Ahlam an. Sie lächelte ihm zu. Sie war auch einverstanden. Die Kinder rückten näher an den Maler heran. Paul betrachtete sie belustigt und reichte ihnen die Hand. Issam drückte sie selbstbewusst. Ahlam traute sich nicht.

«Na schön. Hat denn einer von euch schon mal gemalt?»

Paul erhielt keine Antwort.

«Hat einer von euch schon einmal gezeichnet?»

Diesmal hatte er mehr Erfolg.

«Ja», antwortete Issam. «Ich habe in der Schule ganz viele Bilder gezeichnet. Und dann hab ich ja auch noch deine Pastellstifte.»

Paul hatte sie ganz vergessen, die Pastellstifte, die er Issam geschenkt hatte, als er zum ersten Mal zu Nora und Farhat ins Haus gekommen war.

«Ich auch», krähte Ahlam, die erleichtert war, dass ihr Bruder den ersten Schritt getan hatte, jetzt aber auch zum Zug kommen wollte. «Ich habe alles gemalt, was es nur gibt: das Meer, die Bäume, das Klassenzimmer.»

«Ich bin überzeugt, dass Sie das ganz prima hinbekommen, mein Fräulein. Ich möchte euch etwas vorschlagen: Wie wäre es, wenn ihr mir mal eure Zeichnungen zeigt und ich euch sage, was ihr daran verbessern könntet?»

«Das würden Sie tun, Monsieur?», fragte Issam, sichtlich überrascht.

«Ich würde was tun?»

«Na … Zeichenunterricht geben, oder so?»

«Ja, warum denn nicht? Natürlich nur, wenn euer Vater damit einverstanden ist.»

Ganz leicht war Issam ums Herz, als er sich auf den Nachhauseweg machte, mit einem Gefühl, als öffne sich ihm eine neue Welt. Paul vor seiner Staffelei, das war ein Anblick, der ihn nicht mehr losließ. Issam hatte es sich bisher nie eingestanden, aber nun fiel es ihm wie Schuppen von den Augen: Er wollte Maler werden. Das war sein Traum. Er wollte lernen zu zeichnen, die Farben zu mischen, wiederzugeben, was er vor sich sah, und auch das, was er nicht sah, aber empfand.

Ahlam war ganz anders gestimmt als ihr Bruder. Fürs Erste aber war sie müde und wollte ins Bett, und ihr Zuhause erschien ihr weiter entfernt als sonst. Doch auch sie hatte ihr kleines Geheimnis. Eines Abends, als die beiden Kinder beim Haus am Meer angekommen waren, hatten sie die Terrasse schwarz und leer vorgefunden. Aus dem Haus hingegen war Musik erklungen.

Issam wollte also das Malen erlernen und Ahlam die Musik. Paul war fasziniert. Dieses Geschwisterpärchen war letztlich wie seine Eltern, Muscheln, die am selben Felsen klebten, aber jede auf ihrer Seite, und beide taten sie dasselbe, doch ohne es zu wissen.

Von den ersten Lektionen an war Paul beeindruckt von Issams Ernsthaftigkeit, seiner Wissbegierde. Er machte sich unablässig aufs Neue an die Arbeit, lauschte aufmerksam Pauls Ratschlägen und nahm seine Kritiken an, als wären es Geschenke. Issam war von einem Streben nach Perfektion beseelt, in dem Paul sich selbst als Kind wiederfand. Es war ein verstörendes, hauchzartes Gefühl. Paul brauchte eine Weile, bis er verstand, was er empfand. Er war glücklich und befürchtete zugleich, dass diese magischen Momente einmal aufhören könnten.

Sein Verhältnis zu Ahlam war völlig anderer Art. Sie war jünger als ihr Bruder, schelmisch und extravertiert und spielte ihren Charme aus. Wenn sie genug vom Üben hatte, war es sinnlos, sie anzutreiben. Und wenn Paul mal eine kritische Bemerkung machte, die nicht ausreichend verbrämt war, dann fing sie gleich an zu schmollen. Wenn sie fertig mit Schmollen war, lief sie auf Paul zu, warf sich ihm in die Arme, küsste ihn auf die Wange und nahm mit entschlossener, siegesgewisser Miene wieder am Klavier Platz. Dann musste Paul laut lachen und steckte Ahlam damit an.

Issams Zeichnungen überraschten in ihrer subtilen Mischung aus Strenge und Phantasie. Er zeichnete nie die Realität, aber er entfernte sich auch nicht wirklich von ihr. Und Ahlam nahm am Klavier die perfekte Haltung ein: die leichte Wölbung des Handrückens, die katzenhafte Geschmeidigkeit der Finger, das absolute Gehör. Tag für Tag brachte Paul Noras Kinder einen Schritt weiter voran, auf dem Weg zur Erfüllung seines Versprechens. Diese Kinder würden einmal ganz außergewöhnlich sein. Sie wären wie Nora, aber in der Weite des Raums, nicht eingesperrt im engen Umkreis der Kerkennah-Inseln, sie würden es weiterbringen, dorthin, wohin das Leben sie entführen würde. Farhat fürchtete, sie könnten Paul zur Last fallen oder ihre Schularbeiten vernachlässigen. Das Gegenteil war der Fall. Noch nie waren ihre Noten so gut gewesen, und Paul war überglücklich. Gott sei Dank hatten die Geschwister aufgehört, miteinander zu streiten. Sie waren ebenbürtig geworden, ergänzten einander perfekt. Kaum beherrschten sie die Grundlagen ihrer Kunst, hatte Paul sie gebeten, zusammen zu spielen, Issam an der Leinwand, Ahlam am Klavier. Und es wurde ein wahres Zusammenspiel. Paul schaltete sich nur hin und wieder ein, korrigierte behutsam oder gab einen Rat. Daneben gab er ihnen natürlich auch Einzelunterricht, der intensiver ausfiel. Und er erzählte ihnen von der Poesie. Der Poesie der Worte, ihrer Klangfarbe, ihrer Musik. Das alles mussten sie kennenlernen und beherrschen. Paul brachte es ihnen bei. Besser als in der Schule, besser als Fatima und Nora es je getan hatten. Magische Worte, rhythmische Worte, farbige und finstere Worte,

Pausen, Tempi und Wiederholungen, hingehauchte Worte, Nuancen, Geflüster und Gemurmel.

Doch das alles hatte seinen Preis. Unter der Obhut des Franzosen wurden aus Issam und Ahlam Kinder, die «anders» waren. In Kerkennah begann man zu tuscheln. Es erhob sich der Wind der Missgunst. Der Imam der Altstadtmoschee von Remla suchte Farhat auf. Er müsse aufpassen, Paul sei Franzose, mit anderen Worten, Paul sei Christ. Farhat pfiff darauf. Paul war ein guter Mensch. Er tat den Kindern gut. Er brachte Schönheit in ihr Leben, gab ihnen Hoffnung für die Zukunft. Issam und Ahlam wurden immer verständiger, immer hübscher, immer strahlender. Und so wurde der Unterricht fortgesetzt. Der Imam, erklärte Fatima, solle sich gefälligst zum Teufel scheren.

Die Kinder kamen nun schon so lange ins Haus am Meer, dass sie dort jeden Winkel kannten. Bis auf einen einzigen Raum, dessen Tür stets verschlossen war. Und in dem nie etwas zu passieren schien. Die Kinder drückten ihr Ohr an die Tür, aber es drang nie der leiseste Laut heraus.

An einem Abend im August des Jahres 2001 lud Paul Farhat und Fatima zum ersten Konzert seiner beiden Schüler ein.

Ahlam setzte sich ans Klavier und intonierte *Für Elise*, während Issam behutsam Striche auf die Leinwand setzte, bald dicht an dicht, bald mit ausladender Geste. Dann glitt Ahlam hinüber in ein dynamisches *Get Back*. Issam wechselte zur nächsten Leinwand und passte sich dem Rhythmus an, mit knappen, nervösen Pinselstrichen. Er beanspruchte fast die ganze Fläche der Leinwand für sich, ließ nur ab und zu weiße Flecken frei, um den seltenen Pausen im Stück gerecht zu werden. Noch war die Vorführung tastend und unsicher, aber schon voller Magie. Am Ende schenkte Ahlam Fatima das Beethoven-Bild, Issam Farhat das Beatles-Gemälde.

Nun gut, da ließen sich noch gewaltige Fortschritte machen, dachte der Lehrer. Issam war mitunter aus dem Rhythmus gefallen und hatte nicht immer die passenden Farben gewählt. Für Ahlam war es leichter: sie brauchte nur zu spielen. Und doch hatte das Wesentliche gefehlt: die Poesie. Hier musste man ansetzen, wenn man weiterkommen wollte.

Die Begeisterung der Großmutter überstieg noch die des Vaters. Sicher, die Kinder hatten äußerst geschickte Finger, aber da war vor allem Pauls absolut genialer Unterricht.

«Wie bist du denn auf den Gedanken gekommen, sie zusammen malen und musizieren zu lassen?»

«Oh, das habe nicht ich erfunden. Das ist ein Experiment, das gern an Kunstakademien durchgeführt wird. Dahinter steckt die Idee, dass es zwischen allen Künsten eine kosmische Verbindung gibt, vor allem zwischen Musik und Malerei. Leonardo da Vinci hat einmal gesagt, Musik sei die kleine Schwester der Malerei.»

«Und Ahlam ist die kleine Schwester von Issam.»

«Genau. Aber man muss dem Ganzen einen Sinn geben, verständliche Regeln formulieren, also Regeln, die so einfach sind, dass man sie auch ausführen kann. Fürs Erste habe ich Issam nur gesagt, dass er kurze, dichte Pinselstriche auf die Leinwand setzen muss, wenn das Tempo hoch ist. Und lange Striche, in lockerem Abstand, wenn das Tempo langsam ist. Als Nächstes geht es dann um die Dicke der Pinselstriche.»

«Und Ahlam?»

«Tja, Ahlam! Sie hat zu bestimmen, wie dick der Pinselstrich wird. Wenn sie laut, mit kräftigem Anschlag, spielt, gibt es kräftige Pinselstriche. Wenn sie ihre Finger nur leicht über die Tasten gleiten lässt, muss Issam die Leinwand mit ganz zarten, hauchdünnen Strichen überziehen. Ich möchte, dass Bruder und Schwester den perfekten Einklang von Farbe und Rhythmus erzielen. Ich denke, dass es für Geschwister einfacher ist, diese Harmonie zu erreichen. Oder aber man muss ein Liebespaar sein.»

«Wie deine Eltern», ergänzte Farhat.

«Wie meine Eltern. Eigentlich ist das ein uraltes Projekt von mir. Ich bin nur immer wieder davon abgekommen, aber jetzt, auf dieser Insel, mit diesen beiden Rohdiamanten, werde ich es voranbringen.»

«Und Issam und Ahlam? Glaubst du denn, sie werden …»

«Sieh dir doch nur mal die Bilder an, Farhat, nach nur acht Monaten Unterricht! Die beiden werden große Künstler werden. Stell dir nur vor, wozu sie in zehn Jahren imstande sein werden.»

Trotz allem Enthusiasmus hatte Paul jedoch noch nicht den passenden Schlüssel gefunden. Ihn hatte schon immer der Ehrgeiz beseelt, zu einem Universalismus der Kunst vorzustoßen, sämtliche Künste in einem einzigen, einheitlichen Werk zu vereinigen. Und wer hätte diesen Ehrgeiz nicht gehabt? Debussy, Wagner, Daniel Seret, Kandinsky oder Paul Klee: Alle hatten sie, auf ihre Weise und zu ihrer Zeit, denselben Traum geträumt, den Traum von der Einheit aller Künste.

Aber niemand hatte es je geschafft, sei es aus Mangel an Willensstärke, Zeit oder Talent. Einige wahre Genies hatten die Goldmine gestreift, doch ohne tiefer zu schürfen. Rimbaud, der den Schatz schon in Händen hielt, hätte den Schaum seiner *Vokale* durchstoßen können. Doch das ahnte er mehr, als dass er es begriff. Seine chromatische Wahrnehmung der fünf Vokale war nur ein Spiel gewesen, ohne Konsequenzen und ohne anderes Ziel, als seine poetische Lizenz zu demonstrieren. Er war nicht daran gescheitert, ein System zu erstellen: Er hatte es erst gar nicht versucht.

Paul wollte es versuchen. Er würde auf die Goldader stoßen und sie anzapfen. Vorausgesetzt, er verzettelte sich nicht mehr. Er musste sich konzentrieren. Auf die Farbe in der Poesie der Worte. Die Musik käme danach an die Reihe.

SIEBTES KAPITEL

Seit einigen Tagen waren die Touristen nun wieder abgereist. Kerkennah fand zu seinem schläfrigen Rhythmus zurück. Doch an jenem Abend machte sich Lärm auf der Insel breit. Vom Haus am Meer aus konnte Paul das Echo lauten Geschreis vernehmen, wildes Hupen, dann die Stimme des Muezzins: *Allahu akbar, Allahu akbar**. Das war kein Gebetsruf, denn es war längst dunkel. Paul schaute hinüber nach Remla. Stellenweise war die Stadt hell erleuchtet. Viel zu viel Licht. Gegen ein Uhr nachts hörte man es laut knallen, wie Feuerwerkskörper, die explodieren, dann sah man flackernde Lichter und Rauch. Paul dachte, irgendwo sei ein Brand ausgebrochen. Es reizte ihn, in die Stadt zu fahren, doch etwas hielt ihn zurück. Stattdessen nahm er seinen Skizzenblock zur Hand und begab sich zur Hafenmole von Branca. Von dort aus hatte er freien Blick auf Remla und aufs Meer. Auf dem Meer war alles ruhig. In Remla nahm etwas Dunkles und zugleich Leuchtendes Gestalt an. Paul warf rasch eine Skizze aufs Papier und eilte wieder heim. Er begann zu malen. Er wollte die schwarze Reglosigkeit des Meeres erfassen, das verkrustete Salz, die gleichmäßige Brandung der Wellen am Strand und, hinter Branca, das Undefinierbare, eine dumpfe Raserei, Klagelaute und Farbflecken, brutal wie Blutflecken.

* Gott ist am größten

Am nächsten Morgen war wieder alles ruhig. Paul hatte sein Werk fertiggestellt.

Farhat hingegen war noch am selben Abend in Remla gewesen. Die Leute erzählten, Amerika sei vernichtet worden. Blitze seien aus heiterem Himmel in New York eingeschlagen, hätten Millionen von Toten gefordert. In der Menge der fassungslos Staunenden gab es ein paar Salafisten, die wie wild schrien, hupten und schwarze Fahnen schwenkten. Einer von ihnen brüllte, der Löwe des Islam habe die *kuffar* besiegt. Alle Amerikaner würden getötet werden. Und er setzte mitten im Stadtzentrum eine amerikanische Flagge in Brand. Dann konnte man Detonationen hören, sah Körper, die zu Boden fielen.

Im Lauf des Tages drangen konkretere Informationen über den Einsturz der Twin Towers und den Luftangriff aufs Pentagon nach Kerkennah durch. Paul empfand jäh eine riesige Angst. Er hatte sich seit mittlerweile fast zwei Jahren an die gemächliche Gangart eines vom Tosen der Außenwelt verschonten Kosmos gewöhnt. Sfax mit seinen vierhunderttausend Einwohnern war nur zwanzig Kilometer entfernt, doch das blaue Wasser vermochte es, die Menschen während der Überfahrt zu läutern. Und mit einem Mal hatten Bosheit und Flamme die Allmacht des Wassers besiegt. Nie hätte sich Paul ausgemalt, dass es auf dieser Insel Menschen gibt, die sich über den Tod anderer Menschen sechstausend Kilometer entfernt freuen könnten.

Paul war Künstler. Er lebte ausschließlich für seine Kunst, war auf der Suche nach Sinn und nach Schönheit und sonst gar nichts. Das Weltgeschehen interessierte ihn nicht. Seit er auf Kerkennah war, las er keine Zeitungen mehr, sah nicht mehr fern, hörte nicht einmal mehr Radio. Er hatte auch kein Internet, auf der ganzen Insel hatte so gut wie niemand Internet. Farhat, der nur ein einfacher Fischer war, wusste viel besser über dieses Thema Bescheid. Er hatte zu spüren bekommen, wie der Islamismus nach und nach an Terrain gewann, parallel zum wachsenden inneren Widerstand gegen das Ben-Ali-Regime. Die Leute waren nicht mehr so tolerant. Wie oft hatte man ihm nicht schon zu verstehen gegeben, dass seine Kinder von einem *kafir* erzogen wurden, der ihnen verbotene Dinge beibrachte! Selbst der Imam hatte ihm einen Vortrag über die Gefahren der Malerei und der Musik gehalten, über ihren verderblichen Einfluss auf die Seele der Muslime. Dabei hatte sich nichts wirklich geändert. Das Ben-Ali-Regime hatte eine bleierne Wolke über Tunesien verhängt, und die wirkte sich aus. Die Salafisten trafen sich in geschlossenen Zirkeln, hielten in der Moschee den Mund und ließen so gut wie nichts nach außen dringen. Der Jubelausbruch der dreißig jungen Salafisten am 11. September 2011 in Remla war wie ein Signal, eine deutliche Warnung.

Und das war nur der Anfang. Am 15. September kam Issam im Zustand größter Erregung von der Schule zurück. Saber, Nourdines großer Bruder, kaum neunzehn Jahre alt, war am Vorabend verhaftet worden. Sie hatten ihn vor dem Elternhaus überwältigt und zu Boden geworfen, vor den Augen seines kleinen Bruders. Nourdine hatte Issam mit flammendem Blick erklärt, dass sein Bruder jetzt wegen der *kuffar* im Gefängnis sei, wegen solcher Leute wie Paul. Issam hatte angesetzt, Paul zu verteidigen, aber Nourdine hatte vor ihm ausgespuckt.

«Mein Vater hat gesagt, dass eines gesegneten Tages allen *kuffar*, die den Boden des Islam verschmutzen, die Kehle durchgeschnitten wird wie zu Zeiten des Propheten – *sallallâhu alayhi wa sallam**.»

Danach war Nourdine in Tränen ausgebrochen und Issam hatte nicht mehr gewusst, was er noch sagen sollte.

In Sfax fanden weitere Festnahmen statt. Auf Kerkennah war als Nächster der Vater von Saber und Nourdine dran, er wurde fortgetragen wie ein Sack Gerste. Issam versuchte zu verstehen. Er wollte seinen Freund in seinem Kummer nicht alleine lassen. Am Anfang stieß Nourdine ihn weg. Doch langsam näherten sie sich einander wieder an. Unter der einen stillschweigenden Bedingung: künftig nicht mehr über dieses Thema zu reden. Es war ein Tabuthema geworden. Nourdine hatte keinen Vater und keinen großen Bruder mehr. Aber es blieben die anderen Geschwister, zwei Brüder und zwei Schwestern, die sich des Jüngsten annahmen. Und jeder hoffte auf den Tag der Freilassung, den der Imam der Altstadtmoschee von Remla am Ende des Freitagsgebets immer inbrünstig herbeiflehte.

Das Leben nahm wieder seinen Lauf. Die Kinder machten erstaunliche Fortschritte. Ahlams Finger wirbelten über die Tasten, während Issams Bewegungen immer präziser, selbstsicherer wurden.

Fatima drängte Farhat, wieder zu heiraten. Er aber wollte davon nichts wissen. Sie führte an, dass sie ja nicht immer

* Gott segne ihn und schenke ihm Heil. – Segensformel, die manche Muslime standardmäßig aussprechen, sobald sie den Namen des Propheten erwähnen. (Kurzform: SAWS)

da sein könne, um die Kinder zu versorgen, und dass diese ja auch eine Mutter bräuchten. Farhat blieb standhaft. Ihre Mutter, das war Nora. Und es würde nie eine andere geben. Doch seinen Freund Paul verstand er nicht. Wie konnte sich dieser nur ein Leben ohne Frau und Kinder vorstellen? Natürlich hatte Farhat Pauls Spielchen gesehen. Er wusste, dass er sich von Zeit zu Zeit eine junge Touristin schnappte und sie erst im Morgengrauen und mit aufgelöstem Haar wieder laufen ließ. Ein wenig beneidete er ihn schon, wenn ihn die Erinnerung an Noras weiche Haut überkam, an die Wärme ihrer Schenkel, die Glut ihrer Küsse, aber er war nun einmal Tunesier, und da hieß es, Hochzeit oder nichts. Bei Paul war es gerade umgekehrt, Sex ohne Heirat. Er liebte so, wie er malte. Wenn ein Gemälde fertig war, zog er eine frische Leinwand auf und stürzte sich ins nächste Abenteuer. Paul, das war die absolute Freiheit einer Seele, Gefangene nur ihrer eigenen Dämonen.

Farhats Geschäfte liefen schleppend. Er hatte sich in Unkosten stürzen müssen, um seine Feluke überholen zu lassen und einen neuen Motor zu kaufen. Noch dazu hatten Steuern und Abgaben in einem schier aberwitzigen Ausmaß angezogen. Der Ben-Ali-Clan wollte immer noch mehr, und es gab keinen Robin Hood, der die Güter umverteilt hätte. In Tunesien hätte er auch gar keinen Wald gefunden, in dem er sich vor Johann Ohneland hätte verstecken können.

Farhat wartete also ungeduldig auf die Saison der Schafe. Nicht nur wegen des Geldes. Er hatte sehr unter dem Winter gelitten – es gab wenig zu tun, und die Erinnerung an Nora war allgegenwärtig. Die Touristen waren die Gewähr dafür, dass er seinen Schmerz hin und wieder austricksen konnte.

Am 11. April 2002 war die Saison dann schon vorbei, bevor sie überhaupt begonnen hatte. Die Explosion eines mit Flüssiggas gefüllten Tanklasters vor der Al-Ghriba-Synagoge auf Djerba forderte neunzehn Todesopfer, überwiegend deutsche Touristen, und an die dreißig Schwerverletzte. Es war ein Selbstmordattentat, organisiert von al-Qaida, doch das Ben-Ali-Regime versuchte, es als bedauerlichen Unfall auszugeben. Die europäischen Touristen zogen daraus den Schluss, einem Regime, das derart offenkundige Dinge abstritt, sei nicht zu trauen, wenn es um die eigene Sicherheit ging. Auf Kerkennah wie auf Djerba wurden Reservierungen annulliert, und die Zahl der Fischer, die bei ihren Banken vorsprachen, stieg mächtig an. Tourismussaison, das bedeutete viel fangfrischen Fisch für die Hotels, landestypische Ausflüge und Folklore-Abende. In jenem Sommer des Jahres 2002 war von alldem nichts zu spüren. Oder nur wie in Zeitlupe für die paar Mutigen, die die Gelegenheit ergriffen hatten, einen preiswerten Urlaub zu machen. Farhat musste den Gürtel enger schnallen. Noras Gehalt fiel ja nun aus, und Paul hatte schon genug für sie getan. Paul drängte ihm seine Hilfe nicht auf. Doch er sprach bei Farhats Bankberater in Remla vor und unterschrieb eine Bürgschaft. Farhat sollte nie erfahren, warum ihm seine Bank so bereitwillig einen neuen Kredit bewilligt hatte. Der Bankberater gab sich gut muslimisch und erzählte ihm etwas von Brüderlichkeit. Farhat war so erleichtert, dass er sich nicht allzu viele Fragen stellte. Vielleicht wartete die Antwort ja auch schon am Grund seines Herzens auf ihn?

Im November flog Paul noch einmal nach Paris zurück. Der Amerikaner wünschte sich noch mehr Gemälde von der

Frau mit dem wandelbaren Blick. Paul lehnte höflich ab. Er sei jetzt mit etwas anderem beschäftigt, einem sehr viel ehrgeizigeren Projekt. Allerdings sei das eine langfristige Sache. Er könne warten, ließ der Amerikaner ihn wissen.

Die Stimmung in Frankreich war gedrückt. Man sprach nur noch von der Gefahr bevorstehender Anschläge. Kurz nach dem 11. September hatte man Pläne zu einem fehlgeschlagenen Attentat auf die amerikanische Botschaft in Paris entdeckt, dazu kam der Vorfall mit den mit weißem Pulver, mutmaßlich Milzbrand-Sporen, verseuchten Briefen. Und nun ließen die Medien sich lang und breit über geplante Chemiewaffen-Anschläge islamistischer Gruppierungen von La Courneuve und Romainville aus. Im Jemen wurde dem französische Öltanker *Limburg* auf der Höhe von Aden von einem mit Sprengstoff gefüllten Schnellboot ein Loch in den Rumpf gerissen. Paul hielt es kaum aus vor Sehnsucht nach der Ruhe und dem Frieden der Kerkennah-Inseln. Das Archipel fehlte ihm sehr, das Rauschen des Windes, die Palmen, die Spuren der Dromedare im Sand, der Donnerstags-Souk von Remla, und vor allem fehlten ihm Farhat, Ahlam, Issam und Fatima.

Am Abend vor dem Rückflug, als er gerade im Hotel dinierte, um nicht zu spät ins Bett zu kommen, da sah er sie.

Sie hatte sich nicht verändert, dieselbe makellose Figur, derselbe selbstsichere Hüftschwung, derselbe glutvolle Blick, dasselbe Luxus-Outfit mit passender Handtasche, dasselbe perfekte Make-up. Sie war wegen ihm gekommen.

Sie nahm ungefragt an seinem Tisch Platz, streckte ein schlankes wohlgeformtes Bein in hauchzartem Seidenstrumpf aus und schlug es über das andere schlanke wohlgeformte Bein. Paul konnte den Ansatz ihrer Strapse sehen. Sie stützte den rechten Ellenbogen auf den Tisch, bettete ihr Kinn in die Hand und blickte ihn eine Weile wortlos an.

«Und was machen wir jetzt?», fragte sie ihn schließlich.

«Was schlägst du vor?»

«Wir könnten zu dir aufs Zimmer gehen.»

Kaum waren sie im Fahrstuhl, küsste sie ihn und fing an, durch die Hose hindurch seinen Penis zu befingern. Sobald sie oben im Zimmer waren, drehte Paul sie brutal um und presste sie gegen die Wand, schob ihren Rock hoch, zog ihren Slip beiseite und nahm sie gewaltsam von hinten. Keine Spur von Liebe war mehr in ihm, nur die unbändige Lust, sie zu vögeln. Sie stieß ihn vehement zurück.

«Sag mal, für wen hältst du mich? Für eine Nutte?»

«Und für wen hältst du dich, dass du einfach so hereinspazierst und mir deinen Hintern präsentierst, nach allem, was du mir angetan hast?»

«Was hast du dir bloß eingebildet, armer Kleiner? Von welchem Stern kommst du, Paul Arezzo? Ich habe für die größten Fotografen gemodelt und für die größten Zeitschriften in sexy Posen posiert. Die Vorstellung, für einen Maler Modell zu stehen, hat mich erregt, das ist alles. Es war mal was anderes. Ich mochte dich. Du warst echt süß. Mir schien, du hattest Talent, und du warst kein schlechter Lover. Aber du hast ja gleich eine Staatsaffäre daraus gemacht. Und jetzt das hier! Nicht zu fassen! Du Möchtegern! Ich war gekommen, um Frieden zu schließen. Mehr nicht.»

Sie griff nach ihrer Handtasche, zupfte kurz ihre Kleidung zurecht und schlug krachend die Tür hinter sich zu.

Paul war vom Tempo ihres Abgangs überrascht. Nach der ersten Verwunderung lachte er laut los.

«Mein Gott, wenn man sich vorstellt, dass ich wegen so einer durch die Hölle gegangen bin!»

ACHTES KAPITEL

Paul staunte immer wieder neu über Ahlams Fingerfertigkeit. In nur zwei Jahren war sie von *Il était un petit navire* (War einst ein kleines Segelschiffchen ...), mit einem Finger gespielt, über Jazz und Varieté-Musik bis zu Mozarts Sonaten vorgedrungen. Paul brachte ihr systematisch alles bei, was er selbst gelernt hatte, aber der Weg war noch lang. Noch war es unmöglich, bei der Zehnjährigen einen schöpferischen Impuls zu entdecken.

Issam, dessen lebhafte Phantasie tausend unerwartete Farbkreationen auf die Leinwand warf, schien auf der Stelle zu treten. Da war etwas, das ihn störte, seine Bewegungen hemmte.

Solange er allein malte, war es kein Problem, doch irgendetwas bremste ihn, wenn er zur Musik seiner Schwester malte. Die Vision dessen, was er malen wollte, leuchtete im selben Moment vor ihm auf, in dem die Noten ertönten, doch es blieben die Langsamkeit der Ausführung, die Länge des Pinsels, die Notwendigkeit, sich die Farben von der Palette zu holen. Paul sah das und wollte dieses Handicap beheben, indem er mehrere Pinsel für seinen Schüler bereithielt, schon in die Primärfarben getaucht. Doch selbst damit bekam Issam die Farben und Pinselstriche nicht mit exakt der Präzision und Abtönung hin, die ihm vorschwebten.

«Könnte ich denn nicht ohne Pinsel malen?», fragte Issam eines Tages.

Ohne Pinsel malen! Aber natürlich! Paul machte sich Vorwürfe, daran nicht früher gedacht zu haben. Er selbst hatte ja mit Pastellkreide begonnen, und mit der Pastellkreide war auch seine Inspiration im Hotelzimmer des Al Jazira wieder zurückgekehrt. Er erinnerte sich noch genau an diesen prickelnden Schauder, den er zum ersten Mal in den Fingerkuppen gefühlt hatte, als er sieben Jahre alt war.

Für Issam war es eine Offenbarung. Er hatte bisher eine Art Mangel verspürt, eine Frustration, die er sich nicht erklären konnte, ein vages Gefühl des Unfertigen, als ob er selbst nicht im Zentrum seiner Kunst stünde, sondern außerhalb, fast wie ein Fremder, wie sein eigener Zuschauer, als hätte er eine Distanz zu dem Bild, das ein anderes Ich da gerade malte. Dieses Gefühl der Unerfülltheit hatte sich mehr und mehr in ihm ausgebreitet.

Sobald er seinen ersten Pastellstift umfasste, verstand er die Ursache seines Frustrationsgefühls. Zwischen ihm und der Malerei war stets eine Pinsellänge Abstand gewesen, ein nutzloses, ihn verkrüppelndes Stück Holz. Issam hatte nie eine Leinwand berührt. Sie nie wirklich besessen. Hatte sie nur mit der Spitze seiner Prothese liebkost. Mit seinem Stöckchen konnte er sich wohl als Dirigent des Orchesters der Farbspiele, der Lichter und Schatten ausgeben, aber er selbst spielte kein Instrument. Ahlam dagegen hatte physischen Kontakt zu den Tasten ihres Klaviers. Mit Tausenden von Nervenendungen in ihren Fingerspitzen war es für sie ein Leichtes, mit ihrem Instrument zu verschmelzen. Sie konnte per Fingerdruck hauchzarte Nuancen erzeugen, entschied frei über Intensität und Druckstärke, spürte in ihrem Körper die leiseste Vibration.

Issam dagegen war ein Dirigent, der nicht wusste, wie es sich anfühlt, wenn man ein Saxophon streichelt und dabei an seinem Mundstück saugt, wenn man eine Oboe an seinen Körper schmiegt, wenn sich die Finger beim Berühren von Gitarrensaiten straffen, wenn man zwei Becken gegeneinanderschlägt, bis es in den Fußspitzen vibriert, oder wie man den Anschlag einer Klaviatur erspürt und die Sanftheit der einzelnen Tasten.

Erst die Pastellkreide stellte den körperlichen Kontakt zwischen ihm und seinen Gemälden her, es wurde eine sinnliche Beziehung.

Er empfand tiefe Freude, als er die samtigen Stäbchen erst durch die linke, dann die rechte Hand gleiten ließ. Er sah seiner Hand zu, die ein Kreidestäbchen hielt. Jetzt hatte er einen Finger mehr, einen Mittelfinger, der die anderen dirigierte. Und dann war da noch der körperliche Kontakt zum Papier. Er ertastete das Papier, die zarte Körnung, auf der die Pigmente gut hafteten, die sensible Textur. Und er liebte das Pastell, dieses samtweiche Gebrösel, diese Mischung aus Härte und Geschmeidigkeit, den hauchfeinen Puder, der sich der wechselnden Intensität seiner Wünsche in all ihren Abstufungen so fabelhaft anpasste. Er stellte sich eine ganze Wüste mit Dünen vor, deren Sand so fein wie Pastellstaub war. Dort hätte er glücklich bis ins hohe Alter gelebt. Und wenn er eines Tages gestorben wäre, hätte ihn der bunte Puder seiner Träume bedeckt.

Issam liebte auch das Geräusch der Pastellkreiden, wenn man sie entzweibrach, ein leichtes Knacken, und das Gefühl eines körnigen Widerstands am Ende des Stifts, wenn man ihn auf die blanke Oberfläche drückte. Wenn man den Stift flach aufsetzte, vergrößerte sich der Widerstand, und Issam machte sich dann eilig mit dem kleinen Finger ans Verwischen. Manchmal nahm er auch den Ringfinger zu Hilfe, der kräftiger, aber weniger gelenkig war, und beide zusammen führten dann die gewünschte Bewegung mit dem gewünschten Nachdruck aus. Issams Finger waren pastellverschmiert, und wenn er sie betrachtete, musste er manchmal laut lachen. Es war himmlisch. Es war sinnlich. Es war elektrisierend.

Im Lauf der Monate entwickelte sich Issams Tastsinn so weit, dass er den feinen Staub nur zu berühren brauchte, um die Natur der Pigmente, der Binde- und der Abtönungsmittel zu erraten. Issams Finger hatten eine eigene Intelligenz entwickelt. Zum Verwischen und Verblenden der Farben verwendete er immer nur sie, nie ein Stück Stoff.

Die Symbiose mit der Musik seiner Schwester war fast perfekt. Issam malte in rhythmischen Bögen. Er malte Musik in Echtzeit. Seine Finger flogen so rasch übers Papier wie die seiner Schwester über die Tasten. Aber er traf nicht immer die stimmigste Wahl.

«Normalerweise sollte ich», erklärte ihnen Paul, «wenn ich Issams fertiges Bild betrachte, erraten können, was Ahlam da gespielt hat. Natürlich nicht den Titel des Stücks, aber wenigstens, welchem Genre es angehört. War es ein schnelles Stück mit langsamen Passagen, gab es Pausen, gab es Überleitungen zwischen den einzelnen Motiven? War es ein Militärmarsch oder ein luftiges, leichtes Menuett? Sag, Issam, wie würdest du denn Musik definieren?»

«Als harmonische Abfolge von Tönen», gab er zur Antwort.

«Und als eine logische dazu», ergänzte Ahlam, während sie die Hand hob.

«Du brauchst hier nicht den Arm zu heben, Ahlam. Wir sind doch nicht in der Schule. Na schön, das ist für den Anfang nicht schlecht. Nur, dass ihr nicht bis an den Ursprung zurückgeht: Musik ist die Kunst, Töne und Pausen zu kombinieren. Und wie würdet ihr jetzt die Malerei definieren?»

Issam und Ahlam dachten nach, fanden aber keine Antwort. Schließlich wagte Issam einen Versuch:

«Es ist die Kunst, Farben zu mischen, um etwas Schönes zu erzeugen.»

«Oder etwas Hässliches, wenn es nur ausdrucksstark ist und Gefühle hervorruft. Man kann auch das Hässliche malen. Aber auch da gilt es, das Wesen der Malerei zu erfassen. Und Malerei ist vor allem die Kunst, Farben und Leerstellen zu kombinieren. Es ist kein Zufall, wenn eine Leerstelle in der Musik einer Pause entspricht, in der Malerei der Abwesenheit von Farbe. In der Musik verleiht die Pause den Tönen ihre Farbe. In der Malerei gibt die Leerstelle den Farben ihr Gewicht. Und eins ist noch ganz wichtig: Die Intensität eines Tons lässt sich mit der Intensität einer Farbe oder eines Lichtes vergleichen. Wenn Issam versucht, dir zu folgen, Ahlam, tut er das ganz instinktiv. Darin kommt seine Sensibilität zum Ausdruck. Die nächsthöhere Stufe bestünde darin, diese Sensibilität beizubehalten und ihr gerade so viel, wie es braucht, an Reflexion hinzuzufügen. Manchmal, Issam, drückst du beim Zeichnen den Stift nicht wirklich fest auf, obwohl Ahlam mit kraftvollem Anschlag spielt. Und das tust du, weil dir einfach nicht danach zumute ist. Du hast zu nichts anderem Lust, als nach deinem eigenen Kopf zu malen. Du hast dich allzu lange als Dirigent eines Orchesters gesehen. Doch in Wahrheit ist Ahlam der Dirigent. Ihr musst du folgen. Wenn du möchtest, dass sie eine Passage mit weniger Nachdruck spielt, dann musst du es ihr nur sagen. Ihr klärt das vorher miteinander ab. Aber während des Spiels machst du keine Extratouren. Ihr müsst eine Einheit bilden, damit eure Musikmalerei, eure gemalte Musik als ein einheitliches Werk empfunden werden kann.»

In den Folgemonaten machten die beiden spürbare Fortschritte. Aber Paul wurde zu anspruchsvoll, vor allem im Blick auf Issam. Er war so fasziniert vom Talent seines Schülers, dass er ihm keine Atempause mehr ließ.

«Wenn man so begabt ist wie du, dann hat man nicht das Recht, nachzulassen. Das wäre ein Verbrechen. Du hast Gold in den Fingern. Ich weiß, du könntest mich locker überflügeln, wenn du dich nur entsprechend ins Zeug legtest. Talent ist nicht alles. Arbeit, Ausdauer und Wille sind genauso wichtig.»

Von Zeit zu Zeit richtete Paul Duo-Auftritte der beiden für Farhat, Fatima und ihre Freunde aus. Anlässlich von Issams zwölftem Geburtstag im Juni 2003 drängten sich an die hundert Gäste auf der Terrasse des Hauses am Meer. Paul hatte einen Scheinwerfer angebracht, um die Staffelei zu erhellen, und die jungen Künstler in gedämpftes Licht getaucht.

Die Vorführung wurde ein großer Erfolg. Die Kinder interpretierten einen Ausschnitt aus einem Nocturne von Chopin, *Ma Préférence* von Julien Clerc und *Just One of Those Things* von Cole Porter.

Nachdem Issam und Ahlam sich verbeugt hatten und jedermann dachte, die Vorstellung sei nun vorbei, bat Paul um Aufmerksamkeit:

«Einen Moment noch, bitte. Wir haben uns hier versammelt, um Issams zwölften Geburtstag zu feiern. Nora wäre so stolz auf ihn gewesen. Er wird nun ein Mann. Er ist schon jetzt ein vollwertiger Künstler. Ahlam möchte ihm ein ganz besonderes Geburtstagsgeschenk machen. Issam, wenn du es dir zutraust, es ist ein Geschenk, das du malen musst. Du brauchst dazu Rosa, Blau, die Farbe des Sandes und alles, was dein Herz dir rät.»

Issam blickte gespannt zu seiner Schwester hinüber. Er hatte keine Ahnung, was sie spielen würde. Er würde komplett improvisieren müssen.

Er fühlte sich bereit.

Paul baute ein Mikrophon vor Ahlam auf. Am Anfang sang sie nicht. Issam ließ die Melodie auf sich wirken. Er kannte sie nicht, aber er mochte die sanften Klänge, die unter Ahlams Fingern entstanden. Er verstand, warum Paul ihm geraten hatte, Rosa- und Blautöne zu wählen.

Aber das war nicht der wahre Grund. Den entdeckte er erst, als Ahlam zu singen begann:

Rose le dromadaire au milieu du désert. Mais bleu le dromadaire qui franchit la mer.

Issam rührte sich nicht. Er war wie erstarrt.

Blanc le dromadaire qui vole dans les airs …

Er blickte unentwegt seine Schwester an. Wie sie ihrer Mutter ähnelte.

… sous la forme d'un nuage ou celle d'une page …

Seine Augen glänzten feucht. Aber ein Mann weint nicht.

Er gab sich einen Ruck, wandte sich wieder der Staffelei zu und begann zu malen.

Ahlam nahm die ersten Takte wieder auf. Auch ihr liefen Tränen übers Gesicht. Fatima hatte nach Farhats Hand gegriffen. Alle hielten den Atem an. Auch wenn die meisten Gäste nicht verstehen konnten, was vor sich ging, so war es doch für alle ein ergreifender Moment.

Rose le dromadaire au milieu du désert. Mais bleu le dromadaire qui franchit la mer.

Ahlams klare Stimme erklang. Issam malte nun nicht mehr die Musik. Er malte die Schönheit der Stimme seiner Schwester.

Blanc le dromadaire qui vole dans les airs …

Das Dromedar befand sich da, wo eigentlich nichts war. In den Leerstellen des Bildes. Seine Form war deutlich aus dem erkennbar, was sie umgab: ein weißer Fleck in Gestalt eines Dromedars an einem blauen Himmel, der die reine Farbe frühen Morgenlichts hatte.

… sous la forme d'un nuage ou celle d'une page …

… Qu'on referme quand tes yeux se ferment.

Dors bien mon poussin.

Und plötzlich kippte das Ganze. Völlig unerwartet. Issam fing an, das Blatt zu zerkratzen, drückte derart fest auf, dass das Papier riss. Und machte blind damit weiter, während heiße Tränen über seine Wangen liefen. Bald war nichts mehr übrig. Das Bild war zerfetzt, die Staffelei umgestürzt, die Pastellstifte rollten über die Terrasse bis vor die Füße der Gäste. Issam stürzte in kopfloser Flucht davon, Richtung Branca. Farhat rannte hinter ihm her, laut seinen Namen rufend.

Paul hatte einen Fehler gemacht. Issam war zwölf Jahre alt. Ein Alter, in dem man keine Gefühle zeigen darf, wenn man auf Kerkennah lebt. Man darf nicht weinen. Nur Mädchen weinen. Issam hatte nicht das Gefühl, eine Vorführung gegeben zu haben, sondern selbst vorgeführt worden zu sein. Er hatte komplett versagt.

Sie sprachen die Sache zwar nie wieder an, aber etwas zwischen ihnen war zerbrochen. Issam hatte seinen Stolz. Er hörte nach wie vor auf den Rat seines Lehrers und befolgte gewissenhaft seine Empfehlungen. Aber ihr Verhältnis hatte seine natürliche Spontaneität verloren, sie waren keine Komplizen mehr.

Issam wurde schweigsam, verschlossen. Es war die Zeit der Pubertät. Nicht schlimm, dachte Farhat. Paul aber machte sich Sorgen. Issams Unwohlsein wirkte sich ungünstig auf seine Malerei aus. Sie verlor ihre jugendliche Frische, ihren Glanz, und das in dem Moment, in dem Ahlam vollständig aufblühte, zu improvisieren begann, eigene Arrangements erfand und sogar anfing zu komponieren.

Ende 2004 dann starb Mohamed, der Vater von Nourdine und Saber, im Gefängnis. Er war nie verurteilt worden. Zum Ausgleich wurde Saber zu Beginn des Jahres 2005 auf freien Fuß gesetzt.

Er kam mit der Vormittagsfähre auf Kerkennah an. Die komplette Familie war gekommen, um ihn zu empfangen. Issam, der seinen Freund Nourdine begleitete, war auch dabei.

Saber erzählte nicht viel über das Leben im Gefängnis. In der Öffentlichkeit sprach er nie vom Ben-Ali-Regime und schnitt überhaupt nie politische Themen an. Wenn jemand den Krieg im Irak erwähnte, wechselte er sofort das Thema. Er wusste, dass er unter Rundumüberwachung durch die Schergen des Regimes stand. Bei seiner Freilassung hatte man ihn gewarnt. Sollte es ein nächstes Mal geben, würde man ihm die Knochen brechen und seinen Kadaver ins Meer werfen. Seine Angehörigen und Freunde empfanden ihn als unterkühlt. Sie begriffen, dass er nichts mehr von dem hören wollte, was ihn einst in den Kerker gebracht hatte. Aber er wirkte so hart, so unnahbar. Und er trieb pausenlos Sport. Seine Muskeln hätten sich, erklärte er, im Gefängnis völlig versteift. Tatsächlich war er athletenhaft durchtrainiert, mit prallen Muskeln, und hatte so viel Kraft wie nur wenige.

Im April 2005 beschloss er, nach Sfax zu gehen und dort Arbeit zu suchen. Er kehrte nicht mehr zurück. Als man nachforschte, stellte sich heraus, dass er nach Syrien gegangen war. Jedem war klar, dass er in den Irak wollte. Er hatte sie alle angelogen, einschließlich seiner Mutter. Kaum, dass er aus dem Gefängnis entlassen war, hatte er nur den einen Gedanken im Kopf gehabt, sich der Gruppe um al-Zarqawi anzuschließen. Solange er engmaschig überwacht wurde, hatte er keinerlei Chance, das zu schaffen. Er musste erst warten, bis das Misstrauen der Polizei abgeflaut war.

Nourdine war der einzige Mensch, dem er von seinen Reiseplänen erzählt hatte. Er fühlte sich seinem kleinen Bruder sehr verbunden. Der allein konnte ihn verstehen, und ihm allein hatte er von der Folter im Gefängnis erzählt. Man hatte ihn misshandelt, damit er Dinge gestand, an die er noch nicht mal im Traum gedacht hatte. Man wollte die Namen seiner Komplizen erfahren. Aber er hatte gar keine.

Man wollte wissen, welches seine Kontakte zu al-Qaida waren, dabei wusste er kaum, wovon sie sprachen. Er hatte gestanden, dass er Amerika hasste, und sogar, dass er Ben Ali hasste. Er hatte gestanden, dass er die amerikanische Flagge in Remla verbrannt hatte. Er hatte gestanden, dass sein Herz voller Hass war, doch ein Netzwerk oder ein Komplott gebe es nicht, und sein Vater sei an alldem völlig unbeteiligt. Sicher, er war Salafist und wollte leben wie zur Zeit des Propheten und seiner ersten Gefährten. Er hielt den Westen für von Grund auf verdorben und war der Meinung, Israel müsse vom Erdboden verschwinden, er glaubte, man müsse sämtliche Frauen, diese Versuchung des Teufels, tief verschleiern und sie steinigen, wenn sie Ehebruch begingen, und dass es erlaubt sei, den Besitz Ungläubiger zu erbeuten und Dieben die Hand abzuhacken, das glaubte er auch. Na und? All das war doch die Botschaft Allahs, wie der Prophet sie übermittelt hatte. Und alle, die nicht darauf hörten, würden eines Tages in der Hölle lodern. Sabers Herz war voller Hass und voller Gewissheiten, und eins verstärkte das andere. Er kam nie zur Ruhe, quälte und marterte sich ohne Ende. Nur das Blut vermochte zu läutern, nur das Blut konnte befrieden. Das war das Einzige, wonach er lechzte: Blut und nochmals Blut.

Dazu kam die Sache mit seinem Vater. Der alte Mann war krank, lag siech darnieder. Die Gefängnisaufseher meinten, lange würde das nicht mehr gehen. Und ließen ihn einfach so sterben, ohne Medikamente, ohne ärztliche Behandlung. Bald schon fehlte ihm die Kraft, sich zu bewegen, er konnte nicht einmal mehr zur Toilette gehen. Saber konnte nichts tun. Ohnmächtig sah er zu, nur ein paar Schritte von ihm entfernt, angekettet. Warum hatte man sie beisammen gelassen? Aus Mitleid oder damit der Sohn den Vater sterben sah? Und der Vater starb, vor Erschöpfung, oder auch aus Resignation.

Saber wusste nichts von al-Qaida. Er hatte keinerlei Kontakt zur Gruppe. Aber in der Haft, da hatte er Beziehungen geknüpft. Das Gefängnis hatte ihm Türen geöffnet. Und als er wieder auf Kerkennah war, hatte er Nourdine zum Vertrauten erwählt. Er hatte ihm von al-Qaida erzählt, von den mutigen Mudschaheddin. Er hatte ihm von dem erzählt, was er als heilige Pflicht eines guten Muslim ansah, seiner Reise in den Irak, um gegen Amerika zu kämpfen, aber er hatte ihm auch versichert, wie nah er seinem Herzen stünde, dass er seine ganze Familie sei und er ihn holen käme, wenn das Ben-Ali-Regime mit Gottes Hilfe gestürzt wäre und es endlich einen Islamischen Staat in Tunesien gebe. Man müsse geduldig sein. Solange diese Hunde an der Macht waren, müsse man sie bellen lassen, ohne etwas zu sagen. Das sei zu gefährlich. Er hatte es am eigenen Leib erfahren. Eines gesegneten Tages würden diese Abtrünnigen alle verbrannt, und den *kuffar* würde die Kehle durchgeschnitten werden. Bis dahin aber seien Vorsicht und *takiyya** die höchsten Tugenden.

Seither lebte Nourdine mit diesem Geheimnis. Er hätte es brennend gern mit Issam geteilt. Aber sein Bruder hatte ihm zur Vorsicht geraten, und Issam war noch nicht bereit. Er lebte ganz für seine Malerei, stand unter dem Einfluss des Ungläubigen. Eines Tages, das schwor Nourdine sich, würde er diesem Franzosen die Kehle durchschneiden, der

* Die Kunst der Verstellung

die heilige Erde des Islam verschmutzte und Issam in die Perversion trieb.

Saber ließ nichts von sich hören, meldete sich weder bei seiner Mutter noch bei Nourdine. Er war komplett in den Dschihad abgetaucht. Doch er tötete nicht einen Amerikaner. Die Amerikaner ließen sich nicht mehr auf der Straße blicken. Der einzige Zeitvertreib seiner Gruppe bestand darin, Schiiten zu töten. Und er, Saber, kostete endlich das Blut der Ungläubigen. Nicht jenes, das zu trinken er erwartet hatte, aber es war trotzdem gut. Die Schiiten zu töten, war letztlich noch viel besser. Man musste sie alle töten. Danach würde man sich dann um die anderen kümmern. Nur eine gänzlich bereinigte *umma** konnte den Westen besiegen. Erst die Schiiten, dann die Apostatenregime. Und erst danach käme die Revolution des wahren Islam. Amerika und der Westen würden auf den Knien um Gnade flehen. Die Mudschaheddin würden ihre Kinder töten und ihre Frauen zu Sklavinnen machen. Die Scharia würde weltweit Anwendung finden. Doch bis es so weit wäre, hieße es, blutig säubern, säubern und nochmals säubern. Sich bereithalten für den letzten Kampf und das Ende der Welt.

Aber der Krieg trat auf der Stelle, und al-Zarqawi ging ein ins *firdaus*, ins höchste Paradies. Der Irak war nicht länger der richtige Ort. Saber machte sich in den Jemen auf.

* Die islamische Gemeinschaft der Gläubigen

NEUNTES KAPITEL

Gesang ist Sprache, in Melodien gegossen. Seit frühester Menschheit gehen Dichtkunst und Musik Hand in Hand. Und doch ließ die Poesie der Worte sich bis heute nicht ins Bild umsetzen.

Wie oft hatte Paul seine Eltern nicht über dieses ominöse Thema diskutieren hören? Erst Jahre nach ihrem Tod wagte er sich an den riesigen Stapel von Heften heran, die sie im Verlauf ihrer künstlerischen Recherchen gefüllt hatten. Zu jener Zeit war er selbst bereits zum Künstler gereift und vermochte zu ermessen, wie genial seine Eltern gewesen waren. Er machte sich ihre Suche nach dem Absoluten zu eigen und begann, mit Leib und Seele zu experimentieren und zu forschen. Vergessene Künstler vergangener Zeiten waren dem universellen Zusammenhang der Künste vielleicht schon früher sehr nahe gewesen. Die sensationellen Fortschritte, die Issam und Ahlam machten, erinnerten Paul an sein ursprüngliches Projekt: die musikalische Malerei eines Gedichts. Ihm war, als blitze ein Lichtstrahl durch die trübe Wolkendecke. Er kramte die elterlichen Notizen hervor, las erneut Rimbaud, erblickte Farben in jedem Wort, im Impressionismus wie im Symbolismus. Aber nicht die Spur eines Systems, nirgends die Hoffnung auf eine wie auch immer geartete bildnerische Wiedergabe von Sprache. Zwar hatte Rimbaud in seinem berühmten Vokalgedicht die Vokale mit Farben versehen:

A noir, E blanc, I rouge, U vert, O bleu.
(A schwarz, E weiß, I rot, Ü grün, O blau.)

Aber …

Dieses «Aber» war es, über das Paul sich nun ebenso den Kopf zerbrach wie zuvor schon seine Eltern.

Vokale … Vokale allein ergaben noch kein Gedicht, und Verse waren nicht zwangsläufig farbig.

Der entscheidende Impuls kam von Verlaine, zwischen Dutzenden von Büchern versteckt, die in sämtlichen Zimmern des Hauses am Meer verstreut herumlagen.

De la musique avant toute chose
Et pour cela préfère l'impair
Plus vague et plus soluble dans l'air,
Sans rien en lui qui pèse ou qui pose.

Du sollst es nicht nach Regeln zwingen;
Lass dein Gedicht im Winde wehn,
Lass es gelöst zu Hauch zergehn:
Musik, Musik vor allen Dingen.

Rimbaud schrieb die Farben seiner Vokale zwingend vor. Der Maler hatte gar keine Wahl. Verlaine dagegen ließ dem Künstler die Freiheit, sein eigenes Farbsystem zu erstellen. Man musste Rimbauds Irrtum nur korrigieren. Und nicht die Vokale kolorieren, sondern die Reime! Paul wusste, was sich hinter einem Reim, einem Vers, einem Gedicht verbarg: das Wortende, der letzte hörbare Vokal im Wort.

Paul griff zu Bleistift und Papier. Er musste sofort festhalten, was ihm da eben, noch ein wenig verschwommen, aufgegangen war.

> Reime werden danach klassifiziert, ob dem letzten gesprochenen Vokal noch ein gesprochener Konsonant folgt oder nicht. Der Reim gilt nur dann als Vokalreim, wenn dem Vokal kein hörbarer Konsonant mehr folgt, siehe das A in *chat* (Katze). Andernfalls wäre es ein Konsonantenreim, zum Beispiel … *agne* in *champagne* (Champagner). Die Basis jeden Reims ist somit vokalisch, denn Konsonantenreime bauen, wie man sieht, auf Vokalreimen auf.

Oh, hier wird es interessant, dachte Paul. Und schrieb geschwind weiter:

> Es gibt im Französischen nur elf Vokalreime. Eine überschaubare Grundsprache also. Grundsprache – Grundfarben. (Der Parallele wäre noch nachzugehen.) In der Poesie wie in der Malerei ist diese Grundskala sehr beschränkt, doch ihre Matrix bietet eine Fülle von Möglichkeiten und Ableitungen. Man erhält unzählige Farbnuancen, wenn man die Grundfarben mischt, unzählige Konsonantenreime, wenn man die Vokalreime ausbaut.

Paul brauchte eine volle Woche, um sein System ausgefeilt zu Papier zu bringen. Fürs Erste war es nur Theorie, eine Regelsammlung. Für Paul war Poesie ein wohlstrukturiertes Universum, das in seiner Anordnung idealtypisch war. Nicht um

Schönheit ging es ihm in erster Linie, sondern um Harmonie zwischen verschiedenen Elementen, zwischen Wörtern, Assonanzen und Konsonanzen, männlichen, weiblichen und androgynen Reimen. Denn es sollte doch möglich sein, Wörter und Lautformen so zu arrangieren, dass trotz allem eine Harmonie entstand, eine intelligente Anordnung, die die absolute Perfektion anstrebte. Dieses Wunder erschien ihm jenem vergleichbar, das er so gut kannte, dem Vermischen von Farben, aus dem etwas Neues, eine neue Farbe, entstand, aber auch dem Farbmix auf der Leinwand oder dem Papier, der schockierende, frappierende Kontraste zu Tage bringen konnte, oder auch eine zuweilen natürliche, zuweilen überraschende Farballianz. Dergestalt Wörter und Farben zu paaren, hieß, weit über Rimbaud hinauszugehen. Es hieß eine Malerei zu erfinden, die sich permanent verändern, verbessern ließ: änderte sich hier ein Reim, änderte sich dort eine Farbe. Nicht nach Lust und Laune des Künstlers, sondern nach exakten Regeln. Paul musste nun die Axiome seines Systems formulieren. Er ordnete jedem der elf Vokalreime, über die Primärfarben hinaus, eine Farbe zu, und zwar abhängig davon, was der Reimklang in ihm wachrief. Dem *a* wurde das Gelb zugeteilt (*jaune*), das Weiß dem *an* (*blanc*), das Beige dem *è*, das Grün dem *é* (*vert*), das Blau dem *eu* (*bleu*), das Grau dem *i* (*gris*). Das Orange ging ans *o*, die Farbe Marron ans *on*, das Rot ans *ou* (*rouge*). Das *u* (sprich *ü*) bekam die Farbe Schwarz (*noir*), das nasale *in* das Rosé.

Als Nächstes wählte Paul für jeden Vokalreim sieben Konsonantenreime aus, denen er den Grundfarben verwandte Farbtöne zuordnete. Er hätte mehr als diese sieben auswählen können, aber er musste sein System überschaubar halten, damit es praktikabel blieb.

Für Blau suchte er die Reime *eube, eude, eugle, eule, eure, eurte* und *euve* aus und wies ihnen Ultramarin, Kobaltblau, Preußischblau, Marineblau, Mondscheinblau, Königsblau und Indigo zu.

Die Farbe Marron unterteilte er in die Nuancen Siena, Eiskaffee, Chocolat, Honigkuchen, Terrakotta, Velours und Dunkelholz und unterlegte sie mit Reimen auf *ombre, onde, ompe, onze, once, onstre* und *onte.* Die Grüntöne, bestehend aus Englischgrün, Smaragdgrün, Mandelgrün, Seladongrün, Veroneser Grün, Jade- und Olivgrün, wurden mit Reimen auf *ecte, ef, eille, elfe, eme, esse* und *eve* kombiniert, die Gelbtöne, aufgefächert in Ocker, Safran, Chromgelb, Zinkgelb, Cadmiumgelb, Honig und Zitrone, mit *able, abre, adre* und *agne, aille, ape* und *avre.*

Antik-, Silber-, Blei- und Cremeweiß, Kremserweiß, Milchweiß und Spanischweiß korrespondierten mit Reimen auf *ambre, ande, ange, ampe, ance, ante* und *anvre.*

Wörter und Farben schwirrten wie grüne Irrlichter durch Pauls Kopf. Es war das erste Mal in der Geschichte der Poesie, dass die Reime Farben bekamen, das erste Mal in der Geschichte der Malerei, dass diese sich reimte. Karminlackrot und Zimtbeige, Perlgrau und Tangoorange, Ebenholzschwarz und Lilarosé wirbelten mitsamt der Wörter in einem wahrhaft kunterbunten Reigen umher. Paul hatte den ersten Pfeil seines Regenbogens abgeschossen.

Und das war erst der Anfang.

Paul beschloss, die Grundfarben nach weiblichen, männlichen und androgynen Reimen zu sortieren. Rot und

Rosa, Weiß und Gelb waren die weiblichen Farben, Grün, Blau, Schwarz und Braun die männlichen, Grau, Beige und Orange die androgynen.

In den nächsten Monaten machte Paul sich daran, sein Repertoire an Farben und Konsonantenreimen fortlaufend zu erweitern. Die ersten Versuche hatten gezeigt, dass sein System realisierbar war und dank der immensen Vielfalt an Farben und Reimen schier unerschöpfliche Möglichkeiten bot. Seine poetische Malerei zielte darauf ab, impressionistische Schocks zu provozieren, schräge Konsonanzen, bizarre Zusammenklänge zu erzeugen, denen er phantastische Farbkontraste abgewinnen könnte.

Er weihte Issam und Ahlam in seine Überlegungen ein, erzählte ihnen, wie weit er mit seinen Forschungen bisher gediehen war. Das junge Mädchen zollte ihm Beifall. Sie war begeistert, auch wenn die Musik in Pauls System vorerst ausgespart blieb. Issam dagegen reagierte sehr zurückhaltend. In der Kunst der musikalischen Malerei war er unschlagbar geworden. Ein Gedicht zu malen, empfand er jedoch als wenig spontan, als extrem technisch. Trotzdem malte er ein erstes Bildgedicht. Paul hatte ein paar naive Verse geschrieben. Es war nur ein Experiment, ein Aquarell, auf dem eine gelbe Katze in einem halb safrangelben, halb ockerfarbenen Baum sich anschickte, einen selbstredend orangefarbenen Vogel zu haschen, dessen Gefieder einige holzkohlenschwarze Tupfer aufwies.

Da *chat* in Reimkonsonanz zu *chan* stand, wollte Issam die Katze als böse Katze, als *chat méchant* mit gänzlich weißen Augen malen, die ihr einen grausamen Blick verliehen, und der Safranbaum bekam einen maronifarbenen Ast verpasst, weil der *oiseau*, der Vogel auf dem Ast, sich in Reimkonsonanz zu *zon* befand, und das *zon* reimte ja auf *marron*! Und da ein weiterer Halbreim auf *oiseau* auf *zin* ausgeht, erstreckte sich unterhalb der Vogelkrallen, rund um den Baum, ein Teppich aus rosa *raisin*, rosa Weintrauben.

Es gab noch viele andere Experimente mit Bildgedichten, stunden- und aberstundenlang. Wenn Issam dachte, er sei fertig, wollte Paul noch einmal ganz von vorn anfangen. Und am Ende gefiel ihm das Ergebnis oder nicht. Meistens gefiel es ihm nicht. Da war eine Farbe zu fade oder zu grell. War das Licht zu hell oder der Kontrast zu kräftig. Dann änderte Paul das Gedicht. Er schrieb es neu, um das Bild zu verschönern oder ihm mehr Ausdruck zu verleihen. Das konsequente Zusammenspiel zwischen Gedicht und Bild war der springende Punkt dieses Systems. Paul veränderte die Reime, um die gewünschten Farben zu erhalten. Doch das Gedicht durfte dabei nichts von seiner Bedeutung, seiner Ausdruckskraft verlieren. Für Paul war ein misslungenes Bild der Beweis, dass das Gedicht nicht gut genug war. Für ihn war ganz klar, dass zwischen Wörtern und Farben eine kosmische Einheit bestand, der man sich nur nähern konnte, wenn Bild und Gedicht von vergleichbarer Schönheit und Stärke des Ausdrucks waren und wenn sich zwischen beiden ein Dialog entspann. Und so kam es, dass die Katze am Ende nicht nach einem orangefarbenen Vogel haschte, sondern nach einem purpurroten *hibou*, einem Uhu, der auf einem elfenbeinschwarzen Ast hockte, weil *bou* mit *bü* korrespondierte und dem *ü* in Pauls System ja das Schwarz zugeteilt war. Und wenn die Hügel voll blühender Mimosenbüsche auch sonnengelb blieben, der Himmel, an dem weiße Wolken trieben, auch blau, so schmückte den Schlamm auf den Wegen, *la boue des chemins*, doch das knalligste Rot. Paul malte nicht mehr: Er erfand die Farben der Welt völlig neu. Er war der Herrgott zur Stunde der Schöpfung, der Tieren, Pflanzen und Mineralien die Farben zuteilte. Er war ein Magier, und sein Zauberstab, das waren Feder und Pinsel.

Issam jedoch wandte sich langsam vom kreativen Überschwang Pauls ab. Solange die Musik seine Hand führte, fühlte er sich frei, behielt ein hohes Maß an künstlerischer Autonomie bei. Zwar gab Ahlam ihm den Rhythmus vor und die Intensität, alles Übrige aber bestimmte er selbst. Ans Gedicht aber fühlte er sich angekettet. Wenn Paul einen Reim änderte, musste er automatisch den Farbton wechseln. Er wurde zu einem Marionetten-Maler. Und inzwischen war das System auch viel zu kompliziert geworden. Ein Bild zu malen verwandelte sich in eine Kraftprobe. Es war genauso schwierig, wie eine Rakete auf den Mond zu schicken. Paul hörte gar nicht mehr damit auf, seine Farb- und Reimpalette auszubauen. Er benutzte inzwischen unterschiedliche Farbnuancen für jeden dem Reimvokal vorhergehenden Konsonanten, bei Reimvokal *a* also jeweils andere Nuancen für *ba, ca, cha, da, ea, fa* und so fort … Die Zahl seiner Konsonantenreime lag bei über fünfhundert! Er spielte mit den Reimen, den reinen, den unreinen, den Assonanzen und Konsonanzen. Er brachte Stunden damit zu, die Farben zu präparieren, denn die Unterschiede zwischen den einzelnen Farbnuancen waren oft minimal.

Issam, der in diesem Meer von Farben und Fakten ertrank, erklärte Paul eines Tages, dass er aufhören wolle. Paul wandte ein, es sei doch nur eine Etappe, aber Issam wollte nichts mehr hören.

Am Ende gab Paul nach. Er gab nach, weil Issam sich als derart begabter Maler erwies, dass Paul sich nicht dazu entschließen konnte, eine vielversprechende Zukunft zu zerstören. Er gab nach, weil er Nora etwas versprochen hatte. Er gab nach, weil er ohnehin noch nicht den Schlüssel gefunden hatte, der ihm erlaubt hätte, Ahlam in sein Projekt mit einzubinden.

Und so begaben die Kinder sich wieder an ihre Arbeit.

Eigentlich waren es längst keine Kinder mehr. Issam stand kurz vor seinem achtzehnten Geburtstag, und Ahlam wurde bald sechzehn. Es war Zeit, sich ernsthaft Gedanken um ihre Zukunft zu machen.

Paul sprach das Thema bei Farhat an, als sie mal wieder einen kleinen Bootsausflug in die Nähe der Roséwein-Bojen unternahmen. Auf dem Brasero brutzelten die Tintenfische.

«*Abibi*, deine Kinder sind unglaublich begabt. Ich möchte, dass sie mit mir nach Frankreich kommen. Sie sind bald so weit, dass sie ein Rezital für Klavier und Leinwand zu vier Händen geben können. Das wird ein außerordentlicher Erfolg. Was sie zuwege bringen, hat bis heute noch niemand vermocht. Sie werden reich und berühmt werden.»

«*Akhi*, warum erzählst du mir das? Mir blutet schon jetzt das Herz. Aber ich weiß, Nora hätte es gern gesehen, dass ihre Kinder Tunesien verlassen. Ich bin sicher, sie hat dir das auch gesagt. Und ich wette, dass du es ihr versprechen musstest. Widersprich mir nicht, ich weiß es. Nora war eine Intellektuelle, so wie Fatima. Und die Intellektuellen, die denken zu viel nach, die diskutieren über Politik, die wollen die Welt verbessern. Nora hasste Ben Ali und sein Regime. Fatima hasst Ben Ali und sein Regime. Alle hassen sie Ben Ali und sein Regime. Mir ist es schnuppe. Ich bin Fischer auf Kerkennah. Kein Mensch hat mir je das Fischen verboten. Nichts von dem, was wirklich schön ist, gehört Ben Ali, er hat nur die Macht und das Geld. Aber die Schönheit unserer Insel, die Sonne, das Meer, den Wind von Kerkennah, die lässt er uns. Er kann sie uns nicht rauben. Und das genügt mir, mehr brauche ich nicht.»

Farhat verstummte. Sein Blick schweifte in die Ferne, nach Sfax hinüber.

«Aber ich weiß, dass die Kinder Kerkennahs nicht auf Kerkennah bleiben. Und da ist Frankreich immer noch besser als Tunis oder Sfax.»

ZEHNTES KAPITEL

Obwohl Ahlam zu einer jungen Dame herangewachsen war, machte sie kindliche Freudensprünge, als Paul ihr von seinen Plänen erzählte.

«Nach Paris gehen! Dort leben! Malen!»

Enthusiastisch warf sie sich Paul in die Arme, umschlang ihn und küsste ihn ein halbes Dutzend Mal auf beide Wangen. Das hatte sie ganz spontan gemacht, aber es war das erste Mal, dass Paul ihren warmen, biegsamen Körper so dicht an seinem spürte. Der Druck ihrer kleinen festen Brüste an seiner Brust verwirrte ihn.

Fatima warf Ahlam einen gestrengen, zugleich fragenden Blick zu:

«Ein bisschen Zurückhaltung, junge Dame, wenn ich bitten darf!»

Doch sie war genauso glücklich wie ihre Enkeltochter über die unverhoffte Chance, die sich da bot.

«Und du, mein Junge, was sagst du zu Pauls Vorschlag?», fragte Fatima ihren Enkelsohn.

«Ja klar. Das wäre doch sehr gut.»

Die Antwort kam tonlos aus ihm heraus. Ein gerader Strich auf der Leinwand, weder dick noch dünn, weder verschwommen noch akzentuiert.

Paul betonte, dass noch viel Arbeit auf sie zukäme, bevor sie ins große Abenteuer starten könnten. Ahlam erzählte ihren Freundinnen trotzdem schon davon, die diese unglaubliche Neuigkeit fleißig weitertrugen. Auch Fatima redete mit ihren Bekannten darüber, die sich ebenfalls nicht zurückhielten, sodass in kürzester Zeit ganz Kerkennah Bescheid wusste.

Issam sprach nur mit Nourdine darüber.

Dieser arbeitete schon seit ein paar Monaten daran, ihre Beziehung wieder zu vertiefen. Trotz seiner Ungeduld, Issam an seiner Wiedergeburt im Geist des wahren Islam teilhaben zu lassen, war er bisher sehr vorsichtig gewesen. Er hatte ja nichts als seine Überzeugungskraft, sein noch ungefestigtes Wissen und einige Schriften, Videos oder Audio-Files, die ein salafistischer Freund aus Sfax ihm auf einen USB-Stick kopiert hatte. Die zeigte er regelmäßig Issam, und der schien von Mal zu Mal empfänglicher dafür zu sein. Vor allem die an Muslimen verübten Gräueltaten wühlten ihn auf. Es wäre einfacher gewesen, auf den islamistischen Webseiten zu surfen und Issam jenen Mediendschihad nahezubringen, dessen Sinn und Zweck es war, all den Muslimen die Augen zu öffnen, die von der offiziellen Lügenpropaganda noch verblendet waren. Aber auf Kerkennah war das Internet noch wenig verbreitet, und Ben Alis Schergen hätten leichtes Spiel gehabt, Zugriffe auf verbotene Webseiten zu lokalisieren. Nach und nach gelang es Nourdine, Issams Herz zu berühren, vor allem, wenn er seinen Träumen von Tunesiens Zukunft freien Lauf ließ oder von seinem Bruder Saber erzählte. Sein Bruder war ein Held, Nourdine wollte, dass Issam das wusste und anerkannte. Zwar hatte Nourdine seit Sabers Aufbruch in den Irak nichts mehr von ihm gehört, aber er phantasierte frei drauflos. Er wollte unbedingt, dass Issam Saber genauso bewunderte wie er.

Saber, so erzählte Nourdine, sei Emir einer *katiba* geworden, einer Hundertschaft von Mudschaheddin. Er habe gegen die Amerikaner gekämpft und viele von ihnen getötet. Sie hätten dann ja auch verloren und zögen nun ab aus dem Irak. Das sei natürlich nicht allein Sabers Verdienst, aber immerhin habe er viel dazu beigetragen. Saber habe ihm versprochen, wieder zurückzukommen, und bestimmt käme er eines Tages zurück. Ben Ali würde Hören und Sehen vergehen. Danach würde man dann die Scharia ausrufen, alle Abtrünnigen und *kuffar* aus dem Land verjagen und wie zu Zeiten des Propheten leben. Bei Nourdine war jeder zweite Satz ein Koranvers oder ein Hadith. An die zwanzig kannte er auswendig. Er zitierte ständig dieselben Verse. Am Anfang war Issam nur genervt von dieser monotonen Litanei, den stereotypen, erwartbaren Sprüchen, den Wahrheiten, die uralten Texten entstammten, aber nie dem selbständigen Denken. Er war nicht dazu erzogen worden, Antworten woanders zu suchen als im eigenen Herzen, mit dem eigenen Verstand. Und dennoch war diese tief in der Kultur des Islam verankerte Musik, die ohne Unterlass, geradezu hypnotisierend, wie betäubend, dieselben Noten wiederholte, in ihn eingedrungen und hatte seine Abwehrkräfte gelähmt. Nicht ganz allerdings – ein verschwindender Rest war geblieben, tief in ihm verborgen, der manchmal durchbrach, ein jähes Aufblitzen der Vernunft.

Mit der Zeit räumte Issam ein, dass ein Dschihad zur Verteidigung islamischer Gebiete legitim sei. Und er erklärte sich bereit, etwas zu tun, um unterdrückten Muslimen beizustehen. Allerdings gelang es Nourdine nicht, ihn so weit zu bringen, dass er aufs Malen verzichtete.

«Issam, du bist mein bester Freund. Ich kann doch nicht zusehen, wie du ein Leben in Gottlosigkeit führst. Bei al-Buchari steht geschrieben, der Prophet – *sallallâhu alayhi wa sallam* – habe gesagt: ‹Engel betreten keine Häuser, in denen es Hunde oder Bilder gibt.› Es steht dir nicht zu, Allah nachahmen zu wollen. Er ist der einzige Schöpfer. Hör zu, bei al-Buchari ist auch noch folgender Ausspruch überliefert: ‹Wer auch immer ein Bild malt, wird beim Jüngsten Gericht dafür bestraft werden.› Merkst du was, Issam? Du steuerst auf geradem Weg auf die Hölle zu, wenn du so weitermachst! Allah, er bewahre uns in seiner Barmherzigkeit, spricht durch den Mund seines Gesandten – *sallallâhu alayhi wa sallam* – zu uns: ‹Wer ist frevelhafter als jene, die im Sinn haben, Wesen zu erschaffen, die denen gleichen, welche ich geschaffen habe?› Und von Ibn Hanbal ist dieser Hadith überliefert: ‹Die schlimmste Strafe aber am Tag des Jüngsten Gerichts hat Allah für die reserviert, die seine Schöpfungen nachahmen.› Genügen dir all diese *dalils** denn noch immer nicht?»

Diese *dalils* genügten Issam keineswegs. Er war beunruhigt, gewiss, aber die Malerei war ein fester Bestandteil seiner Vergangenheit, seiner Gegenwart und seiner Pläne für die Zukunft. Er fühlte sich nicht stark genug, einen Teil seiner selbst aus sich herauszureißen. Doch er beschloss, eine kompetente Auskunft einzuholen. Der Imam der Altstadtmoschee von Remla war hocherfreut, ihn zu sehen. Der immer offenkundigere Einfluss Nourdines auf Issam gefiel ihm überhaupt nicht. Er erklärte ihm, dass man sich vor Leuten in Acht nehmen müsse, die irgendwelche Wahrheiten vorbrächten,

* «Beweise», die dem Koran oder den Hadith-Sammlungen entstammen

ohne das hierfür notwendige Wissen erworben zu haben. Nourdine übertreibe bei weitem. Zeichnung und Malerei seien keineswegs verboten. Nur die Abbildung von Menschen oder Tieren, die sei verboten. Und als Beweis zitierte er einen Ausspruch des Gesandten Allahs nach der Überlieferung von Ibn Abbas:

«Eines Tages kam ein Maler zu Ibn Abbas und fragte ihn um Rat, wie du es heute tust. Ibn Abbas legte ihm eine Hand auf den Kopf und erzählte ihm, wie der Prophet – *sallallâhu alayhi wa sallam* – sich dazu geäußert hatte: ‹Jeder Maler kommt in die Hölle. Jedem Bild, das er geschaffen hat, wird eine Seele eingehaucht, und diese Bilder werden ihn dann in der Dschehenna quälen. Aber wenn du unbedingt malen musst, dann mal wenigstens Bäume und alles, was keine Seele hat.›»

«Heißt das, dass ich Landschaften malen kann und Formen, die kein lebendiges Geschöpf darstellen?»

«Genau. Zahlreiche Ulema sind der Ansicht, dass nur die figurative Darstellung von Lebewesen verboten ist. Alles andere wird geduldet, wenn der Maler bescheiden bleibt und sich mit seiner Malerei nicht von Allah abwendet.»

Issam überbrachte Nourdine den Standpunkt des Imam. Aber Nourdine war nicht überzeugt.

«Im Zweifel ist es besser, das Malen aufzugeben. Der Prophet – *sallallâhu alayhi wa sallam* – hat doch gesagt, dass jeder Maler in die Hölle kommt. Aber nun gut, dann versprich mir wenigstens, keine Lebewesen mehr zu malen.»

«Das verspreche ich dir», antwortete ihm Issam, der ohnehin nichts anderes malen mochte als die Musik seiner Schwester.

Als Issam dann Nourdine von der geplanten Reise nach Frankreich erzählte, war es, als öffneten sich die Höllentore sperrangelweit.

«Hör mir jetzt gut zu, Issam. Allah hat den Muslimen durch Mohammed, den letzten seiner Propheten – *sallallâhu alayhi wa sallam* – befohlen, aus den Ländern der *kuffar* wegzugehen, um in einem Land zu leben, in dem der wahre Islam herrscht. Er befiehlt uns, die Hedschra zu machen, und du, du willst nach Frankreich gehen! Du willst das genaue Gegenteil. Bald geht es hier in Tunesien mit dem Dschihad los. Deine Pflicht als Muslim, deine ganz persönliche Pflicht ist es, an diesem Dschihad teilzunehmen. Wenn du stirbst, wird aus dir ein Märtyrer, dem Allahs Paradies und die himmlischen Belohnungen versprochen sind. Wenn du nicht stirbst, wirst du in einem Land leben, in dem der wahre Islam herrscht. In beiden Fällen bist du der Gewinner. Wenn du dagegen nach Frankreich gehst, bist du noch schlimmer als ein *kafir* und brennst am Ende in der Hölle. Alles, was du tust, ist *haram**. Issam, es ist an der Zeit, dass du dir das klar machst.»

«Redest du noch immer von der Malerei?»

«Natürlich rede ich von der Malerei. Ich habe dir doch schon alle einschlägigen *dalils* genannt. Worauf wartest du denn noch? Ich meine das hier ganz im Ernst. Bist du einverstanden, dass es nur einen Gott gibt und dass Mohammed sein Prophet ist?»

«Ja logisch, was glaubst du denn?»

«Du bist einverstanden, dass Allah uns Seine göttliche Botschaft aus dem Mund Mohammeds überbracht hat?»

* verboten, unzulässig

«Aber ja.»

«Und auch damit, dass Mohammed durch die Gnade Gottes erleuchtet und von Gott auserwählt wurde, und dass wir seinem Beispiel folgen sollen, so leben, wie er gelebt hat, das tun, was er getan hat, sein Tun und Lassen nachahmen und vor allem auf seine Worte hören?»

«Ja klar, aber worauf willst du hinaus?»

«Du greifst dir aus Gottes Botschaft heraus, was dir gerade passt, und den Rest ignorierst du. Das ist der Weg, der zum Unglauben führt. Ich bringe dir die Beweise, dass deine Malerei *haram* ist, und du hältst dir bloß die Ohren zu.»

«Nicht jede Art von Malerei ist *haram*, und das weißt du sehr wohl. Wir haben doch schon darüber diskutiert, und ich hab mein Versprechen gehalten. Ich male keine Lebewesen mehr.»

«Ja, glaubst du denn, du würdest in Frankreich nur Landschaften malen? Die *kouffar* wollen Bilder von nackten Frauen. Das verkauft sich gut. Oder Porträts, aber auch die sind *haram.*»

«Ich entscheide doch darüber, was ich male.»

«Weil der Franzose dich die Entscheidungen treffen lässt? Du bist für den doch nur eine Spielfigur, die er herumschiebt, wie es ihm passt. In Frankreich wird dich der Scheitan holen. Peu à peu wird er deine Seele aufessen. Du tust mir echt leid. Was hast du all die letzten Jahre denn gemalt? Sag's mir! Musik, du hast weiter nichts als Musik gemalt. Und es gibt ja wohl kaum etwas Verboteneres als Musik, die ist ober-*haram.* Ich hab nachgedacht: Selbst wenn du keine Lebewesen mehr malst, malst du ja die Musik, die du hörst. Und da Musik *haram* ist, ist deine Malerei zwangsläufig auch *haram.*»

«Ach, für dich ist doch alles *haram*. Die Welt ist voll mit Musik. Du verbringst deine Zeit doch auch damit, ständig deine Naschids* zu hören. Ist das etwa keine Musik?»

«Ich höre aber nur, was *halal* ist. Ich habe keine Lust, in der Hölle zu landen. Die Musik deiner Schwester ist alles andere als *halal*. Sie ist aufreizend, fordert zur Sünde heraus, weckt Begierden. Sieh dir deine Schwester doch an, sie hat ja noch nicht mal ein Kopftuch. Sie trägt kurze, leichte Kleider. Sie zieht sich an wie eine Prostituierte.»

Der Fausthieb ging von selber los. Nourdine lag mit blutiger Nase am Boden.

«*Chouf!* Da siehst du, welches Spiel der Satan mit dir treibt! Jetzt schlägst du schon deinen besten Freund.»

Issam schloss die Augen. Er wusste nicht mehr, was er denken sollte. Nourdine kam ständig auf dieselben Themen zurück: Islam, Dschihad, Scheitan, die Malerei, die *kuffar*, die Muslime, die überall auf der Welt von Amerika, Israel und den Kreuzzüglern getötet wurden. Und jetzt noch die Musik. Was er sagte, klang überzeugend.

«Kannst du mir einschlägige *dalils* für die Musik benennen?»

«Natürlich, morgen bekommst du sie. Äh ... und entschuldige, was ich da über Ahlam gesagt habe.»

In Wahrheit war Nourdine von brennender Begierde für Ahlam erfüllt. Das war überhaupt nicht gut. Es war ihre Schuld, wenn er erotische Träume hatte, sich im Schlaf umherwälzte und manchmal sogar streichelte. Seine Eltern hat-

* Islamistische Kampfgesänge, die als *halal*, als erlaubt, gelten

ten ihm beigebracht, dass Frauen unreine Geschöpfe seien, wie ihre Menstruation bewies. Aber Ahlam war so wunderschön. Nourdine ertrug es nicht, dass sie sich allen Blicken darbot, ohne ihn auch nur eines Blickes zu würdigen.

An jenem Abend gab Issam bei Tisch nicht ein einziges Wort von sich. Farhat war ebenfalls schweigsam und in sich gekehrt, was ihm so gar nicht ähnlich sah. Fatima und Ahlam tauschten fragende Blicke. Nachdem Issam und Ahlam zu Bett gegangen waren, packte Fatima den Stier bei den Hörnern:

«Na gut, ich kenne dich doch in- und auswendig, mein Sohn. Sag schon, was los ist.»

Farhat seufzte tief auf:

«Heute kurz vor Mittag habe ich Besuch vom Imam erhalten.»

«Dem von der Altstadtmoschee?»

«Ja.»

«Das überrascht mich jetzt gar nicht. Ich kann mir schon denken, was die alte Giftkröte dir gesagt hat, mein Sohn. Er hat dir erklärt, dass es sich nicht schickt, dass Ahlam in Frankreich lebt, dass sie nicht verheiratet sei und dort in Sünde leben würde, dass sie ja noch nicht mal ihren Körper und ihr Haar bedeckt und patati und patata. Aber hast du auch gesehen, wie unglaublich schön deine Tochter ist? Noch viel schöner als Nora, Gott hab sie selig. Ich hätte nie gedacht, einmal ein junges Mädchen zu sehen, das noch schöner als Nora ist. Ich hätte auch nie gedacht, dass ein junges Mädchen überhaupt so strahlend schön sein kann. Ihre Schönheit legt Zeugnis von der Größe Gottes ab. Dieser Imam, die alte

Schlange, dass er sich nicht schämt! Traut sich nicht, offen zu seinen Ideen zu stehen, aus Angst vor Ben Ali, aber wagt es, die Lebensweise deiner Tochter zu kritisieren!»

«Ja, ich weiß. Aber er ist nicht der Einzige. Viele Gläubige in der Moschee denken wie er.»

«O ja, es geht immer noch schlimmer. Aber was geht uns das an? Verflucht sei schon jetzt der Tag, an dem dieses Gesindel aus seinen Löchern kriecht. Ich kann nur hoffen, dass ich das nicht mehr erlebe. Weißt du, das eigentliche Problem besteht doch darin, dass du sämtliche Heiratskandidaten in die Wüste geschickt hast, und ihre Eltern nehmen dir das genauso übel wie die Söhne.»

«Das war doch nicht ich, der sie alle in die Wüste geschickt hat, das war Ahlam.»

«Umso besser. Ahlam ist sechzehn. Sie hat alle Zeit der Welt. Stell dir dieses Juwel doch mal als Gattin eines jungen Gockels aus Kerkennah vor, der nichts Eiligeres zu tun hat, als sie von Kopf bis Fuß zu vermummen … Statt mit Schmuck behängt er sie mit blickdichtem Stoff … um der Einzige zu sein, der etwas von ihr hat. Deine Prinzessin würde verkümmern. Ihr Licht würde kläglich erlöschen. Nein, das kann nicht ihre Zukunft sein. Das hätte Nora niemals gewollt.»

«Nora hat mich doch auch geheiratet, und ich bin nur ein einfacher Fischer.»

«Nein, kein einfacher Fischer, sondern mein Sohn, ein gebildeter, intelligenter, sensibler Junge, ein fürsorglicher Vater, dem das Glück seiner Kinder am Herzen liegt. Das ist der Junge, den Nora einmal geheiratet hat. Bleib nur weiterhin dieser Junge. Ahlam muss von hier fort. Sie wird ein aufregendes Leben führen, wird Verehrer haben. Nicht nur einen, verstehst du, sondern ganz viele. Oh, ich sehe es dir an der Nasenspitze an, allein der Gedanke, dass deine Tochter einen Verehrer haben könnte, bereitet dir Bauchweh. Aber deine Tochter ist wie gemacht für die Musik, für die Liebe und für den Erfolg. Man sieht es an der Art, wie sie sich bewegt, an ihrer ranken Gestalt, ihren prachtvollen Locken, ihrem strahlenden, tiefgründigen Blick. Der Mann, der sie einmal heiratet, der muss sie verdient haben. Das muss ein ganz besonderer Mensch sein, so außergewöhnlich wie sie. Und dann dürfte dir auch aufgefallen sein, dass diese Giftschleuder von Imam kein einziges Wort über Issam verloren hat. Dass ein Junge ins Land der Ungläubigen reist, mag noch angehen, aber ein Mädchen …»

ELFTES KAPITEL

Am nächsten Tag trafen Issam und Nourdine sich im Café am Rathausplatz. Sie tranken Tee, dann gab Nourdine Issam unauffällig ein Zeichen, ihm zu folgen. Etwas außerhalb von Remla suchten sie sich ein stilles Plätzchen hinter einem verlassenen, ockerfarbenen Haus, um unbemerkt reden zu können. Nourdine zog ein paar vollgekritzelte Zettel aus der Tasche.

«Hast du die *dalils*?»

«Natürlich. Hör zu. Als Erstes ist da dieser Vers aus der Sure Luqmân: ‹Doch unter den Menschen gibt es manch einen, der sich belustigende Geschichten besorgt, um ohne ordentliches Wissen in die Irre zu führen, weg von Allahs Weg, und darüber zu spotten. Darum verkünde ihm schmerzliche Strafe.›»

«Und wo ist da von Musik die Rede?»

«Weil Ibn Abbas, Ibn Masud und Ibn Umar bestätigt haben, dass *lahw al-hadîth* nicht wirklich ‹belustigende Geschichten› heißt, sondern ‹Lieder›. Außerdem gibt es noch eine Menge anderer Hadithe. Vor allem den hier, von al-Buchâri überliefert: ‹Es werden Leute aus meiner Umma auftauchen, welche Ehebruch, Seide, Wein, Musik und Lieder für erlaubt erklären.› Wenn das kein Beweis ist! Willst du noch mehr hören? Hier, das hat Ibn Umar seinem freigelassenen Sklaven Naji erzählt: Wie er einmal mit dem Propheten – *sallallâhu alayhi wa sallam* – zusammen war, habe dieser sich die Ohren zugehalten, als er den Klang einer Hirtenflöte vernahm. Die Musik ist ein Instrument Satans, Issam. Es gibt keinen Zweifel. Ibn Taimiya sagt es klipp und klar: Alle Musikinstrumente sind verboten, bis auf den *daff*, das Tamburin, das man zu Hochzeiten und anderen Festen spielt. Das ist die einzige Ausnahme.»

«Ich kann mir nicht vorstellen, dass Musik verboten sein soll. Es ist doch so schön, wenn Ahlam Klavier spielt und dazu singt.»

«Klar ist das schön! Soll es ja auch sein. Allah, der Erhabene, hat zu Satan gesagt: ‹Verführe nun mit deiner Stimme, wen von ihnen du kannst.› Und bei Mudschahid wird erklärt, dass ‹Stimme› hier so viel heißt wie ‹Musik, Tanz und unterhaltsame Dinge›. Die Frauen, die Musik, die Malerei sowie Gewänder aus Gold oder Seide sind deshalb so schön, weil sie allesamt Köder des Satans sind. Sie müssen reizvoll sein, um dich in Versuchung zu führen. Der Gesandte Allahs – *sallallâhu alayhi wa sallam* – hat uns gesagt, was wir tun müssen, um der Versuchung zu widerstehen. Aber wenn du ihm nicht auf seinem Weg folgst, dann kannst du nicht widerstehen. Und wenn du nicht widerstehst, dann kommst du in die Hölle. Sogar der Prophet – *sallallâhu alayhi wa sallam* – hat sich die Ohren zugehalten, um nicht dem betörenden Klang der Hirtenflöte zu erliegen. Aber du, Monsieur Issam, du glaubst wohl, du bist stärker als er und würdest nicht dem Scheitan verfallen?»

«Nein, das nicht, aber es will mir einfach nicht in den Kopf, dass etwas so Schönes böse sein kann.»

«Weil du das Schöne mit dem Guten verwechselst, Issam.

Das Gute ist das, was Allah uns lehrt. Das Schöne stammt oft aus der Trickkiste des Teufels. Und du weißt doch genau, was mit den Ungläubigen passiert, die sich von Allahs Wort abgewandt haben. Da, lies mal, was der Bote Allahs – *sallallâhu alayhi wa sallam* – laut Abu Malik al-Aschari gesagt hat: ‹Es wird Leute in meiner Gemeinschaft geben, die Alkohol konsumieren. Man wird ihnen auf Musikinstrumenten vorspielen, und Sängerinnen werden für sie singen. Allah wird den Boden dazu bringen, sie zu verschlucken, und wird sie in Affen und Schweine verwandeln.› Kannst du dir Ahlam als Affen oder Schwein vorstellen? Und für dich gilt es genauso, denn ‹am Tag der Auferstehung wird Allah geschmolzenes Blei in die Ohren derer gießen, die Sängerinnen zuhören›.»

«Was soll ich denn tun? Wie kann ich das je meinem Vater, Ahlam und Paul erklären?»

«Einem *kafir* bist du keine Erklärung schuldig. Und Ahlam ist eine Frau, die hat ohnehin nicht mitzureden. Bei deinem Vater ist es schon was anderes. Überleg dir gut, was du ihm sagst. Erzähl ihm am besten, dass du nachgedacht hast und nach dem Abitur lieber erst mal zum Studieren nach Sfax gehen willst, und ja schon immer davon geträumt hast.»

«Wovon geträumt?»

«Informatik zu studieren.»

«Warum Informatik?»

«Damit wir zusammenbleiben können. Ich schreibe mich auch für Informatik ein. Wir gehen zu zweit dorthin. Und weil …»

«Weil was?»

«Weil man eine Ausbildung braucht, die der Sache dient. Al-Qaida benötigt Ingenieure, Naturwissenschaftler und Informatiker. Man kann den Dschihad auch anders führen, als sich in fünf Minuten umlegen zu lassen.»

«Ich dachte, du wolltest unbedingt Märtyrer werden.»

«Natürlich, aber so eilig habe ich es nun auch wieder nicht. Vorher sollte man sich noch nützlich machen. Klar, ein *shahid** kommt ins Paradies, aber hinterher ist er zu nichts mehr zu gebrauchen.»

«Und du glaubst, dass mein Vater meinen Sinneswandel einfach so hinnehmen wird?»

«Natürlich, wenn es dir gelingt, ihm klarzumachen, dass es genau das ist, was du dir wünschst. Ist es doch, oder? Den Weg des Unglaubens zu verlassen und dem Pfad der Karawane zu folgen?»

«Ja schon, aber wie ich dir sage, es wird nicht leicht sein. Mein Vater hat kein Geld, um ein Studium zu finanzieren oder eine Wohnung in Sfax.»

«Mann, wie blöd bist du denn? Du brauchst doch nur deinen *kafir* zu melken. Wirst schon sehen, der bezahlt dir alles. Wenn nicht, lass es Allahs Sorge sein. Außerdem rettest du dadurch auch deine Schwester.»

«Wie denn das?»

«Wenn du nicht nach Frankreich gehst, kann sie auch nicht gehen. Erstens, weil der Franzose dann nicht mehr sein Traumduo hat, zweitens, weil dein Vater seine Tochter ja wohl kaum allein losziehen lässt, ohne dich als Aufpasser und Beistand.»

«Mein Vater vertraut Paul voll und ganz.»

«Aber es gibt Grenzen. Ein tunesisches Mädchen, das ohne

* Märtyrer

*marham** mit einem unverheirateten *kafir* nach Frankreich geht, der gerade mal … Wie alt ist er überhaupt, dein *kafir*?»

«Er ist 1974 geboren. Dann muss er jetzt so um die Fünfunddreißig sein.»

«Ich sag dir, das wird dein Vater nicht wollen. Aber was noch wichtiger ist … Hör mir gut zu, das Allerwichtigste ist, dass kein Mensch deine wahren Motive ahnt.»

Mehrere Tage lang traute Issam sich nicht, es Farhat zu sagen. Nourdine aber ließ nicht locker. Das sei ein heikler Moment, erklärte er ihm, den man überwinden müsse, danach werde man auf den Weg der Läuterung geführt. Doch sobald Issam seinem Vater gegenüberstand, vergaß er alle seine guten Vorsätze. Er wusste nicht, welche Worte er wählen, wo er anfangen sollte. Gleichzeitig knüpfte Paul bereits eifrig Kontakte, und der Kunstwelt lief schon das Wasser im Munde zusammen. Der Amerikaner war voller Enthusiasmus. Ihm schwebte eine internationale Konzertreise vor. Da wäre einmal das zahlende Publikum, dann die Fernsehübertragungsrechte, vor allem aber der Verkauf der in der Live-Performance gemalten Musikgemälde. Bevor er die Finanzierung des Projekts übernahm, wollte er natürlich eine private Vorführung auf Kerkennah erleben.

Eines Abends, als die ganze Familie versammelt war, erklärte Paul, dass der Amerikaner nun bald käme und es wichtig wäre, in Topform zu sein. Ahlams Finger begannen vor Ungeduld zu zittern. Issam begriff, dass er in der Klemme saß. Er bat seinen Vater um ein Gespräch unter vier Augen.

* Ein männliches Familienmitglied, das die junge Frau überwachen kann und sie begleitet, wenn sie das Haus verlässt.

Er wusste, er hätte nicht die Kraft, in Gegenwart von Fatima, Paul und vor allem Ahlam offen zu reden. Vater und Sohn verließen das Haus.

«Vater, ich weiß, dass du nur mein Bestes willst. Was ich dir zu sagen habe, wird dir vielleicht weh tun. Für den Fall bitte ich dich schon jetzt um Verzeihung. Aber ich muss dir die Wahrheit sagen, denn Allah hat uns durch den Mund seines Gesandten wissen lassen, dass Ungehorsam gegen die Eltern eine Todsünde ist. Ich möchte aufhören mit dem Malen. Ich will nicht nach Frankreich gehen, und auch nicht nach Amerika. Ich will bei euch bleiben.»

Farhat riss die Augen auf. Er konnte es nicht fassen. Es war das erste Mal, dass sein Sohn fromme Sprüche im Mund führte. Das erste Mal, dass er davon sprach, die Malerei aufzugeben.

«Was ist denn los mit dir? Wovon redest du? Du und das Malen aufgeben? Das ist doch dein Ein und Alles! Was willst du denn sonst tun?»

«In der Nähe von Kerkennah bleiben. Ich möchte Informatik in Sfax studieren. Dann kann ich jedes Wochenende nach Hause kommen und manchmal auch in der Woche.»

Farhat wusste weder, was er denken, noch, was er seinem Sohn antworten sollte. An dem, was Issam ihm da sagte, war etwas, das ihm gefiel: seinen Sohn in der Nähe zu behalten. Aber er verstand es nicht. Das Malen war doch so wichtig für Issam. Woher dieser plötzliche Sinneswandel?

«Aber mein Sohn, du arbeitest doch so hart und seit so vielen Jahren, damit du einmal ein ganz großer Künstler wirst. Paul hat dir so viele Dinge beigebracht. Was ist los mit dir?»

Issam hätte seinem Vater am liebsten alles erzählt. Ihm

erzählt, dass er ein echter Muslim geworden war und nun nicht mehr in der Unwahrheit leben könne. Aber Nourdine hatte ihm zigmal eingeschärft, auf keinen Fall die Religion zu erwähnen. Er wolle Informatik studieren und weiter nichts.

«Manche Dinge mag man eben als Kind, und wenn man erwachsen wird, wendet man sich von ihnen ab. Ich bin jetzt ein Mann, und dieser triviale Kram interessiert mich nicht mehr.»

«Die Malerei trivial? Sie ist doch dein ganzes Leben!»

«Nein, mein Leben beginnt jetzt. Ich will studieren. Das Malen ist zeitraubend und macht mir keinen Spaß mehr.»

Farhat dachte nach. Zwar verstand er seinen Sohn nicht, aber er hatte ihm nichts zu entgegnen. Erst nach und nach, während Issam sich ein paar Schritte entfernte, ging Farhat auf, was die Entscheidung seines Sohnes für Folgen hätte. Es war das Aus für ihre großen Pläne, das Aus für die internationalen Konzertreisen und das Ende der Hoffnung auf ein anderes Leben als jenes im korrupten Tunesien. Es war aus und vorbei mit dem Traum von Nora. Von Ahlam und ihren Träumen gar nicht zu reden. Wie sollte Ahlam das je akzeptieren können? Und Paul? Hatte Issam je an Paul gedacht, an die ganze Energie, die Paul darauf verwandt hatte, sein Wissen und sein Talent an ihn weiterzugeben?

«Wann wirst du es ihnen sagen?»

Issam hatte gedacht, sein Vater würde das für ihn übernehmen, aber der hatte ihm die Frage in einem Ton gestellt, der nicht dazu einlud, ihn um diesen Gefallen zu bitten. Da er den ersten Schritt nun hinter sich hatte, brächte er es am besten gleich ganz hinter sich.

Issam ging ins Haus zurück. Farhat folgte ihm. Alle

blickten sehr ernst, denn sie hatten begriffen, dass das ein wichtiger Moment war. Issam erklärte, er wolle das Malen aufgeben, weil es ihm keinen Spaß mehr mache. Er wolle jetzt lieber Informatik studieren.

Paul und Fatima ließen die Nachricht erst einmal sacken, um ganz sicher zu sein, Issams Ansage auch richtig verstanden zu haben. Und während sie noch nach einer passenden Antwort suchten, platzte Ahlam, die temperamentvoller war, sofort heraus:

«Was redest du da? Bist du jetzt völlig verrückt geworden? Wer hat dir denn so was in den Kopf gesetzt? Dieser Spastiker von Nourdine, dieser Zwerg von eins fünfzig, der alle Welt mit seinen schwachsinnigen Predigten nervt? Das darf doch wohl nicht wahr sein! Sag bloß nicht, dass du das ernst meinst!»

Ahlam war aufgesprungen und hatte begonnen, auf ihren Bruder einzuschlagen. Mit der flachen Hand schlug sie gegen seine Brust, immer heftiger.

«Du Mistkerl, du lässt mich doch nicht fallen? Sag, dass du mich nicht fallenlässt!»

«Was hat denn Nourdine damit zu tun?», fragte Fatima. «Hat der dir das in den Kopf gesetzt?»

«Ach was, der hat nichts damit zu tun. Ich habe bloß genug davon, meine Zeit mit so was Trivialem zu verbringen.»

«Weil Kunst deiner Meinung nach etwas Triviales ist?» Fatima kam langsam die Galle hoch. «Das ist kein Zeitvertreib. Du bist doch Künstler und einer der begabtesten dazu. Paul hat neun Jahre damit zugebracht, dir die wunderbarsten Dinge beizubringen. Und in dem Moment, wo du und deine Schwester endlich flügge werdet, wo ihr euch voll entfalten, die Welt entdecken, interessante Leute kennenlernen könnt, da willst du alles fallenlassen? Sag mir, wie groß deine Chance war, das zu erleben, was du erlebt hast? Einem Maler wie Paul zu begegnen, der weltberühmt ist und sich trotzdem dafür entscheidet, sich um dich und deine Schwester zu kümmern?»

Ahlam hatte aufgehört, auf ihren Bruder einzutrommeln, und weinte nun. Paul sagte noch immer nichts. Er versuchte, Issams Blick einzufangen, aber der mied ihn. Es war merkwürdig. Irgendwie war er nicht überrascht. Sein Projekt war so lange vor sich hin gereift, über einen derart langen Zeitraum hinweg, dass er im Grund seines Herzens nie daran geglaubt hatte, es eines Tages zum Abschluss zu bringen. Wenn der Horizont zu weit entfernt ist, denkt man nicht, dass man ihn je erreichen könnte, zumal er immer wieder ein Stück weiterrückt, wenn man sich ihm nähert. In den letzten Tagen war der Horizont zum Greifen nah gewesen. Der Traum hatte sich peu à peu in Wirklichkeit verwandelt. Doch in ebenjenem Moment, in dem es ans Erwachen geht, verfliegen ja die Träume. Folglich blieb Paul gelassen. Es gab nur eines zu sagen, eins zu versuchen, ein paar Worte, mehr nicht:

«Hast du an Ahlam gedacht?»

Issam erwiderte spontan, ohne nachzudenken:

«Ja, natürlich hab ich an sie gedacht. Gerade für sie ist es ja nicht gut, wenn sie weiterhin Musik macht. Für eine Muslimin ist das kein Beruf.»

«*Pfffffff . . . !*»

Fatima entfuhr ein Pfiff.

«Kannst du das bitte noch einmal wiederholen?»

«Gern: Eine Muslimin hat anderes zu tun, als ihre Zeit mit Musizieren zu verschwenden.»

«Und was schlägst du deiner Schwester vor?», fragte Fatima eisig.

«Einen guten Muslim heiraten, Kinder kriegen und mehr Respekt vor …»

«Respekt wovor, Issam?»

«Respekt vor den Regeln unserer Religion!»

Issam stieß diese letzten Worte in brüllendem Stakkato hervor, bevor er aus dem Haus rannte und die Tür mit lautem Knall ins Schloss warf.

«Ich hoffe, ihr habt endlich verstanden», sagte Ahlam.

Farhat, Paul und Fatima hatten nichts gemerkt, nichts geahnt. Es kam so plötzlich. Jetzt zerriss der Schleier. Niemand hatte Nourdine je als Bedrohung empfunden. Alle auf der Insel wussten, dass diese Familie vom Vater auf den Sohn salafistisch bis in die Haarspitzen war, aber Nourdine war doch so unscheinbar, war die kleine Krabbe von den Kerkennah-Inseln, die allen eher Mitleid einflößte. Und Farhat hatte seinen Sohn auch noch ermuntert, Nourdine nach dem schweren Schlag, der ihn getroffen hatte, beizustehen. Farhat ging zu Ahlam hinüber und tat, was er noch nie getan hatte. Er nahm seine Tochter ganz fest in die Arme und drückte sie an sich. So wie sonst immer nur Nora ihre Kinder in den Arm genommen hatte.

Wäre Nora nur da gewesen! Sie hätte gewusst, wie man mit Issam reden musste.

Ahlam hatte wieder zu schluchzen begonnen. Auch Farhat spürte, wie seine Augen zu brennen anfingen. Behutsam löste er sich von Ahlam und fragte:

«Ahlam, kannst du uns das erklären? Ist dir irgendetwas aufgefallen?»

Ahlam zögerte. Sie hatte bloß ein ungutes Gefühl gehabt, mehr nicht. Da war nur die Art, wie ihr Bruder sie die letzten Monate über angesehen hatte.

«Weißt du, Vater, in letzter Zeit sieht Issam mich immer so böse an. Sein Blick ist voller Anschuldigungen. Er denkt, dass ich meinen Körper nicht genügend bedecke.»

«Hat er dir das gesagt?»

«Nein, er hat es mir zu verstehen gegeben. Wir verstehen uns auch ohne Worte. Paul weiß das sehr gut.»

«Nun, für mich ist der Fall klar», sagte Fatima. «Issam muss nicht ins Detail gehen.»

In den darauffolgenden Tagen musste man sich wohl oder übel damit abfinden: Issam würde seine Meinung nicht ändern. Bruder und Schwester sprachen nicht mehr miteinander. Issam ging seiner Familie, so gut er konnte, aus dem Weg. Einmal war es Fatima gelungen, ihren Enkel im Wohnzimmer in die Enge zu treiben, aber außer ein paar lakonischen Sätzen im Stil von «Das ist mein Leben» und «Ich will in Sfax studieren» hatte sie nichts aus ihm herausbekommen. Paul wiederum hatte begonnen, über Ahlams Zukunft nachzudenken. Sie war in vollendeter Symbiose mit Issam, es war undenkbar, einen Maler zu finden, der je das Niveau ihres Bruders erreichen könnte, außer … Es lag auf der Hand, aber Paul zögerte. Dazu müsste er selbst ja wieder ins Rampenlicht der Öffentlichkeit treten, sich exponieren. Er müsste sich all dem wieder stellen, was er hinter sich gelassen hatte und was ihm wirklich nicht fehlte. Doch er war der Einzige, der Issam, wenn überhaupt, je ersetzen konnte. Und war es nicht ohnehin sein Projekt, seine Erfindung, sein Werk? War er nicht der Maestro? Er bräuchte Zeit, gewiss, um Issams Spontaneität und sein Tempo zu erreichen. Aber möglich war es, absolut möglich. Issam selbst wäre dann auf der Universität, er hatte ja beschlossen zu studieren. Ohnehin war er schon jetzt nicht mehr da. War nur ein Phantom, das ein und aus ging, schemenhaft an den anderen vorüberhuschte, ohne sich umzudrehen, und es vermied, sie anzusehen.

Als Ahlam ein letztes Mal versuchte, ihren Bruder zur Räson zu bringen, ging etwas zwischen den beiden für immer zu Bruch. Sie hätte es nicht versuchen sollen. Dann hätte sie mit einer vagen Hoffnung weitergelebt und wäre nicht Opfer von Worten und Taten geworden, die nicht mehr ungeschehen zu machen waren.

«Ich schäme mich, Ahlam. Du kleidest dich wie eine Französin. Stellst deinen Körper ungeniert zur Schau. Was ist das überhaupt für ein Kleid?»

«Hau ab, du Idiot. Du bist nicht mein Vater.»

Da ging ein Riss durch Herz und Seele. Issam stürzte sich mit loderndem Blick auf seine Schwester und warf sie zu Boden. Dann sah er sich suchend um am menschenleeren Strand, umfing mit rollenden Augen den Ort. Entdeckte einen kräftigen, langen Algenfaden, der einem mit Wasser vollgesogenen Strick glich. Den hob er auf. Ahlam lag schluchzend im Sand auf dem Bauch, zuckte am ganzen Körper. Und Issam fing an. Der erste Schlag war noch nicht heftig. Ein Versuch. Die Alge war eine gute Peitsche. Sie hatte in der Luft geschnalzt, auf Ahlams Schultern vibriert und dabei Hunderte von Wassertropfen versprüht, die wie kleine Kristallperlen funkelten. Issam schlug erneut zu und konnte dann nicht mehr damit aufhören. «Scheitan!», brüllte er,

«Scheitan!», während er die Luft peitschte, und den Rücken seiner Schwester peitschte. Und jeder Peitschenhieb traf das junge Mädchen wie ein Stromschlag. Sie war wie gelähmt vor Entsetzen und Angst. Nur einmal, ein einziges Mal versuchte sie, den Kopf zur Seite zu drehen, um zu begreifen, wie ihr geschah, da zischte ihr die Algenpeitsche schon übers Gesicht. Schnell vergrub sie ihren Kopf wieder im Sand. Nur ihr Gesicht schützen, ihr Gesicht! Mochte der Rücken die Striemen ruhig über sich ergehen lassen, aber doch nicht ihr Gesicht. Sterben würde sie so und so. Nach drei Minuten war sie sich dessen gewiss. Etwas hatte ihren Bruder mit sich gerissen, hatte von seinem Körper Besitz ergriffen, von seinem Geist. Das da konnte nicht wirklich er sein, nicht Issam, ihr heißgeliebter Bruder, nicht der, der sich an sie gekuschelt hatte, wenn es nachts stürmte. Sie hatte nie jemanden so sehr geliebt wie ihn. Er war ihr Pendant, ihr Zwilling, ihr Spiegelbild. Wenn sie Klavier spielte, warf er ihr liebevolle Blicke zu und malte die Schönheit der Welt. Sie sah seinen Nacken, seinen Rücken, seine Arme, die den Raum modellierten. Issam war immer ihr Held gewesen. Nun war er ihr Henker. Ahlam spürte nichts mehr. Vermutlich schlug Issam noch immer auf sie ein. Oder vielleicht auch nicht. Da hatte Ahlam jäh eine Eingebung. Woher? Vielleicht von der Erinnerung an ihre Mutter, ihr weiches Gesicht, an die Geschichten, die sie ihnen erzählte, abends im Bett, in glücklichen Zeiten, mit Issam im rechten, Ahlam im linken Arm.

«Issam, das Kleid ist von *Mama*!»

Sie hatte die Worte hinausgeschleudert. Hatte alle Luft aus ihren Lungen gepumpt, während sie ihren Kopf aus dem Sand hob. Sie brüllte noch viel lauter:

«Issam, ich habe Mamas Kleid an, das Kleid mit den Blümchen!»

Das mit den Blümchen? Das mit den Blümchen! Issam erinnerte sich. Wie schön ihre Mama in diesem geblümten Kleid aussah, das den Sonnenschein einfing! Alle Leute sahen sie an. Und nichts Verwerfliches lag im Blick dieser Leute, nichts als Bewunderung und Zärtlichkeit, und Freude, dass es auf Erden solche Schönheit gab.

Issam hatte seine Algenpeitsche zu Boden fallen lassen. Blutbespritzt lag sie vor seinen Füßen. Was tat er da eigentlich? Und wie sollte es weitergehen?

Ahlam blieb lange reglos am Strand liegen. Sie war zwar nicht ohnmächtig geworden, aber sie wusste nicht, wie die Welt sich jetzt noch weiterdrehen sollte. Würde gleich die Nacht einbrechen? Würde es jemals wieder Tag? War es möglich, dass das Leben hinterher überhaupt noch weiterging? Irgendwann richtete sie sich langsam auf. Blieb im Sand sitzen, ließ den Seewind durch ihr Haar wehen. Sie musste erst wieder ins Leben zurückfinden, fühlte sich wie erstorben. Es begann schon zu dämmern. Wenn sie sich nicht bald rührte, kämen ihr Vater oder Fatima sie suchen. Und würden sie finden. Dann müsste sie erklären. Bei dem Gedanken stiegen Scham und Angst in ihr hoch. Eine merkwürdige Mischung der Gefühle. Wovor hatte sie Angst? Warum schämte sie sich? Ihr schien, dass es kein Zurück mehr gäbe, wenn sie alles, was passiert war, erzählte. Ihre Kindheit wäre wie ausgelöscht, Nora definitiv tot und die Familie vollkommen zerstört. Sie wusste, was sie zu tun hatte. Sie nickte energisch. Sie würde nichts sagen. Würde stark sein. Würde ihre Wunden der Zeit überlassen und Issam seinen Dämonen.

ZWÖLFTES KAPITEL

Lächelnd sah Issam zu Ayman hinüber. Es war Nacht. Durch das weit geöffnete Fenster drang hin und wieder ein Schwall Hitze herein, sonst nichts. Das einzige Licht kam vom Computer, der Aymans Gesicht erhellte. Ein sehr sanftes, ebenmäßiges Gesicht, glatt und makellos. Es war das Gesicht eines Fünfundzwanzigjährigen, der sich nicht von Gefühlen hinreißen ließ. Issam fand, dass es dem von Osama Bin Laden auf den frühen Fotos glich, mit einem Ausdruck milder Entschlossenheit. Auch Aymans Stimme ähnelte jener des Löwen des Islam, eine sanfte, gleichwohl sehr bestimmte Musik.

Ohne Ayman hätte Issam den Boden unter den Füßen verloren. Er kam nicht klar mit dem, was er seiner Schwester angetan hatte. An jenem Abend hatte er sich nicht nach Hause getraut, sondern war die ganze Nacht planlos herumgelaufen. Und dann, wie von einem Magneten angezogen, stand er plötzlich vor Nourdines Haus. Das war nicht der Ort, an dem er hätte sein wollen, denn er war böse auf seinen Freund, ohne zu wissen, warum. Er wusste nur, dass er bisher glücklich gewesen war, und damit war jetzt Schluss. Sicher, seine Schwester war eine Ungläubige, die nur die Musik und Paul in ihrem Herzen trug. Aber was hatte er denn anderes getan? Der Planet Issam hatte sich nur um Pastellstifte gedreht. Nichts sonst hatte für ihn gezählt. Jetzt, wo er es besser wusste, begriff Issam, wie raffiniert Scheitan die Menschen ins Bockshorn trieb. Issam versuchte, Paul zu hassen, doch es funktionierte nicht. Er war zu schwach, sich die Glücksmomente, diese Momente des Hochgefühls, die er dem Franzosen verdankte, aus dem Herzen zu reißen.

In Issams Herz tobte ein Sturm widerstreitender Empfindungen, als er am Ende jener durchirrten Nacht bei Nourdine anklopfte. Er hatte ihm alles ausführlich erzählt, doch Nourdine versetzte ihm barsch den Todesstoß:

«Das hast du gut gemacht. Deine Schwester hat es nicht anders verdient.»

Wer war er, um so zu sprechen? Ein Nichts im Vergleich zu Ahlam, zu ihrer Anmut und Grazie. Für Issam war seine Schwester das Kostbarste, das es gab. Und die hässliche kleine Krabbe führte nur solche Sprüche im Mund. Was hatte er sonst noch von sich gegeben? Ach ja! Dass Frauen, die ihre Männer nicht respektieren, geschlagen werden müssen. Issam hatte große Lust, Nourdine dafür zu schlagen. Aber er unterließ es. Er verabscheute die brutale Gewalt, von der er wie besessen war, als er auf seine Schwester einschlug. Sich vom Hass hinreißen zu lassen, war eines guten Muslims nicht würdig. Na schön, Ahlam respektierte die Sunna nicht! Aber hatte er versucht, sie eines Besseren zu belehren, bevor er zuschlug? Nicht ein einziges Mal.

Am nächsten Tag machte Nourdine Issam das denkbar schönste Geschenk. Er brachte ihn zu Ayman nach Sfax. Und Issams Leben bekam plötzlich wieder einen Sinn.

Ayman war das totale Gegenteil von Nourdine. Er war einer, der zu überzeugen versuchte. Die *da'wa**, so sagte er, sei

* Predigt

wichtiger als der Dschihad. Nourdine dagegen sprach immer nur vom Dschihad, träumte von seiner *katiba*, von Kämpfen und Kalaschnikows. Doch Nourdine war ein Niemand. Nur Ayman zählte. Vor ihm machte Nourdine sich ganz klein. Manchmal nannte er ihn sogar «Scheich», was Ayman gar nicht gefiel. Als Issam Ayman davon erzählt hatte, wie er mit seiner Schwester umgegangen war, hatte Ayman das, im Gegensatz zu Nourdine, heftig missbilligt. Nutzlose Gewalt sei schlimmer als Nichtstun. Gewiss müsse man auf dem Pfade Allahs kämpfen, aber alleroberste Priorität habe die Effizienz. Allah brauche keine Idioten, sondern Mudschaheddins, die sich korrekt benähmen und planvoll und überlegt zu Werke gingen. Schließlich komme es auf das Ergebnis an. Wer sich nur austobe, im Glauben, der gerechten Sache zu dienen, sei in Wahrheit ihr schlimmster Feind. Ayman war durch die richtige Schule gegangen. Er hatte in London gelebt und zum Kreis um Rachid Ghannouchi gehört. Dort hatte er gelernt, dass die gerade Linie nicht immer der kürzeste Weg ist. Die Herzen müsse man gewinnen, darauf komme es an, und darauf, fähige Glaubensbrüder zu rekrutieren. Als Nourdine ihm Issam vorstellte, war Ayman sofort klar, dass er einen Neuzugang der Extraklasse vor sich hatte. Issam hatte die Orientierung verloren. Er wusste nicht wohin. Besaß Talent, Schönheit, Intelligenz. Und er war im Stande, das eigene Tun kritisch zu reflektieren. In Aymans Augen war er so viel wert wie zehn Männer vom Schlag Nourdines. Denn Ayman brauchte einen Leutnant. Typen wie Nourdine hatte er mehr als genug.

Issam hatte ihm alles erzählt: von Farhats Boot und Noras Tod, von Paul, der Malerei und der Musik und davon, wie beides zusammenhing; von seiner Liebe zu Ahlam und seiner Wut, dass sie so wenig gottesfürchtig war.

«Sag, Issam, warum bist du so wütend auf deine Schwester?»

«Weil sie nicht auf Gottes Wort hört.»

«Aber wie soll sie das können? Sie ist nur eine Frau, und wie alle Frauen schwach und unrein. Was soll sie denn tun in einer gottlosen Welt, in der die Versuchung allgegenwärtig ist? Es ist an uns, eine islamische Gesellschaft aufzubauen. Vorher kannst du nicht verlangen, dass sie sauber bleibt, wenn rings um sie herum nur Schlamm ist. Selbst verantwortlich ist sie erst, wenn sie demnächst die Wahl hat zwischen Allahs Pfad und dem der Ungläubigen. Und wenn sie sich dann noch unbelehrbar zeigt, muss sie bestraft werden. Aber im Moment ist sie nur ein in einer gottlosen Gesellschaft verlorenes Kind. Und wir, wir arbeiten für Menschen wie sie. Nimm dich in Acht vor deinen Wutanfällen. Sie sind ein schlechter Ratgeber. Es wird ein Tag kommen, da werden sie uns nützlich sein. Im Augenblick brauchen wir Vorsicht und Geduld.»

«Was soll ich denn tun? Ich kann nicht mehr nach Hause zurück.»

«Nourdine hat mir gesagt, dass du Informatik studieren willst. Das ist genau das, was wir brauchen.»

«Ja, aber ich habe kein Geld.»

«Gott und die Brüder werden für dich sorgen.»

Ayman hatte nicht zu viel versprochen. Ein paar Tage nach ihrer ersten Begegnung betrat Issam zum ersten Mal das Institut für Informatik und Multimedia der Universität von Sfax. Mit über eintausendfünfhundert Studierenden war es eines der Aushängeschilder der Universität. Die jungen Leuten waren westlich gekleidet, lagen im Gras, diskutierten über alles außer Politik und flirteten wie auf jedem beliebigen Campus der Welt. Nirgends war ein Kopftuch oder ein Qamis zu sehen. Issam wurde von Ayman gewarnt. Nicht die geringste Unvorsichtigkeit sei in der Gruppe erlaubt, kein religiöses Symbol. Solange Ben Ali noch an der Macht sei, könne der kleinste Fehler sie teuer zu stehen kommen.

«Aber beten werde ich wohl noch dürfen?», fragte Issam.

«Natürlich, wir sind ja alle Muslime. Sogar die, die Lippenstift auftragen und sich nach der Vorlesung abknutschen lassen. Du nimmst wie alle am Freitagsgebet teil. Das war's dann aber auch schon.»

Ayman beschloss, Issam bei sich im Zimmer einzuquartieren. Nourdine beanspruchte diese Ehre zwar für sich, aber Ayman konterte mit großem Geschick. Issam sei unwissend in Dingen der Religion und müsse noch viel lernen. Nourdine dagegen sei schon fortgeschritten und wäre ihm eine große Hilfe, wenn er Abdelmalik übernähme. Nourdine fühlte sich geschmeichelt und wich Abdelmalik fortan nicht mehr von der Seite.

Abdelmalik war ein paar Monate vor Issam zur Gruppe gestoßen. Er hatte zwar schon immer in Sfax gelebt, aber nach der Festnahme seines Vaters, eines in den Augen des Regimes etwas zu aktiven Ennahda-Mitglieds, stand er plötzlich auf der Straße. Die Polizei hatte keine halben Sachen gemacht. Abdelmaliks Vater war verhaftet worden, das Haus wurde in Brand gesteckt, seine Schwester vergewaltigt und erwürgt. Abdelmalik war gerade achtzehn. Als er es erfuhr, stahl er ein Metzgermesser und hatte nur noch eines im

Sinn: den erstbesten Polizisten zu erdolchen, der ihm über den Weg lief. Glücklicherweise wusste Ayman die richtigen Worte zu finden. Er versprach ihm, dass er eines Tages so viele Polizisten erdolchen könne, wie er nur wollte. Für den Augenblick brächte das aber nichts. Seitdem unterstand Abdelmalik Aymans Befehl. Er wollte ihm schon die *baya* schwören, den Treueeid. Aber Ayman hatte abgelehnt. Er sei doch nicht sein Emir. Bloß sein Freund. Auf der einen Seite fühlte Ayman sich geschmeichelt, auf der anderen unwohl angesichts Abdelmaliks geradezu mystischer Verehrung für seine Person. Wenn nicht Gott ihr Gegenstand ist, gilt Anbetung als schwere Sünde, und Abdelmalik schwelgte förmlich darin. Seine äußere Erscheinung entsprach ganz seinem schwärmerischen Charakter. Mit seinem wirren Haar, dem lichten Kinnbart, den großen staunenden Augen und seinem jugendlichen Aussehen ähnelte er einer jungen, leicht verrückten Straßenkatze. Dass er so mager war, gab seiner Figur einen leicht femininen Touch. Es gab Tage, da wurde sein ganzer Körper von nervösen Ticks heimgesucht. Meist begann dann sein Kopf heftig zu zittern, und wenn er saß, war das rechte Bein rastlos in Bewegung.

Das fünfte Mitglied der Gruppe war ein Rätsel. Alles an ihm wirkte unnahbar. Sein knochiger Körper war ausgedörrt wie eine Steinwüste. Seine knittrige Gesichtshaut erinnerte an die Häutung einer Schlange. Und seine Augen waren von einem Blau, das sein Gesicht kalt und verschlossen wirken ließ. Er sprach nie, sah nie jemanden direkt an.

Issam hatte vergeblich versucht, ihn in ein Gespräch zu verwickeln, aber Khaled bekam die Zähne nicht auseinander. Da zudem unübersehbar war, dass Ayman sich nicht für ihn interessierte, gewöhnten die anderen sich an, ihn zu ignorieren. Eines Tages aber wurden ihm die Ohren langgezogen. Nie hatte Issam Ayman in einem solchen Zustand erlebt. Khaled war für vierzehn Tage zu seiner Familie nach Sousse gefahren. Als er wiederkam, trug er einen Bart. Die Gruppe hatte sich in Aymans Zimmer versammelt, der Khaled finster musterte und nach einem Messer griff. Jetzt schneidet er Khaled gleich die Kehle durch, dachte Issam. Aber stattdessen warf Ayman Khaled zu Boden und fing an, ihn zu rasieren. Ohne Schaum, ohne Seife, ohne Wasser. Khaled zappelte erst und schlug um sich, aber Ayman hielt ihn so stark fest, dass er sich schließlich fügte.

Anfang November 2010 machte Issam seinem Herzen Luft.

«Ayman, ich bin dir echt dankbar für das, was du alles für mich tust, aber ich hätte da mal eine Frage.»

«Darauf habe ich schon gewartet. Los, sag's mir, was dir auf dem Herzen brennt. Sonst sag ich's dir.»

«Was erwartest du eigentlich von mir? Du beherbergst mich, du bezahlst mein Studium. Und ich bin dir zu gar nichts nutze.»

«Nur Geduld. Das kommt noch.»

«Nein, ich kann nicht länger warten.»

«Weißt du, es ist normal, dass ich jemanden erst einmal beobachte, bevor ich ihm über den Weg trauen. Unsere Feinde stecken überall.»

«Ich weiß, aber nun kennst du mich ja.»

«Und du? Kennst du mich?»

«Ich glaub schon.»

«Du glaubst? Wie sehr?»

«Ich vertrau dir.»

«Und Khaled, vertraust du dem auch?»

«Khaled? Das ist was ganz anderes.»

«Ja, das ist etwas ganz anderes. Weißt du, Khaled ist gestört. Er hat den Dschihad mitgemacht, und da ist etwas in ihm kaputtgegangen. Ich habe ihn aufgenommen, weil ein Freund mich darum gebeten hat. Heute tut es mir leid. Hätte ich nicht tun sollen. Er ist wirklich unberechenbar.»

«Und was kann man da tun?»

«Frag nicht, was man da tun kann, sondern was du tun kannst.»

«Wie meinst du das?»

«Willst du, dass ich dir wirklich vertrauen kann?»

«Klar! Und ich will auch der Sache dienen!»

«Dann befrei mich von Khaled. Er ist eine Gefahr für die ganze Gruppe geworden.»

Issam antwortete nichts. Es traf ihn wie ein Keulenhieb. Hätte Ayman von ihm verlangt, ein Polizeirevier unter Beschuss zu nehmen, hätte er es gemacht. Aber das hier! Einen Glaubensbruder zu töten. Einen Bruder, den er noch nicht einmal kannte. Das war zu hart. Das war zu viel verlangt. Einen Muslim zu töten, war *haram.* Issam irrte blind über den Campus. Als er wiederkam, schlief Ayman tief und fest. Ein schöner Mann mit so edlen Gesichtszügen, aus denen tiefe Seelenruhe sprach. Der immer so gut zu ihm gewesen war. Und wenn er nun recht hätte? Khaled war eine Gefahr für die Gruppe, und somit für die gerechte Sache. Ayman täuschte sich nicht. Man musste dieses Opfer bringen. Issam nahm dessen Messer und betrachtete es eingehend. Ein Jagdmesser mit gezackter Klinge. Er konnte den Blick nicht von ihm lösen, drehte es hin und her. Mein Gott, wie schwer dieses Messer da in seiner Rechten doch wog! Es war der Härtetest, durch den er durchmusste, wollte er Aymans Vertrauen gewinnen. Am nächsten Tag würde er es tun.

Am nächsten Morgen fragte Ayman ihn, ob er eine gute Nacht verbracht habe. Issam erklärte, er habe nachgedacht und sei einverstanden, Khaled zu töten. Ayman erwiderte gleichmütig, dann ginge er ihn jetzt mal holen. Issam fuhr der Schreck in die Glieder. Er hatte gedacht, er hätte noch ein bisschen Zeit. Wenige Minuten später kam Ayman mit Khaled zurück. Khaled wirkte überrascht.

«Ayman sagt, du willst mich sprechen.»

Issam merkte, dass er das Messer nicht bei sich hatte. Khaled stand vor ihm, und er wusste nicht, was er ihm sagen sollte. Plötzlich hatte er eine Eingebung.

«Bitte, setz dich schon mal. Ich hab mit dir zu reden. Ich mach nur schnell noch einen Tee. Magst du auch einen? Und du, Ayman?»

Issam ging in die Küche und setzte Wasser auf. Das Messer lag in der Schublade, wo er es am Abend zuvor gelassen hatte. Er nahm es und schob es sich hinten in den Bund seiner Jeans. Dann bereitete er den Tee zu. Seltsamerweise zitterten seine Hände gar nicht. Er wunderte sich, wie ruhig er war.

Als er ins Zimmer zurückkam, saßen Khaled und Ayman im Schneidersitz am Boden. Sie warteten auf den Tee. Issam vermied es, Ayman anzusehen. Er wollte nicht, dass dieser auch nur das leiseste Zögern in seinem Blick lesen könnte. Er ging erst zu Khaled, servierte ihm den Tee, dann hinter Khaleds Rücken weiter zu Ayman, und in ebendem Moment zückte er sein Messer.

«Stopp!», rief Ayman. «Das reicht. Jetzt vertrau ich dir.»

Issam verstand gar nichts mehr. Khaleds Lachen ließ es ihm wie Schuppen von den Augen fallen.

«Na, komm wieder zu dir. Und nimm mir den Trick nicht übel, aber wie ich dir schon gesagt habe, Vorsicht ist die Mutter des Dschihad. Nur so kannst du überleben und der Sache dienen.»

Issam zögerte. Ayman lachte laut auf.

«Na, stell sie schon, deine Frage. Ich weiß doch schon wieder, was dir auf den Lippen brennt.»

«Und wenn ...»

«Und wenn du dein Messer nicht gezogen hättest?»

Khaled zückte eine lange, glänzende Klinge.

«Wenn du dein Messer nicht gezogen hättest», sagte Ayman, «dann hätte Khaled seins gezogen. Willkommen bei al-Qaida!»

Issam hatte seine Prüfung bestanden, so wie Nourdine und Abdelmalik vor ihm. Er fragte nicht, ob irgendjemand sie mal nicht bestanden hatte, denn dann hätte er auch fragen müssen, was sie mit ihm gemacht haben. Die Stimmung war so fröhlich und entspannt, dass Issam jeden Gedanken verscheuchte, der diesen perfekten Moment hätte verderben können. Einen Herzschlag lang, bevor Ayman ihn an sich zog, zuckte es ihm durch den Kopf, was er gerade im Begriff gewesen war zu tun: zum Mörder zu werden, einen Muslim zu töten, einzig und allein, weil Ayman es von ihm verlangt hatte. Aber machte nicht genau das es aus, dass man zu einer Gruppe gehört, und darüber hinaus zur großen Gemeinschaft aller Gläubigen, der Umma?

Khaled entpuppte sich als durchaus netter Kerl, nachdem er keine Rolle mehr zu spielen hatte. Er redete, und er erzählte. Obwohl er erst dreiundzwanzig war, hatte er schon vieles in seinem Leben gesehen. Er hatte den Dschihad mitgemacht, im Irak, und sogar im Jemen, und den tunesischen Behörden eine lange Nase gedreht. Bevor er nach Tunesien zurückkehrte, hatte er sich mit Hilfe eines Freundes bei der Polizei vergewissert, dass man nicht steckbrieflich nach ihm suchte. Im Jemen hatte er Saber kennengelernt. Issam war überrascht. Nourdine hatte ihm nie erzählt, dass sein Bruder auf der Arabischen Halbinsel zu al-Qaida gestoßen war. Aber Nourdine hatte es selbst ja auch erst nach Khaleds Rückkehr erfahren. Immer wenn Khaled von Saber sprach, glänzten seine Augen wie Sterne. Dasselbe Leuchten lag in Abdelmaliks Blick, wenn er Aymans Namen aussprach. Nourdine hatte Khaleds Geschichten bestimmt schon ein Dutzend Mal gehört. Doch als Khaled an diesem Abend von Saber zu reden begann, saß Nourdine mit offenem Mund da wie beim ersten Mal. Khaled, der die Geschichte diesmal für Issam erzählte, nahm Nourdines übertriebene Verehrung des großen Bruders verstohlen aufs Korn:

«Nourdine, stört's dich auch nicht, wenn ich die Geschichte vom trockenen Flussbett noch mal erzähle? Du kennst sie ja inzwischen auswendig.»

«Nein, es ist immer wieder toll, sie zu hören. Wie bei den Koranversen. Man wird ihrer nie überdrüssig.»

«Nun mal halblang, Nourdine», ermahnte Ayman ihn lachend, «das ist an der Grenze zur Gotteslästerung. Wir bewundern Saber ja alle, aber trotzdem! Seine Taten können doch nicht mit denen des Propheten verglichen werden.»

Die fünf Männer saßen im Schneidersitz im Kreis, vor sich ihre Teegläser. Khaled erhob sich, um das Licht zu löschen. Nur eine kleine Lampe brannte noch, ein schwaches Licht, gerade so viel, dass sie ihre Gläser nicht umstießen. Khaled setzte sich wieder hin. Als das Schweigen tief genug war, hob er an.

«Scheich al-Awlaki persönlich hat mir Saber vorgestellt. Da wir aus derselben Gegend in Tunesien stammen, dachte er, nicht ganz zu Unrecht, wir hätten uns einiges zu sagen. Aber das war noch nicht alles. Der Scheich wollte eine Gruppe in Tunesien aufbauen, im Blick auf künftige Aktionen. Tunesien erschien ihm als vielversprechendes Terrain. Dabei dachte er nicht an Attentate, sondern, jedenfalls für den Anfang, an den Mediendschihad. Er sagte, man müsse die tunesische Gesellschaft erst vorbereiten, weil ihre Elite stark verwestlicht sei, und zwar sowohl die Schergen des Ben-Ali-Regimes, die korrupt bis in die Haarspitzen waren, als auch die säkulare, von den großen Prinzipien der Gottlosigkeit durchdrungene Opposition. Al-Awlaki wusste natürlich um die Aura von Rachid Ghannouchi und Ennahdha. Aber er traute den Muslimbrüdern nicht recht, die unter dem Vorwand, eine langfristige politische Strategie zu fahren, jederzeit zum Pakt mit dem Scheitan bereit waren. Al-Awlaki schärfte uns immer wieder ein, dass der Dschihad das Höchste überhaupt im Islam sei. Keine Aktion sei tugendhafter für den Muslim, weil er dabei sein Leben und seinen Reichtum aufs Spiel setze, während die Muslimbrüder in den Vorzimmern der Macht lavierten und hofften, Vorteile für sich selbst herauszuschinden. Wären sie zu Beginn auch von noch so guten Absichten beseelt, so beteiligten sie sich doch wissentlich an einem korrupten System und würden schon dadurch selber korrupt. Aber dennoch, so sagte al-Awlaki, könnten die Muslimbrüder auf dem Terrain der *da'wa* von Nutzen sein. In Tunesien müssten dringend kleinere Zellen rekrutiert und ausgebildet werden. Weil in den letzten Jahren hier so viele al-Qaida-Brüder getötet wurden oder, wie Abou Iyadh, verhaftet worden sind. Al-Awlaki hat uns erklärt, dass ihm die Gründung einer islamistischen Webseite vorschwebt, die der Situation in Tunesien gewidmet ist. Da habe ich ihm von dir erzählt, Ayman. Er kannte dich schon, unter deinem Kampfnamen Abou Hafs, dank der effizienten Arbeit, die du auf den Internetseiten von Al-Mourabitoun und Shumukh leistest. Sobald die Webseite für Tunesien freigeschaltet werden kann, wird sie bei al-Fajr, der Medienzentrale von al-Qaida, akkreditiert und erhält logistische Unterstützung von Shumukh. Dann wissen sofort alle Brüder, dass es sich bei unserer Webseite um einen Ableger von al-Qaida handelt. Saber, den das Projekt begeisterte, bat al-Awlaki um Erlaubnis, mit mir nach Tunesien zurückgehen zu dürfen, um es zu realisieren. Al-Awlaki in seiner großen Weisheit lehnte das ab. Saber war den Behörden des *tâghût** nur allzu bekannt. Das Risiko, dass er festgenommen und so unser ganzes Konzept gefährdet würde, war zu groß Deshalb übertrug al-Awlaki mir allein die Aufgabe, hierher zurückzukehren, Kontakt zu Ayman aufzunehmen und ihm zu helfen, dieses Medienorgan für Tunesien zu gründen.»

«Das wissen wir doch schon. Erzähl uns lieber die Geschichte vom ausgetrockneten Fluss», quengelte Nourdine.

«Entschuldige, Nourdine! Für Issam ist das alles neu, und

* Hier: Bezeichnung für ein gottloses Regime

ich musste ihm doch erst erklären, wie ich Saber kennengelernt habe und worin unsere Zusammenarbeit besteht. Aber gut. Ich sehe schon, du bist so ungeduldig wie ein Kleinkind.»

Was Khaled da sagte, gefiel Nourdine ganz und gar nicht. Er wurde oft wegen seiner kindlichen Unreife gefoppt. Dabei hatte doch auch er seinen Stolz und war schnell beleidigt. Immerhin ging es hier um seinen Bruder, und er konnte die Geschichten seiner Heldentaten gar nicht oft genug zu hören bekommen. Die Diskussionen über die strategischen Ziele der Gruppe oder über die Unterschiede zwischen Salafisten und Muslimbrüdern waren viel zu hoch für ihn.

«Also gut, wenn es Nourdine Freude macht, erzähl ich euch jetzt, auch wenn es so gar keinen Bezug zu dem, was ich gerade gesagt habe, hat, die Geschichte vom ausgetrockneten Flussbett. Saber und ich waren auf Mission in die Bergfestung Shihara unterwegs, im nördlichen Jemen. Shihara ist berühmt wegen der historischen Steinbrücke, die zwei Berggipfel miteinander verbindet und über die man ins Dorf gelangt. Die Brücke ist uralt, rund zwanzig Meter lang und circa zwei Meter breit. Der Abgrund unter der Brücke ist bodenlos, eine total enge Schlucht, dreihundert Meter tief. Da bekommst du echt Lust, ein paar Ungläubige reinzuwerfen.»

Nourdine ließ sein schrilles Lachen hören. Die anderen begnügten sich damit, über Khaleds Scherz zu lächeln. Der nahm den Faden seiner Erzählung wieder auf.

«Unsere Mission war gefährlich, denn die Region wurde zum größten Teil von Abtrünnigen kontrolliert. Hinzu kam, dass es keine asphaltierte Straße gab und man durch ausgetrocknete Flussbette fahren musste, um halbwegs voranzukommen. Saber steuerte unseren Toyota wie ein Rallyefahrer. Es herrschte bleierne Schwüle, der Himmel war schwarz, hinten in den Bergen grollte der Donner. Als wir uns gerade an einer Stelle befanden, wo der Fluss sich eng zwischen Felsen hindurchwand, entdeckten uns jemenitische Militärs und nahmen sofort die Verfolgung auf. Saber gab Gas, was das Zeug hielt, und die Soldaten waren noch zu weit weg, um auf uns zu schießen. Gerade hatten wir den Abstand so weit vergrößert, dass die Gefahr definitiv gebannt schien, da meinte Saber, nun sei es Zeit fürs Mittagsgebet. Das war unbestreitbar, aber wir konnten doch unmöglich anhalten, um zu beten, ohne von unseren Verfolgern eingeholt zu werden! Saber entgegnete nur, wir würden uns beeilen und dann bei Sonnenuntergang eben ein längeres Gebet verrichten. Bevor ich protestieren konnte, hatte er den Wagen schon mitten im Flussbett geparkt. Er zeigte mir eine leicht erhöhte Plattform im Fels, oberhalb des rechten Flussufers. ‹Von dort haben wir unsere Verfolger im Blick.›

Ich war wie betäubt. Unfähig zu protestieren, folgte ich Saber. Wir kletterten mühsam an die fünf Meter Felswand empor, bis wir zu einer seltsamen Nische gelangten, die etwa einen Meter tief und zwei Meter lang war. Saber breitete seinen Mantel am Boden aus und begann zu beten. Ich tat dasselbe, aber nicht so konzentriert wie er. Ich sah den Militärkonvoi rasch näherkommen. Keine fünf Minuten, dann wären sie auf unserer Höhe und könnten uns spielend umlegen. Das sagte ich Saber, doch der antwortete nur, dass er mit Beten noch nicht fertig sei. Da beschloss ich, auch weiterzubeten, denn mir schien, dass dies das letzte Gebet meines Lebens sei. Also sollte ich es besser nicht verpatzen. Auch das Gewitter rückte immer näher und wurde immer heftiger. Man hörte den Donner krachen und schon den Regen prasseln. Kurz danach ein ohrenbetäubender Lärm, völlig undefinierbar, eine Art ununterbrochenes Dröhnen, das sehr viel mächtiger als das Getrommel des Regens war. Ich schaute in die Richtung, aus der dies unheimliche Tosen kam. Ich sah die Straße, die aus nichts als Geröll und Erde bestand und sich in steilen Kurven den Berg hinaufwand, wie eine Schlange um den Arm. Und plötzlich schäumte uns eine schmutzig braune Masse mit beiger Gischt entgegen. Eine Sturzflut aus Wasser, Geröll und Schlamm, die durch den Wadi unter uns brauste. Der Himmel hatte alle Schleusen geöffnet und ergoss Tonnen von Regen mit unerhörter Gewalt ins ausgedörrte Flussbett. In der Masse trieben Tausende von Kieselsteinen und Felsbrocken mit, die das Flussbett ausgepolstert hatten. Der Wadi, der Sekunden zuvor noch staubtrocken war, füllte sich brodelnd an. Fast hätten die Fluten unsere Insel am Hang erreicht. Unseren Toyota weiter unten hatte es wie einen Strohhalm hinweggeschwemmt, genau wie die Fahrzeuge unserer Verfolger. Saber aber beendete sein Gebet, erhob sich und rief: ‹*Allahu akbar!*› Da beruhigte sich der reißende Strom in der Tiefe. Und zurück blieb ein friedliches Rinnsal. Auch die Sonne kam wieder zum Vorschein.»

Als Khaled seine Erzählung beendet hatte, herrschte nachdenkliches Schweigen. Seine Geschichte hatte die Zuhörer in ihren Bann gezogen, obwohl alle außer Issam sie schon kannten. Sie war einfach zu schön. Ayman lächelte kurz, warf einen raschen Blick hinüber zu Khaled, dann fragte er Issam:

«Wie denkst du über diese Geschichte, mein Bruder?»

Issam zögerte. Da war Nourdine, und er wollte ihn nicht

verletzen. Andererseits wollte er Ayman aber auch nicht anlügen.

«Ich denke, Saber hätte nicht anhalten dürfen, um zu beten. Er hat sein Leben und das von Khaled aufs Spiel gesetzt.»

Nourdine war geschockt. Er brauchte ein oder zwei Sekunden, bis er überhaupt begriff, was sein Freund da zu sagen gewagt hatte. Wie konnte er Sabers Heldentat derart in den Schmutz ziehen? Die Fassungslosigkeit wich der Wut.

«Wie kannst du so was nur sagen? Ich hätte es mir ja denken können. Du bist von einem Ungläubigen erzogen worden, der hat dir nur sündhaftes Zeug beigebracht. Du hast Khaled doch gehört! Es ist doch offensichtlich, dass Allah Saber zu Hilfe geeilt ist, weil er einer von den Reinen ist, der die Glaubenspflicht über die eigene Sicherheit stellt. Es war die Stunde des Gebets!»

Nourdine brüllte fast. Ayman verpasste ihm einen kräftigen Fausthieb ins Gesicht. Nourdine verstand die Welt nicht mehr, Blut lief ihm aus der Nase.

«Hör zu, Nourdine! Hier auf dem Campus leben eintausendfünfhundert Studierende, und von denen sind mindestens zweihundert Spitzel von Ben Ali. Die Fenster sind weit geöffnet und du blökst wie ein Schaf, dem man die Kehle durchschneidet. Wenn du das noch mal machst, dann bist du das Schaf, dem ich die Kehle durchschneide. Jetzt halt die Klappe! Und du, Issam, du erklärst uns, wie du das meinst.»

Issam bekam es mit der Angst zu tun. Eben noch hatten sie fröhlich ihren Tee getrunken. Dann hatten alle andächtig Khaleds Geschichte gelauscht. Issam hatte geglaubt, er könne sagen, was er wolle, und hopp, kam die Gewalt zurück.

«Ayman, ich habe größten Respekt vor dir. Nourdine, du

bist mir so lieb wie ein Bruder. Khaled und Abdelmalik, ich kenne euch erst seit kurzem, aber mein Herz sagt mir, dass ihr echte Muslime seid. Ich wollte weder Nourdine Schmerz zufügen noch Sabers Mut in Frage stellen. Ich bin überzeugt, dass Allah in seiner großen Güte und Weitsicht Saber und Khaled zu Hilfe geeilt ist. Aber es wäre nicht nötig gewesen, den Allerbarmer zu nötigen, sich einzuschalten. Wer mitten im Kampf steht, dem ist es erlaubt, das Gebet zu verschieben. Alle Muslime wissen das. Ayman, du selbst hast gesagt, dass allein das Resultat zählt und wir Vorsicht walten lassen müssen. Bis zu jenem gesegneten Moment, da wir bereit sind für den siegreichen Dschihad, liegt unser Heil in der *takiyya.* Saber war nicht vorsichtig. Der Erhabene hat zweifellos seine Frömmigkeit geschätzt, aber ebensogut hätte er seine Unvorsichtigkeit missbilligen können.»

Ayman betrachtete Issam nachdenklich. Er hatte sich nicht getäuscht. Der Junge aus Kerkennah war mit seinen neunzehn Jahren in der Tat die seltene Perle, nach der er lange gesucht hatte. Er besaß mehr Intelligenz, als Saber und Nourdine zusammen je haben würden. Selbst wenn er die kleine Krabbe verachtete, musste Ayman doch zugeben, dass sie ihm ein unschätzbares Juwel offeriert hatte. Issam hatte seine Feuerprobe bestanden, als er von ihm verlangt hatte, Khaled zu töten. Das war die bei weitem schwierigste Prüfung. Und doch war er kurz danach schon wieder in der Lage, überlegt zu argumentieren und Für und Wider abzuwägen. Während er Issam betrachtete, dachte Ayman bei sich, dass er wirklich zu gern mal seine Bilder gesehen hätte. Sie mussten faszinierend sein, selbst wenn sie alles andere als *halal* waren. Endlich rückte Aymans Ziel in greifbare Nähe, nahm seine Gruppe Gestalt an. Khaled war ein Fels, und Abdelmalik war ihm total ergeben. Issam besaß den Funken Genie und Einfallsreichtum, um Großes zu vollbringen. Nourdine war zwar ein Klotz am Bein, aber er war Sabers Bruder. Unmöglich, ihn abzuhängen. Denn Saber war der Emir der Gruppe. Ayman wusste es, und Khaled wusste es auch. Die anderen waren nicht eingeweiht. Aber Saber war weit weg. Es war schwer geworden, ihn zu kontaktieren, seit die Amerikaner mit dem intensiven Drohnenbeschuss begonnen hatten.

«Gut», fuhr Ayman fort, «es ist Zeit, Issam die Grundzüge unseres Projekts vorzustellen. Tut mir leid für dich, Nourdine, aber bei uns in der Gruppe wird es, jedenfalls am Anfang, keine Kalaschnikows geben, nur Computer-Tastaturen. Wir werden ein tunesisches Medienorgan gründen, dessen Zielgruppe die Tunesier sind. Ja, ich weiß, viele unserer Brüder haben kein Internet. Aber es gibt die Mund-zu-Mund-Propaganda, und es gibt USB-Sticks. Das Wichtigste ist, erst einmal anzufangen, selbst wenn der Weg lang werden dürfte. Die Zeit und die Wahrheit arbeiten für uns. Unsere Webseite wird *Salafia almiyya wa jihaddiyya** heißen. Sie soll die *da'wa* propagieren und gleichzeitig zum Dschihad aufrufen. Die beiden Methoden sind komplementär. Der Dschihad soll der *da'wa* dienen und umgekehrt. Was bedeutet, dass jedes Wort gut überlegt sein will und jede Aktion ein Resultat dieser Überlegungen ist.»

«Wie werden wir konkret vorgehen? Mit welchem Material?»

* «Wissenschaftlicher und dschihadistischer Salafismus»

«Was glaubst du denn, wo du bist, Issam? Du bist am Institut für Informatik und Mathematik der Universität Sfax. Wir haben alles, was wir brauchen, zur Hand.»

«Ja, aber sie werden unsere IP-Adressen lokalisieren.»

«Weißt du, Issam, es gibt hier am Institut über dreihundert Computer, an denen die Studenten arbeiten können. Und auf all denen werden wir TOR installieren. Das ist die Sicherheits-Software, die anonymes Surfen erlaubt. Damit können wir von jeder IP-Adresse der Welt aus ins Internet gehen.»

«Sie werden uns trotzdem lokalisieren, garantiert.»

«Du hast schon recht, aber das wird dauern. Außerdem warten wir mit dem Hochladen, bis wir die Seite fertiggestellt haben. Vorher müssen alle Videos fertig sein und alle Texte in den tunesischen Dialekt und ins Französische übersetzt werden. Wir bereiten die Inhalte in Ruhe vor, bevor wir irgendwas ins Netz stellen. Von al-Fajr bekommen wir die komplette Basis-Dokumentation. Da die Dateien in der Regel auf Hocharabisch sind, müssen wir sie erst noch übersetzen und die Audio- und Videodateien untertiteln, damit sie so viele Leute wie möglich verstehen. Doch das ist nicht das Wichtigste. Wir müssen an einer Webseite basteln, die speziell die Tunesier anspricht, und werden uns nicht damit begnügen, die allgemeinen Propaganda-Infos von al-Qaida wiederzugeben. Wir brauchen etwas Maßgeschneidertes. Wir werden das Ben-Ali-Regime so zeigen, wie es ist. Wir werden Interviews mit ehemaligen Gefangenen machen, werden die Menschen mit den Geschichten von Frauen, die von Polizisten vergewaltigt wurden, rühren. Wir werden erzählen, wie die kleinen Händler von den Behörden zur Kasse gebeten und ausgepresst werden. Wir brauchen authentische Berichte, sehr viele authentische Berichte aus dem Mund Betroffener. Worte, die schockieren, Bilder, die verstören. Wir werden die Privilegien, die Korruption, die Verderbtheit einer Gesellschaft anprangern, die nicht der Sunna folgt, und den ungeheuren Sittenverfall unter dem Ben-Ali-Regime. Das wird nicht schwer sein, es dürfte genügen, die halbnackten Touristen am Strand zu filmen, die Bars in den großen Hotels, wo der Alkohol in Strömen fließt, die Nachtclubs als Treffpunkte der Ungläubigen auf der Suche nach Sex, die Tunesierinnen in ihren offenen Sportcoupés, die unseren verschleierten Schwestern verächtliche Blicke zuwerfen. Und wir werden auch einige Gewaltvideos drehen, um dem *tâghût* Angst zu machen.»

«Was für Videos?», fragte Nourdine.

«Wir unternehmen absolut nichts, was die Gruppe gefährden könnte. Wir müssen natürlich zeigen, wie die angemessene Antwort auf Gottlosigkeit aussieht. Aber das gehen wir erst zum Schluss an. Wir haben jede Menge Zeit, uns was zu überlegen. Fürs Erste, denke ich, dürfte es ausreichen, eine Person des öffentlichen Lebens zu entführen, einen Repräsentanten des Regimes, einen Polizisten zum Beispiel oder einen Abgeordneten, und ihm vor laufender Kamera die Kehle durchzuschneiden.»

Nourdines Gesicht hellte sich auf. Dieser Teil des Plans gefiel ihm. Ayman fuhr in seinen Erklärungen fort.

«Sobald die Inhalte aufbereitet sind, laden wir die Webseite hoch und stellen die Inhalte von den Instituts-Computern aus ins Netz. Bis sie hinter die tatsächlichen IP-Adressen gekommen sind, sind wir längst über alle Berge.»

«Und was meinst du, wie lange sie dafür brauchen?», fragte Issam.

«Ungefähr einen Monat. Die Hunde haben doch keine Ahnung von diesen Dingen. Die werden erst mal die Amerikaner oder die Franzosen um Hilfe bitten. Irgendwann werfen die Ungläubigen dann einen Blick darauf. Sie werden feststellen, dass die Spur ins Institut führt, aber dann müssen sie erst einmal herausfinden, wer dahintersteckt. Da das alles viel zu kompliziert ist und vor allem viel zu lange dauert, wird das Ben-Ali-Regime am Ende alle verhaften. Die ganzen eintausendfünfhundert Studierenden einschließlich der verwestlichten Schicki-Mickis, der Söhnchen und Töchterchen der Großbourgeoisie. Das dürfte ein phantastisches Chaos geben. Ich sehe sie schon vor mir, diese Hunde von Polizisten, wie sie eine Studentin im Minirock foltern, deren Nagellack noch nicht mal getrocknet ist.»

«Gut, nehmen wir an, alles läuft wie geplant. Wie gehen wir konkret vor, um an den Instituts-Computern zu arbeiten?»

«Das wird die meiste Zeit in Anspruch nehmen. Denn es ist zu gefährlich, die TOR-Software aus der Distanz zu installieren. Irgendwem würde es mit Sicherheit auffallen, wenn wir per Mail vorgingen. Das heißt, wir müssen die Software auf jedem Rechner einzeln hochladen. Mit einem USB-Stick dauert das ungefähr zehn Sekunden. Jeder von uns wird seinen Stick bekommen, auf den nicht nur TOR, sondern auch Teamviewer geladen ist, mit dem man die Instituts-Computer fernsteuern kann. Außerdem enthält jeder USB-Stick noch eine Schläfer-Software, das bedeutet, dass die installierten Programme solange unsichtbar bleiben, bis wir sie aktivieren. Damit haben sie die Studenten völlig umsonst gefoltert und können sie gerade wieder nach Hause schicken. Und das ist noch nicht alles. Wir werden unsere falschen IP-Adressen nicht völlig dem Zufall überlassen: Man wird sie nämlich nicht in Hongkong oder Kuala Lumpur lokalisieren, sondern viel näher.»

«Nämlich?», fragte Issam gespannt.

«Wir gehen fiktiv von anderen tunesischen Universitäten aus ins Netz. Von unseren Glaubensbrüdern habe ich die nötigen IP-Adressen erhalten. Die Behörden sollen glauben, dass die bösen Computer in Tunis, Gabès, Gafsa stehen, überall dort, wo Informatik gelehrt wird. Das Regime wird denken, dass Studenten von jedem tunesischen Universitätscampus aus die Webseite alimentieren. Es wird in Panik ausbrechen. Es wird nach Revolution riechen, und die Regierung wird ausrasten. Das ist ohnehin das Einzige, was Ben Ali kann. Im ganzen Land werden sie Studenten verhaftet, gefoltert, eingesperrt haben, bevor die Polizei zum ersten Mal in Sfax auftaucht.»

«Ich verstehe trotz allem noch nicht, wie es uns gelingen soll, Besucher auf unsere Seite zu locken. Wir sind in Tunesien. Die Tunesier haben Angst. Warum sollten sie überhaupt auf unsere Webseite gehen? Das ist doch viel zu gefährlich für die User.»

«Issam, du hast das Prinzip nicht verstanden. Wir haben keineswegs primär die jungen tunesischen Salafisten im Blick. Die Instituts-Computer sind im Rahmen von Kooperationen mit den wichtigsten tunesischen Unternehmen verbunden. Alle Studierenden unseres Instituts, jedenfalls die, die kurz vor dem Examen stehen, absolvieren ein Berufspraktikum, entweder in einer tunesischen Firma oder in der Filiale einer westlichen Firma hier im Land. Sämtliche Schlüsselsektoren der tunesischen Gesellschaft sind betroffen, Wirtschaft, Politik, Medien. Über die Computer hier am Institut kommen wir in die Computer der gesamten tunesischen Intelligentsia hinein, und von dort wird unsere Webseite dann weiterverbreitet … Inschallah. Am Tag X schicken unsere Instituts-Computer dann an sämtliche gespeicherten Adressen eine Mail mit einem Link zu unserer Webseite. Und das ist erst der Anfang! Wenn wir dann von hier weg sind, kann jeder von uns die Webseite von irgendeinem Computer im Ausland aus verwalten. Und sogar jeden einzelnen der Instituts-Computer hier fernsteuern. Sie werden überhaupt nichts mehr verstehen. Sie werden sich die Haare raufen und am Ende sämtliche Internetverbindungen des Instituts kappen. Bis es so weit ist, hat unsere Webseite längst einen Riesen-Hype ausgelöst – und die Computer hier am Institut haben sie promotet.»

Aymans Gesicht hatte zu leuchten begonnen, während er sein Projekt vorstellte. Wenn man ihn reden hörte, schien alles möglich, einschließlich eines elektronischen Pearl Harbor tunesienweit.

«Aber wir brauchen Zeit, Geduld und Vorsicht. Keiner von uns darf auch nur den leisesten Verdacht auf sich ziehen. Angefangen bei dir, Issam.»

«Wieso denn?»

«Was glaubst du denn? Du verlässt Kerkennah von heute auf morgen. Dein Vater weiß noch nicht einmal, wo du steckst. Kann sein, dass er zur Polizei geht, um dein Verschwinden zu melden. Das ist viel zu gefährlich. Gleich morgen fährst du zu deiner Familie zurück. Du wirst lieb und nett zu ihnen sein. Du wirst dich bei deiner Schwester entschuldigen. Du wirst erklären, dass du dich am Institut immatrikuliert hast. Du wirst deinen Vater um seinen Segen bitten.»

«Und der Franzose?»

«Du dankst ihm für alles, was er für dich getan hat. Sag ihm einfach nur, dass du dich für einen anderen Weg entschieden hast.»

«Aber …»

«Aber was, Issam?»

«Ich glaube, dazu fehlt mir der nötige Mut.»

«Der nötige Mut? Du hast doch unser Projekt verstanden. Bevor wir am Ziel sind, laufen wir tausendmal Gefahr, verhaftet zu werden. Das zu riskieren, dazu hättest du den Mut, aber nicht dazu, Vater und Schwester zu umarmen?»

DREIZEHNTES KAPITEL

Farhat war nicht zur Polizei gegangen. Was hätte er auch sagen sollen? Mein Sohn hat sich von Salafisten abschleppen lassen, bitte findet ihn? Damit sie ihn ins Gefängnis werfen und foltern und ihm Jahre später seinen Leichnam übergeben? Farhat hatte nichts unternommen, weil er nichts unternehmen konnte.

Ahlam ihrerseits hatte niemandem etwas erzählt, nicht einmal Paul. Seit Issam fort war, war die Zeit stehengeblieben. Ahlam machte keine Musik mehr. Farhat redete nicht mehr. Fatima versuchte, die Stimmung ein wenig anzuheben, doch so schwer, wie ihr selber ums Herz war, wollte es ihr nicht so recht gelingen. Und Paul wartete ab. Es war sinnlos, Ahlam zu bitten, sich wieder an die Arbeit zu machen, solange Issam nichts von sich hören ließ. Er musste einen Schlussstrich unter dieses Kapitel ziehen, das war sonnenklar, aber das Fragezeichen, das in der Luft hing, hielt ihn davon ab, ein neues Kapitel aufzuschlagen. Sogar Kerkennah erschien ihm weniger schön. Das Wasser war trüb, der Himmel verhangen. Die Roséwein-Boje war schon lange nicht mehr ins Boot gehievt worden. Farhat wartete ebenfalls. Im Grund seines Herzens war er davon überzeugt, dass Issam aufgebrochen war, um am Dschihad teilzunehmen. Aus und vorbei war es mit den Künstlerträumen. Niemals würde Farhat in den Konzertsälen von London, Paris oder New York seiner Tochter und seinem Sohn Beifall klatschen. Und wie sehr hatte er davon geträumt! Paul hätte ihm einen Anzug geliehen und ihm den ersten Krawattenknoten seines Lebens geschlungen. Er hätte in der ersten Reihe gesessen und nach der Vorstellung einen Blick in die Künstlergarderobe geworfen. Journalisten hätten versucht, ihm ein paar Sätze zu entlocken, er aber hätte nichts gesagt. Er wäre stolz gewesen, so ungemein stolz. Jetzt aber würde sein Sohn sterben oder zum Mörder werden, oder auch beides. Farhat fragte sich, ob es ihm lieber wäre, dass sein Sohn stirbt oder dass er zum Mörder wird. Er dachte lange über diese Frage nach und kam zu dem Schluss, dass Issams Tod ihm lieber wäre. Dass es einmal so weit kommen könnte! Den Tod seines einzigen Sohnes herbeizuwünschen. Wenn nur Nora noch am Leben wäre!

Manchmal indes überkamen ihn Zweifel. Vielleicht hatte die Polizei Issam ja bereits festgenommen? Es wäre nicht das erste Mal. Viele Geschichten waren im Umlauf über das spurlose Verschwinden junger Leute, das dem Regime zugeschrieben wurde. Die Leichen wurden nie aufgefunden. Alles in allem wäre Farhat dieses Ende noch am sympathischsten gewesen, denn zumindest war es nicht ehrenrührig. Issam als eines der zahlreichen Opfer von Ben Ali. Das wäre doch ein guter Ausgang. Und als Farhat sich mit dieser Version der Geschichte halbwegs angefreundet hatte, die seinen Sohn zwar nicht mehr zurückkommen ließ, aber wenigstens die Ehre der Familie rettete, da tauchte Issam plötzlich wieder auf.

Sein Erscheinen löste ein emotionales Wechselbad aus. Die Familie saß gerade bei Tisch, und Issam trat ein, ohne anzuklopfen. Fatima und Farhat sahen ihn als Erste, frisch rasiert, mit einem schönen weißen Hemd und einer nagelneuen Jeans. Ahlam saß mit dem Rücken zur Tür, doch sie sah die Verblüffung in den Gesichtern von Vater und Großmutter. Sie drehte sich um und warf sich mit einem Satz ihrem Bruder in die Arme, ohne auch nur eine Sekunde zu zögern.

«Issam! Issam, du bist zurück? Bist du's, bist du es wirklich?»

Ahlam weinte vor Freude, und während sie weinte, dachte Issam daran, was er ihr alles angetan hatte. Sie liebte ihn noch immer. Wie war das möglich? Und warum war er selbst so gerührt? Er spürte, wie ihr ganzer Körper bebte, während sie in seinen Armen schluchzte. Er begriff, wie sehr sie wegen ihm gelitten hatte. Und merkte vor allem, wie unglaublich er selbst sie einmal geliebt hatte. Vielleicht durchzuckte ihn sekundenlang sogar der Wunsch, noch einmal ganz von vorn anzufangen, wieder der Issam aus Kerkennah zu werden, das junge Genie, der siamesische Zwilling seiner Schwester? Aber sein Herz hatte sich verhärtet. Er war in höherem Auftrag hier. Er legte hier nur eine Prüfung ab. Die sicherlich schwieriger als die anderen war, aber es war und blieb eine Prüfung, mehr nicht. Seine ersten Worte waren recht dümmlich. Er spürte es im selben Moment, in dem sie ihm über die Lippen kamen:

«Ist Paul denn nicht da?»

«Wieso Paul? Wolltest du zu ihm?», fragte Farhat.

«Nein, nein, das wollte ich damit nicht sagen. Ich wollte zu euch. Ich schulde euch noch eine Erklärung.»

«Eine Erklärung?», erwiderte Farhat in trockenem Ton.

«Und eine Entschuldigung.»

«Eine Entschuldigung? Wofür? Weil du von heute auf morgen ohne ein Wort verschwunden bist? Weil du uns das Herz gebrochen hast?»

Ahlam löste sich von ihrem Bruder. Sie hatte ihn abgeküsst. Hatte ihn so fest an sich gedrückt, dass ihm fast die Luft wegblieb, und merkte erst jetzt, dass die Arme ihres Bruders nur lose herabgehangen hatten. Sie hatte ihn umhalst und geherzt, er jedoch nicht sie. Er wollte sie gar nicht im Arm haben. Das war offensichtlich. Also kehrte sie auf ihren Stuhl zurück. Sie fühlte sich wie leergepumpt, von einer Art Gefühlsstarre befallen. Der da gegenüber, das war nicht ihr Bruder. Das war etwas anderes. Fatima hatte noch immer nichts gesagt. Farhat hatte gesagt, was er zu sagen hatte. Und jetzt erzählte Issam seine Geschichte. Er war glücklich. Er studierte am Institut. Alles stand zum Besten. Er käme von Zeit zu Zeit nach Hause zurück. Er versprach es. Könnte er heute Nacht hier schlafen und am nächsten Morgen ein paar Sachen mitnehmen? Die Maschine, die da sprach, hatte keinerlei Emotionen, oder verbarg sie zumindest geschickt. Farhat fragte noch nicht einmal, wer denn Studium und Unterkunft bezahle. Er fragte nicht, aus welchem Grund Issam von heute auf morgen verschwunden war. Er hörte sich den langen Monolog seines Sohnes an. Jeder wusste, was für eine Komödie da aufgeführt wurde. Die Sache war klar. Issam existierte nicht mehr.

Als Issam am nächsten Morgen aufwachte, war das Haus leer. Er verstand. War auch besser so. Er packte ein paar Sachen in eine Tasche und machte sich auf den Weg zum Haus am Meer. Eins blieb ihm noch zu tun. Er hatte beschlossen, Paul gegenüber nicht zu schwindeln. Bei den anderen hatte es ja sowieso nichts genützt. Und dann war das mit Paul ja auch sehr besonders. Es war ihm bis heute nicht gelungen, die Erinnerung daran zu löschen, wie viel Glück, Trost und Hoffnung er nach Noras Tod bei Paul gefunden hatte. Wenige Menschen wären imstande gewesen, das zu tun, was Paul für ihn und seine Schwester getan hatte. Trotz allem, was Nourdine sagen mochte, war Paul nicht weniger als er oder Ahlam ein Opfer des Satans.

Im Haus war alles still. Allein das Meer ließ sein ewiges Plätschern vernehmen. Issam ging auf die Terrasse. Er erinnerte sich an die Aufführung zu seinem zwölften Geburtstag und seinen peinlichen Gefühlsausbruch. Er war damals noch ein Kind und entsetzlich böse auf Paul gewesen, aber Paul konnte überhaupt nichts dafür. So weit er zurückdenken konnte, hatte Paul es immer nur gut mit ihnen gemeint und sie dabei doch zur Sünde verführt, bis er am Ende aus ihm und seiner Schwester gelehrte Affen machen wollte, um sie im Okzident zur Schau zu stellen. Ohne dieses übersteigerte Projekt wäre vielleicht überhaupt nichts passiert. Er hätte weiterhin unter Pauls Leitung zur Musik seiner Schwester gemalt. Sie hätten die Bilder übereinandergestapelt und hätten weiterhin glücklich auf Kerkennah gelebt. Aber nein, Paul musste unbedingt gigantische Pläne schmieden. Musste an ihrer Stelle die Entscheidungen treffen. Erst dadurch war alles so kompliziert geworden.

Issam sah aufs Meer hinaus. Paul hatte die Terrassentür geöffnet und beobachtete Issam schon eine geraume Weile.

«Issam, ich bin froh, dass du gekommen bist.»

Issam antwortete, ohne sich umzudrehen.

«Weißt du, Paul, trotz allem, was uns trennt, ist das, was uns verbindet, doch immer noch stärker.»

«Das glaube ich kaum.»

Issam drehte sich um.

«Warum sagst du das?»

«Weil du dein Talent verleugnest und ich nicht akzeptieren kann, dass ein solches Talent vor die Hunde geht.»

«Talent! Das nennst du Talent!»

«Nenn es Gabe, oder Begabung, wenn dir das lieber ist. Kreative Schaffenskraft.»

«Genau die Worte wollte ich nicht hören! Genau das ist der Streitpunkt! Der Mensch ist nicht Gott. Der Mensch hat nicht das Recht, kreativ zu sein.»

«Sag das noch einmal, Issam. Ich glaube, ich hab mich verhört.»

«Lass das Theater. Du hast mich ganz genau verstanden.»

«Der Mensch hat nicht das Recht, kreativ zu sein? Und das kommt aus deinem Mund?»

«Der Mensch ist nicht Gott. Der Mensch hat nicht das Recht zu erschaffen, und noch nicht einmal, die Schöpfung des Allmächtigen zu imitieren. Und nicht ich sage das. Gott selbst sagt es, aus dem Mund seines Propheten – *sallallâhu alayhi wa sallam.*»

«Der Mensch hat wohl nur das Recht, ein Sklave zu sein? Meinst du das so? Nun, dann sei ein Sklave.»

«Ich bin kein Sklave! Gott hat mich befreit.»

«Wovon, Issam? Wovon?»

«Von der Sünde.»

Paul seufzte tief auf. Was sollte man darauf noch erwidern?

«Und warum hat Gott dir dann dieses sagenhafte Talent mit auf den Weg gegeben?»

«Um mich auf die Probe zu stellen. Um zu sehen, ob ich imstande bin, der Verlockung zu widerstehen.»

«Was für eine Anmaßung! Du glaubst wirklich, Gott hat dir diese Gabe einzig und allein verliehen, um dich auf die Probe zu stellen?»

«Ja.»

«So wie mit dem Apfel am Baum?»

«Ja.»

«Und wozu wäre das gut? Was tut denn der Mensch, seit er auf dieser Erde ist? Er ist kreativ. Er hört nicht auf, kreativ zu sein. Und eben darin unterscheidet er sich von den Tieren. Der Mensch hat Häuser, Dörfer, Städte, Häfen gebaut, Schiffe, um die Meere zu überqueren, Flugzeuge, um durch die Lüfte zu fliegen. Aber er hat auch die Kunst erschaffen, hat Skulpturen geschaffen, hat das Schöne gemalt, hat unvergessliche Melodien in den Äther geschickt. Der Mensch ist dazu gemacht, kreativ zu sein. Gott hat ihn nach seinem Bilde geschaffen, weil er wollte, dass der Mensch kreativ sein soll. Und da kommst du mit deinen kleinen Freunden daher und behauptest, der Mensch habe nicht das Recht, schöpferisch tätig zu sein, weil er nicht das Recht hätte, Gott zu imitieren! Aber kein Mensch imitiert Gott. Wenn ich einen Körper male oder ein Gesicht, Issam, dann imitiere ich nicht Gott, dann lobe ich den Herrn, indem ich die Schönheit seiner Schöpfung male. Und seine großartigste Schöpfung, Issam, sind nicht die Landschaften, das sind die Lebewesen.»

«Du kannst sagen, was du willst, Paul, es bringt doch

nichts. Du irrst dich. Ich sage dir doch nur, was im Koran und in den Hadithen geschrieben steht.»

«Und weißt du wenigstens, warum?»

Issam musste die Antwort schuldig bleiben. Wohl wusste er, was geschrieben stand, aber das Warum kannte er nicht. Er hatte nie daran gedacht, dieser Frage auf den Grund zu gehen. Er hatte noch viel zu lernen. Er war unwissend – zwar voll Vertrauen in seinen Glauben und das Prophetenwort, aber unwissend. Im Bewusstsein seines Nichtwissens fiel aller Hochmut von ihm ab, und ein Gefühl zärtlicher Zuneigung für Paul wallte in ihm auf. Er ging auf ihn zu und tat das, was er seiner gesamten Familie verweigert hatte. Er umarmte Paul mit aller Kraft. Dann ging er kurz zurück, kramte in seiner Tasche und zog eine Schachtel mit Pastellstiften hervor.

«Hier, Paul, die gebe ich dir zurück. Ich brauche sie nicht mehr.»

Paul sah Issam nach, wie er sich entfernte. Er öffnete die Schachtel. Manche der Stifte waren entzweigebrochen, andere derart abgenutzt, dass sie nur noch stecknadelkopfgroß waren. Es war die Schachtel, die er Issam einmal geschenkt hatte.

Gleich am Tag nach Issams Abreise wollte Ahlam sich wieder an die Arbeit machen. Paul hatte nur darauf gewartet. Aber er hatte auch Angst. Er hatte noch nie so viel Angst gehabt. Bisher war ihm immer alles geglückt. Sicher, zwischendurch hatte er mal einen Tiefpunkt gehabt, aber Kerkennah hatte ihn davon geheilt. Und Zweifel hatte er damals keine gekannt. Heute war es anders. Zum ersten Mal kam es ihm vor, als müsse er einen Berg erklimmen. Das Duo Issam-Ahlam war einfach überwältigend gut gewesen. Die Symbiose zwischen den beiden war ungemein stark. Sie hatten an die Grazie und Ganzheit der Kunst gerührt. Paul war der Architekt dieser Symbiose gewesen. Er hatte den Weg vorgegeben. Er war der eigentliche Schöpfer. Doch Issam, beflügelt von seiner Schwester, war weit über das hinausgegangen, was Paul je für möglich gehalten hätte. Paul würde nie in diese Höhen vorstoßen. Außer er ließe sich etwas Neues einfallen. Doch im Moment war er wie ausgedorrt. Das System des großen Ganzen erschloss sich ihm noch immer nicht. Wie sollte er die Musik in sein Projekt einbinden? Wie sie aus ihrer Rolle als reine Dienerin der künstlerischen Inspiration befreien?

Die Anfänge waren sehr mühsam. Ahlam setzte sich ans Klavier und begann zu spielen. Paul hatte die Farben, den Rhythmus, die Technik drauf, mehr aber auch nicht. Keinerlei Inspiration. Das spürte Ahlam, deren Spiel immer mechanischer wurde, die schier daran verzweifelte, bei Paul den schöpferischen Funken zu zünden. Die Quälerei ging vierzehn Tage lang. Beide litten, und es kam nichts dabei heraus. Schließlich fand Ahlam die erlösenden Worte.

«Paul, dir steht im Moment einfach nicht der Sinn danach. Ich glaube, eine Auszeit wäre jetzt das Richtige. Wenn man bedenkt, was wir in letzter Zeit alles durchgemacht haben, da ist die Leichtigkeit auf der Strecke geblieben, die wir brauchen, um uns aufeinander einzustimmen. Du solltest nach Paris gehen, um Energien zu tanken. Und wenn du genug von Frankreich hast, kommst du gestärkt zurück. Dann bist du wieder empfänglich für Kerkennahs Charme und hast auch wieder Lust zu malen. Und wer weiß, ob dann nicht vielleicht auch die Eingebung kommt, der entscheidende Impuls, nach dem du suchst?»

Ahlams Stimme hatte tieftraurig geklungen. Sie wünschte sich nichts sehnlicher, als mit Paul diesen selbstverständlichen Gleichklang zu erfahren, wie er zwischen ihr und ihrem Bruder bestanden hatte. Das Problem lag vermutlich im Verlust der Unbekümmertheit. Wenn es ihr gelänge, nicht mehr an Issam zu denken, während sie für Paul spielte, und wenn Paul nicht mehr der Spontaneität Issams nacheiferte, dann bestünde wieder Hoffnung.

Paul wusste das alles. Er durfte sich nicht verkrampfen. Immer, wenn Ahlam zu spielen begann, sah er Issam vor sich, wie er malte. Die Erinnerung daran war gespenstisch präsent. Issams Bewegungsabläufe geisterten vor seinem inneren Auge herum und lähmten ihn förmlich.

Für eine Weile nach Paris zu gehen, wäre sicher die beste Lösung. Paul könnte für einige Zeit sein Projekt vergessen und konventionellere Motive malen. Wenn dann die Lust und der Mut wiederkämen, könnte er seiner fixen Idee von der Einheit aller Künste aufs Neue nachgehen. Vielleicht war es ja doch nur eine absurde Idee. Wenn nicht gar ein Auswuchs grenzenlosen Hochmuts? Er dachte an seine Diskussion mit Issam. Rivalisierte er am Ende doch mit Gott? Hier die Einheit der Kunst, dort die Einheit des Islam? Bei dem Gedanken musste er unwillkürlich lächeln. Und wenn die Einheit der Kunst eben das wäre, ein Abglanz der Einheit Gottes, eine andere Form von Glaubensbekenntnis als das mechanische Rezitieren der Schahada*? Eine fabelhafte

* Das islamische Glaubensbekenntnis, die erste der fünf Säulen des Islam: «Es gibt keinen Gott außer Gott, und Mohammed ist sein Prophet.»

Hommage, eine essenziell mystische Entdeckung? Ein ketzerischer Gedanke, für den Issams Freunde ihn sicherlich zweiteilen würden. Paul musste wieder lächeln. Hatte Zeus nicht auf eben die Art die Menschen bestraft, die den Olymp bezwingen wollten? Hatte sie oben schon erwartet, und immer, wenn wieder ein Mensch vorbeikam, hieb er ihn entzwei. Dann purzelten die Menschenhälften kreuz und quer auf den weiten Erdkreis zurück, und seitdem ist die eine Hälfte auf der Suche nach der anderen. Und so hatte Zeus auf einen Streich die Liebe und das Begehren geschaffen. Denn jeder Mensch sucht seitdem verzweifelt nach seiner anderen Hälfte, um durch die Vereinigung zur ursprünglichen Ganzheit zurückzufinden. Paul hatte seine andere Hälfte noch nicht gefunden, die Frau, die ihn glücklich machen konnte. Seltsamerweise blitzte kurz Ahlams Bild vor ihm auf. War einfach da. Er verscheuchte es sofort. Wie absurd war das denn. Ahlam war zu einer wunderschönen jungen Frau herangewachsen, aber sie war doch erst siebzehn. Er sah das kleine Mädchen vor sich, als das er sie damals kennengelernt hatte. Sie war Noras Tochter, war das Püppchen mit dem verschmitzten Lachen, das mit seinem Charme die ganze Familie um den Finger wickelte. Und sie war, und das schon seit Urzeiten, seine Schülerin.

Also wirklich, dachte Paul, jetzt reicht es. Allerhöchste Zeit für eine Luftveränderung.

Und so brach Paul auf nach Paris.

Ahlam ihrerseits sah, wie die Zukunft, die sie sich so farbenfroh ausgemalt hatte, blass und blasser wurde. In ein paar Monaten würde sie achtzehn. In ein paar Monaten hätte sie ihr Abitur in der Tasche und müsste sich überlegen, wie es weiterginge. Was würde sie tun? Sie konnte sich nicht dazu überwinden, die Musik aufzugeben. Sie hoffte noch immer, dass Paul ihr die große weite Welt zeigen würde. Mittlerweile war sie so weit und konnte sich Paul anstelle von Issam hinter der Staffelei vorstellen. Er war ein Champion seines Fachs, ein sagenhafter Künstler, und sie sah ihre Zukunft nirgendwo anders als an Pauls Seite. Die Zeit ohne ihn kam ihr lang vor. Sie verstand nicht, warum Paul ihr so fehlte. Eine Woche nach der anderen verging. Paul hatte ihr die Schlüssel zum Haus am Meer gelassen, und sie kam jeden Tag nach der Schule vorbei, um Klavier zu spielen. Aber sie fühlte sich einsam in dem großen leeren Haus. Und sie sorgte sich sehr um Farhat und Fatima. Beide wirkten sie wie erloschen, waren alt und grau geworden. Und das alles nur wegen Issam. Wegen nichts und wieder nichts hatte er seine Familie zerstört und seine eigenen Träume kaputtgemacht. Es war so erbärmlich, so absurd. Ahlam spürte, wie tonnenschwer dieses Tunesien auf ihr lastete, dieses Land ohne Zukunft mit einem niederträchtigen Regime auf der einen Seite, einigen Irren, die ihren Hirngespinsten nachjagten, auf der anderen. Sie wollte nicht mehr hier leben, nicht mehr so leben. Paul musste ganz schnell zurückkommen, sonst würde auch sie mausgrau, eine welke Blüte. Und dann noch all die Jungs, die ihr den Hof machten, die ihrem Vater die Tür einrannten, um um ihre Hand anzuhalten. Es war nicht einer dabei, der ihr gefiel. Nicht einer, der ihr etwas anderes als Tunesien bieten konnte. Mit anderen Worten, nichts anderes als ein Leben mit gebeugtem Rückgrat, das darin bestand, um die Brosamen zu betteln, die das Regime ihnen zum Fraß vorwarf. Es war unerträglich, zum Verzweifeln. Vielleicht war das der Grund, warum Issam und so viele andere Jugendliche sich radikalisierten? Zurück zu den Ursprüngen, um der Absurdität eines solchen Lebens zu entgehen? Ein überschaubares Weltbild: Gott über allem, und der Mensch dazu gemacht, ihm zu gehorchen. Regeln, die aufs Wort zu befolgen waren, und jede Frage überflüssig. Doch für Ahlam war das kein Weg. Sie stellte sich viel zu viele Fragen. Sie war der ausgehungerte Wolf, der den satten Kettenhund nicht beneidete. In ihr lebte Nora. Sie besaß deren Seelenstärke, deren Freiheitsdrang. Jedes Mal, wenn Ahlam ein Zweifel beschlich, war Nora mit ihrem strahlenden Lächeln zur Stelle. Auf eine gewisse Art war sie gegenwärtiger und hilfreicher als Farhat, der langsam verlosch. Er brachte keine Touristen mehr zum Lachen. Fischte keinen Rosé mehr aus den Wellen heraus. Verkaufte keine Schwämme mehr. Das Geld, das man ihm gab, nahm er entgegen, ohne auch nur Danke zu sagen.

Und Fatima, die Kämpfernatur, die stets so Resolute? Meldete sich nicht mehr zu Wort. Hatte keine Träume mehr. War wie ein toter Fisch am Strand. Sie hatte zu hundert Prozent resigniert. Eines Tags ließ sie Ahlam einen Blick in den Abgrund werfen, in den sie gefallen war.

«Weißt du, mein Kind, du musst so langsam ans Heiraten denken. Mohammed hat bei deinem Vater um deine Hand angehalten. Er ist ein vielversprechender junger Mann. Einer seiner Onkel ist Polizeikommissar in Tunis. Stell dir das mal vor!»

Ahlam konnte sich das nur zu gut vorstellen. Der Neffe würde Polizist werden wie sein Onkel. Sie würden nach Tunis gehen und dort leben. Sie hätten Internetanschluss und Farbfernsehen. Ihr Mann würde sein Gehalt mit dem Bakschisch der Souk-Händler verdoppeln. Ahlam kamen die Tränen.

«Wie kannst du mir so etwas nur vorschlagen, Großmutter?»

«Paul kommt nicht mehr zurück, mein Kind. Und selbst wenn, er wird dich nie mitnehmen nach Paris, Rom, New York oder sonst wohin. Du hast einen schönen Traum geträumt. Jetzt ist es Zeit, die Augen zu öffnen. Du bist Tunesierin. Du bist schön und intelligent. Du könntest nach dem Abitur ein Studium beginnen, dich an einer Elite-Hochschule einschreiben. Aber das geht nur, wenn du einen Ehemann mit guten Beziehungen hast.»

VIERZEHNTES KAPITEL

Ende November 2010 kam Paul nach zweimonatiger Abwesenheit wieder nach Kerkennah zurück. Sobald Ahlam es erfuhr, raste sie los, zum Haus am Meer. Sie wäre Paul am liebsten um den Hals gefallen. Sie hatte solche Angst gehabt.

Aber Paul war nicht allein. Eine junge Frau war bei ihm. Paul stellte sie ihr vor. Sie hieß Sophia und war Mannequin. Nach Ahlams rascher Einschätzung musste sie so um die zwanzig sein. Sie war groß und schlank, hatte endlos lange Beine und einen unglaublichen Busen. Neben ihr kam sich Ahlam klein und mickrig vor.

«Ich habe Sophia gebeten, für ein paar Tage mitzukommen, um mir Modell zu stehen. Ich muss mal wieder ein paar Porträts malen. Aber das ändert nichts an unseren Plänen, Ahlam. Ich will nur meiner Inspiration irgendwie auf die Sprünge helfen. Du kannst weiterhin gern kommen, wann du willst, und Klavier spielen.»

Das war schon alles. Es kam nichts nach. Paul nahm Ahlam nicht in den Arm. Ahlam ging mit schwerem Herzen wieder heim. Sie verstand nicht, woher dieser Schmerz rührte. Sie hatte so etwas noch nie verspürt. Sie musste stehenbleiben und tief durchatmen, um wieder Luft zu bekommen.

Als sie zu Hause ankam, war sie in Tränen aufgelöst. Die Tränen befreiten sie von diesem Druck auf der Brust, sie taten ihr gut. Farhat war auf Fischfang, aber Fatima war da. Ahlam erzählte ihr alles. Ihre Erzählung war von Schluchzern unterbrochen. Fatima nahm Ahlam in den Arm.

«Oh, mein armes kleines Mädchen. Ich habe es dir doch gesagt. Ich hatte dich gewarnt.»

«Was ist denn los mit mir, Großmutter?»

«Aber Ahlam! Weißt du das denn nicht? Du hast Liebeskummer, den ersten deines Lebens, und der tut am meisten weh.»

Liebeskummer? Ahlam wäre es im Traum nicht eingefallen, dass sie in Paul verliebt sein könnte!

«Aber Großmutter, ich bin doch nicht ...»

«O doch, meine Kleine. Ich glaube sogar, du bist schon seit ganz langer Zeit in Paul verliebt. Aber es fühlt sich jetzt anders an, weil du eine junge Frau bist. Vorher liebtest du ihn, wie ein Kind glitzernde Dinge liebt. Du wusstest nicht, was es bedeutete. Und nun ist das Verlangen da. Was glaubst du denn, warum dich keiner der jungen Männer hier interessiert? Du bist das schönste Mädchen auf ganz Kerkennah und hast für niemanden Augen. Alle Jungen sind verrückt nach dir, und du merkst es noch nicht einmal. Du merkst nichts, weil du nur Paul siehst. Vorher hat Issam dir den Blick verstellt. Er war fester Teil deines Universums. Paul blieb mehr im Hintergrund. Aber nun ist Issam nicht mehr da. Und in deinen Träumen, da bleibt nur noch Paul.»

«Was soll ich denn jetzt tun, Großmutter? Es tut so furchtbar weh.»

«Meine Kleine, was ich dir jetzt sage, wird dir noch mehr weh tun: Du musst ihn vergessen. Heirate einen der netten Jungs von Kerkennah. Such dir den schönsten aus. Und wenn er keine Beziehungen nach oben hat, was soll's. Du könntest sogar auf Kerkennah bleiben. Du könntest einen Fischer zum Mann nehmen. Das hat deine Mutter ja schließlich auch getan.»

Ahlam stieß ihre Großmutter zurück.

«Nein, nein, das will ich nicht. Meine Mutter wollte nie, dass ich so lebe wie sie. Wenn Paul mich nicht liebt, dann will ich niemanden lieben.»

«Dann kämpf doch um ihn!»

Fatima hatte diese Worte mit Vehemenz hervorgestoßen. Sie hätte sich gewünscht, selber noch richtig kämpfen zu können, um einen Mann, einen Sohn, für eine gute Sache, wofür auch immer. Doch kaum ausgesprochen, bereute sie ihre Worte bereits. Was hatte das für einen Sinn. Ahlam würde nur noch mehr leiden.

Die folgenden Tage brachten Ahlam keinerlei Trost. Sie machte einen großen Bogen ums Haus am Meer und verzichtete ganz aufs Klavierspiel. Bis Paul irgendwann auf ihrer Türschwelle stand. Die Familie wollte sich gerade zu Tisch setzen. Farhat begrüßte seinen Freund überschwänglich. Fatima zeigte sich eher unterkühlt. Und Ahlam spielte die Gleichgültige. Paul redete auf sie ein, sie möge doch wieder Klavier spielen kommen, und versprach ihr, dass sie binnen weniger Tage ihre Übungsstunden wieder aufnehmen könnten, aber Ahlam murmelte nur ein paarmal «wenn ich Zeit habe», «mal sehen», «vielleicht». Trotz seiner künstlerischen Sensibilität begriff Paul nicht, welch ein Sturm im Herzen des jungen Mädchens tobte. Der Gedanke, sie könne verliebt in ihn sein, dieser Gedanke war ihm noch nie gekommen. Der Hauptgrund für seine Blindheit aber lag darin, dass Paul glücklich war. Er hatte damit begonnen, wie in seinen allerersten Jahren zu malen, und fühlte sich wie neugeboren.

Dennoch war Pauls Besuch nicht ganz umsonst gewesen. Er hatte Geschenke aus Paris mitgebracht, Kleider und Parfüms, und gegen Ende der Mahlzeit entschlüpfte Ahlam dann doch noch ein Lächeln, nämlich angesichts der ungebrochen herzlichen Freundschaft zwischen ihrem Vater und Paul. Am nächsten Tag beschloss sie nach Schulschluss, spontan im Haus am Meer vorbeizuschauen. Sie hatte tagelang nicht mehr Klavier gespielt. Ihr kribbelten förmlich die Fingerspitzen. Aber es war nicht nur das. Da war auch diese brennende Neugier. Es dämmerte schon, als sie beim Haus am Meer ankam. Lächelnd ließ sie ihren Blick über die Seezunge oberhalb der blauen Haustür gleiten. Sie klopfte, aber niemand reagierte. Dabei hatte sie doch Licht gesehen. Sie nahm ihren Schlüssel und öffnete. Nirgends ein Geräusch. Im Patio kein Mensch. Sie bewegte sich aufs Wohnzimmer zu. Die Tür stand auf. Rechts sah sie Pauls Rücken, davor die Staffelei. Er war am Malen. Sie ging näher heran. Noch weiter rechts, hinten im Raum, lag Sophia auf der Couch. Völlig nackt. Sie posierte für Paul. Ihr prachtvoller Körper war seitlich gelagert, mit aufgestütztem Ellenbogen. Sehnsuchtsvoll lag sie da, mit träumerischem Gesichtsausdruck, die Wange in die linke Hand geschmiegt. Ihre Lippen waren leicht geöffnet, ihre Augen voll Glut. Sie blickte Paul auf eine Weise an … Ihr langes blondes Haar floss ihr über die Schultern und den halben Busen. Paul war sehr konzentriert. Seine Gesten äußerst präzise. Sophias Blick hatte etwa Magnetisches. Ahlam überlief ein Schauer. Sophia war so ganz und gar Frau, so wahnsinnig sinnlich. Im Vergleich zu ihr war sie, Ahlam, nur ein kleines Mädchen. Sie wollte gehen, aber etwas hielt sie zurück. Es war Paul, seine lange, muskulöse Gestalt, die Bewegung seiner Schultern, die Schönheit seines Rückens. Denn Paul stand mit nacktem Oberkörper da, und das Spiel seiner Muskeln begleitete jede seiner Bewegungen. Der Anblick von Pauls Rücken bei der Arbeit ließ sie aufs Neue erschauern. Er war so voller Anmut, und doch so animalisch. Sie spürte, wie sie in eine Art Trance hinüberglitt. Es war angenehm, und zugleich beängstigend, ein langsames Versinken in unbekannten, berauschenden Empfindungen. Ahlam begriff, dass sie ihn begehrte, diesen glatten und muskulösen Körper. Es war ein ungestümes Begehren, und es war das erste Mal, dass sie sich ihres Begehrens bewusst wurde. Sie hatte Paul schon früher begehrt, aber nur flüchtig, ohne sich dessen gewahr zu werden. Sie hätte sich gewünscht, dass er sich umdrehe, auf sie zukomme, sie entkleide und wortlos liebe. Ahlam hockte sich auf den Boden und schlang ihre Arme um die Knie. Wie sehr sie diesen Mann begehrte! Sie schloss für einen Moment die Augen. Als sie sie wieder öffnete, stand Paul nicht mehr vor der Staffelei. Sie sah sich suchend um. Er war jetzt bei Sophia. Die lag immer noch seitlich hingegossen auf der Couch. Paul kniete vor ihr. Langsam richtete er ihren Oberkörper auf, bis sie direkt vor ihm saß. Paul erhob sich und ließ seine weiße Leinenhose zu Boden gleiten. Ahlam sah jetzt nur noch Pauls nackten Po. Er kniete sich wieder hin. Sophia hatte ihre Beine gespreizt. Paul drang mit einem Stoß in sie ein. Sie seufzte tief auf. Ahlam sah Sophias Hände auf den Schultern von Paul, während er sich immer schneller in ihr bewegte. Sie sah das Stakkato der Pobacken von Paul, die sich strafften und dann wieder ihre Form annahmen. Tränen begannen über Ahlams Wangen zu fließen. Sie musste von hier weg, raus aus diesem Raum. Das war ihr klar, aber sie schaffte es nicht. Sie hatte noch nie ein Paar Liebe machen sehen. Sie war fasziniert. Fasziniert und entsetzt.

Sophia schloss ihre Beine um Pauls Taille zusammen, knapp über seinem Po. Jetzt gab sie den Rhythmus vor, schnell und immer fordernder. Sie stöhnte. Paul war nur noch ein muskulöser Körper, der von Sophia Besitz ergriff. Ahlam hätte sich am liebsten die Ohren zugehalten, aber Sophias Stöhnen faszinierte sie ebenso wie das Bild der beiden ineinander verschlungenen Körper. Endlich gelang es Ahlam, sich vom Anblick von Pauls Rücken zu lösen, welchen die schlanken Hände Sophias streichelten. Es gelang ihr, auf allen vieren bis zur Tür zu kommen, und schließlich war sie im Freien. Sie holte tief Luft. Dann stand sie auf, lehnte sich an die Eingangsmauer, wartete, bis ihre Beine sie wieder tragen konnten, und rannte auf und davon.

FÜNFZEHNTES KAPITEL

Am 17. Dezember 2010 übergoss Mohamed Bouazizi sich mit Benzin. Es war eine Geste auswegloser Verzweiflung, mehr nicht. Weder Bouazizi selbst noch irgendwer sonst besaß damals genug Phantasie, um sich auszumalen, was diese Geste alles auslösen sollte. Es ging ja nur um ein bisschen Obst und Gemüse, das die Behörden da beschlagnahmt hatten, doch es war der berühmte Tropfen zu viel.

Ein großer Teil der tunesischen Gesellschaft, darunter auch die Islamisten, die Muslimbrüder ebenso wie die Salafisten, gab sich damit zufrieden, diesen überraschenden, spontanen Aufstand passiv zu beobachten. Der Rest von Tunesien aber ging auf die Straße, junge Leute zumeist, die das Regime aufs Abstellgleis geschoben hatte. Manche hatten vier oder fünf Jahre lang studiert, nur um nach dem Examen festzustellen, dass sie keinerlei Zukunft hatten. Andere, wie Bouazizi, hatten ihr Leben damit zugebracht, ein paar Dinar zusammenzukratzen. Doch unter den Aufständischen, so viel war gewiss, war nicht ein einziger Islamist. Denn wer auf die Straße ging, der demonstrierte für Demokratie, anders gesagt, für Häresie. Ayman begriff blitzschnell, dass es am klügsten war, jetzt gar nichts zu tun. Er hatte zwar keinerlei Order empfangen, denn er bekam keinen Kontakt zu al-Awlaki zustande, doch es lag auf der Hand. Die revolutionären Slogans auf den Plätzen und Straßen waren so gar nicht religiös. Junge Mädchen in T-Shirt und Shorts demonstrierten gemeinsam mit den Männern. Manch eine paradierte völlig ungeniert auf den Schultern eines Mannes, mit gespreizten Schenkeln. Und was wollte dieser ganze Pöbel? Freie Wahlen! Diese Revolution passte Ayman und seiner Gruppe überhaupt nicht ins Konzept. Sein schönes Projekt war ins Wasser gefallen, und jetzt wartete er erst einmal ab. Hätte er Order bekommen, sich mitten in der Menge in die Luft zu jagen, hätte er das bereitwillig getan. Aber warum und zu welchem Zweck? Man hätte hinter all dem doch nur Ben Ali vermutet, und das hätte dessen Sturz, der ohnehin zur Unzeit kam, am Ende noch beschleunigt. Als Ben Ali am 14. Januar 2011 dann Tunesien verließ, begann Ayman erneut auf ein entschiedenes Signal von Seiten der Umma zu hoffen. Es geschah jedoch nichts. Ayman wollte schon zweifeln. Dann erinnerte er sich an seine Londoner Diskussionen mit Rachid Ghannouchi. Vielleicht sollte man ihn einfach mal machen lassen? Schließlich hatten die Salafisten ja nichts zu verlieren. Man würde schon sehen, was dabei herauskäme. Ghannouchis Rückkehr war bereits angekündigt. Aber wie wäre bei seiner Ankunft in Tunis zu reagieren? Sollte man Beifall klatschen oder ihn ausbuhen?

Ayman gelang es, einen kühlen Kopf zu bewahren, doch die Mitglieder seiner Gruppe verstanden nicht, dass so gar nichts geschah. Issam wollte ebenfalls demonstrieren. Khaled wollte Bomben legen, die während der Protestmärsche hochgehen sollten. Nourdine wollte auf alles, was sich bewegte, schießen, auf der einen wie der anderen Seite. Und Abdelmalik hatte gar keine Meinung und wartete Aymans Entscheidung ab. Der aber traf keine Entscheidung, sondern erklärte der Gruppe, die Situation sei viel zu verworren. Sicher, Ben Ali war ein Abtrünniger, ein Apostat. Andererseits verfochten jene, die ihn gestürzt hatten, das gottlose Prinzip der Demokratie. Blieb nur die Frage, was war mit Ghannouchi? Sollte man den, zumindest in der ersten Zeit, unterstützen oder lieber doch nicht?

In dem Punkt gingen die Meinungen auseinander. Für Khaled war Ghannouchi, der den Muslimbrüdern nahestand, ein Feigling, der durch Wahlen an die Macht kommen wollte, statt zu kämpfen. Einer, der sich der Methoden der Ungläubigen bediente, angeblich, um die Scharia einzuführen. Doch wie sollte aus einer Sünde je ein Islamischer Staat entstehen? Ayman urteilte zurückhaltender. Er hatte Ghannouchi persönlich erlebt und erklärte der Gruppe, dass das Ziel doch in beiden Fällen dasselbe sei: die Scharia durchzusetzen. Sicher, die Methoden unterschieden sich: Wahlen oder Waffen. Nourdine war für Waffen. Ihn interessierte nichts als die Kalaschnikow, die er endlich in der Hand halten wollte.

Am 18. Februar kam Abou Iyadh im Rahmen einer Generalamnestie frei, ebenso wie die meisten tunesischen Salafisten und Ennahda-Mitglieder. Ayman war erleichtert. Bald würden sie neue Befehle erhalten. Er hatte diese Periode der Unsicherheit nicht gemocht. Ihm wäre es lieber gewesen, wenn alles nach Plan verlaufen wäre. Es wäre die Aufgabe der Umma gewesen, Ben Ali zu stürzen, nicht die einer Horde von Studenten und Hungerleidern. Nun hatte er stattdessen wilde Freudenszenen erlebt, tunesische Fahnen wurden wie Trophäen geschwungen, und nirgends auch nur eine schwarze Fahne in Sicht. Das Ganze glich eher einer europäischen Revolution, à la française. Das war ungehörig, verstieß gegen den Islam und war in gewisser Weise geradezu Diebstahl. Über viele Jahre hinweg waren die Islamisten die Einzigen, die Ben Ali und sein Regime bekämpft hatten. Sie hatten teuer dafür bezahlt: Verhaftungen, Folter, Vergewaltigungen, Exekutionen. Und heute zog hier diese Jugend durch die Straßen und demonstrierte für Menschenrechte, freie Wahlen und eine Verfassung. Eine Verfassung! Was für eine Verfassung denn? Die einzige Verfassung war die Sunna! Eine andere brauchte es nicht.

Issam betrachtete die Dinge sehr viel abgeklärter, was Khaled auf die Palme brachte. Issam fand, der Sturz des Ben-Ali-Regimes sei eine gute Sache, über die man sich nur freuen konnte, auch wenn die Umma nicht direkt daran beteiligt war. Und außerdem eröffneten sich ihnen nun tolle Perspektiven, tollere jedenfalls als dieses Computer-Hacking-Projekt, das, so tricky es auch sein mochte, doch nicht mehr gewesen wäre als ein Tropfen im Ozean. Also habe man doch jeden Grund zur Freude und solle lieber versuchen, die Situation für sich zu nutzen.

«So wie Ghannouchi es tun will!», empörte sich Khaled.

«Genau», antwortete Issam. «Er hat recht. Wenn er die Wahlen gewinnt, kann er Reformen durchführen und es hinkriegen, dass …»

«Hör sofort auf. Wahlen sind total *haram*. Kompromisse führen zu nichts. Bei diesem Spiel zieht Ghannouchi nur den Kürzeren. Der Okzident hat dieses System geschaffen, um Gottes Gesetz zu unterlaufen und seine Anwendung zu verhindern. Al-Qaida hat Wahlen noch nie für legitim erklärt. Die größten Ulema verurteilen dieses perverse, götzendienerische System.»

«Khaled hat recht», bemerkte Ayman, «Wahlen sind gottlos. Andererseits sind wir nicht verantwortlich dafür. Lassen wir Ghannouchi doch von Ben Alis Sturz profitieren. Vielleicht ergibt sich für uns ja dann die Möglichkeit, wiederum von Ghannouchis Sturz zu profitieren? Die Linie ist jedenfalls noch nicht vorgegeben, und es ist nicht an uns, im Alleingang zu entscheiden.»

Ein paar deutliche Zeichen legten die Linie dann fest. Abou Iyadh warf einigen Journalisten en passant ein paar Sätze hin, die nach wohlwollender Neutralität gegenüber der Ennahda klangen, zumindest für den Anfang. Aber Ayman war sich nicht sicher. Er hätte gern noch ein paar klare Ansagen von al-Awlaki gehabt. Doch der war und blieb unerreichbar. Er war mit knapper Not mehreren Drohnenangriffen entkommen und rührte fortan keine Tastatur mehr an.

Dann endlich ein Lichtblick. Im April 2011 gab Abou Iyadh die Gründung von Ansar al-Scharia bekannt. Das war eine deutliche Ansage für Rachid Ghannouchi. Die Salafisten würden die Umtriebe der Ennahda scharf im Auge behalten. Es stand nicht zur Debatte, die Einführung der Scharia auszusetzen. Der Probelauf hatte soeben begonnen.

Ende April traf Ayman sich mit Abou Iyadh und dessen rechter Hand, Abou Ayoub, in Tunis. Khaled hatte das Treffen organisiert. Abou Iyadh wusste bestens über die Pläne von Ayman und seiner Gruppe Bescheid. Er schlug ihm vor, sich einem neu geschaffenen Medienverbund anzuschließen, der *Al Qayrawan Media Foundation*, die für die Einführung eines Islamischen Staates in Tunesien werben sollte. Darüber müsse er erst mit seinen Brüdern diskutieren, entgegnete Ayman. Abou Iyadh gewährte ihm drei Tage Bedenkzeit.

Zurück in Sfax, unterbreitete Ayman den Freunden Abou Iyadhs Vorschlag. Nur Issam zögerte.

«Können wir denn sicher sein, dass Abou Iyadh auch die Unterstützung von al-Qaida hat?»

«Issam, es ist mittlerweile kaum noch möglich, mit Bestimmtheit zu wissen, wer an der Spitze von al-Qaida steht. Ich habe schon sehr lange keinen direkten Kontakt mehr zu al-Awlaki gehabt. Und jemals den Löwen des Islam oder al-Zawahiri persönlich zu sprechen, das kannst du vergessen. Sicher ist nur, dass Abou Iyadh immer auf der Linie von al-Qaida war. Er war schon Mitglied der Islamischen Front Tunesiens, als Ghannouchi ihr vorstand, bis er im Jahr 2000 dann nach Afghanistan ging. Es heißt, er habe Scheich Osama bin Laden persönlich getroffen und den Mord an Kommandant Massoud mitorganisiert. Wenn überhaupt irgendwer sagen kann, was getan werden muss, vor allem bezüglich der Ennahda, dann ganz gewiss er.»

Einstimmig wurde beschlossen, sich dem neuen Medienverbund anzuschließen. Schon am nächsten Tag übermittelte Ayman diese Nachricht an Abou Iyadh. Man bewilligte ihm und seinem Team weitgehende Autonomie und übertrug ihnen die Aufgabe, Zeugenaussagen zum grausamen Vorgehen des Ben-Ali-Regimes gegen die Salafisten zu sammeln. So wollte man zeigen, dass die Revolution nur dank der jahrzehntelangen Untergrundarbeit der Brüder stattfinden konnte. Man musste unbedingt das Ruder herumreißen. Denn diese Jasminrevolution war viel zu säkular und viel zu demokratisch. Dabei waren es doch die Islamisten, die mehr als alle anderen unter dem Ben-Ali-Regime gelitten hatten, und das musste die *Al Qayrawan Media Foundation* ins rechte Bild rücken.

Und noch eine Aufgabe wurde Aymans Gruppe übertragen. Sie sollten ein Diskussionsforum moderieren, und zwar mit einem Vertrauten von Abou Iyadh als Supervisor, der in enger Verbindung zu Scheich Atiyallah al-Libi stand, dem einzigen, der der neu lancierten Webseite die Akkreditierung von al-Fajr gewähren konnte. Die Rubriken dieses Forums wurden sorgfältig ausgewählt. Man musste vorsichtig sein, aber nicht übertrieben, musste der Linie von al-Qaida treu bleiben, ohne die ersten Erfolge von Ansar al-Scharia zu gefährden, die gerade legalisiert worden war. Deshalb war es für den Anfang strikt verboten, in Tunesien zum Dschihad aufzurufen. Der Heilige Krieg mochte im Irak, im Jemen oder in Wasiristan verherrlicht werden, doch Tunesien war noch Testgelände, da war Fingerspitzengefühl gefragt.

Die erste Rubrik des Forums bezog sich auf sämtliche Verlautbarungen und Veröffentlichungen dschihadistischer Gruppierungen weltweit. Die Forumsmitglieder konnten aktuelle Themen des globalen Dschihadismus kommentieren und ihre Unterstützung zum Ausdruck bringen. Die zweite Rubrik war Fragen der *da'wa* und des *tauhîd** gewidmet. Sie sollte der Verbreitung islamischer Lehre dienen und Raum für dogmatische Diskussionen bieten. Eine dritte Rubrik, die speziell die Frauen ansprach, galt der muslimischen Familie.

* Die Einheit Allahs in all seinen Taten, Namen und Eigenschaften und in den Handlungen seiner Diener

Die vierte Rubrik appellierte an die Opfer des Ben-Ali-Regimes, ihre persönliche Geschichte zu erzählen. Die fünfte und letzte Rubrik schließlich bezog sich explizit auf Tunesien und die politische Lage im Land, insbesondere auf die Notwendigkeit, einen Islamischen Staat zu etablieren. Dies war das bei weitem sensibelste Forum. Ayman bestimmte Khaled aufgrund seiner Vorgeschichte und einschlägigen Erfahrung zum Moderator und Supervisor dieses Forums, während er selbst die Kommentare der User in Forum eins kontrollieren wollte. Issam und Abdelmalik wurde die Moderation von Rubrik zwei übertragen. Das Forum zur muslimischen Familie wurde einer jungen Frau, Aicha, anvertraut, die von Ansar al-Scharia ausgewählt worden war.

Issam machte sich mit großem Eifer an die Sache, wie es seinem Charakter entsprach. Er machte keine halben Sachen. Doch er befürchtete, dass er nicht die nötigen theologischen Kenntnisse besaß. Ayman gelang es, ihn zu beruhigen.

«Bruder, deine Rolle beschränkt sich darauf, die Posts der User zu lesen. Du musst nur darauf achten, dass es keine Provokationen gibt, weder in der einen noch in der anderen Richtung, und dass die salafistische Ausrichtung der Webseite respektiert wird. Wenn du unsicher bist, fragst du einfach mich oder Khaled. Die wichtigsten Entscheidungen, wie die Sperrung eines eingeschriebenen Mitglieds, müssen ohnehin vom Webmaster abgesegnet werden.»

Der Webmaster, Abou Mohamed al-Tounsi, galt als Kapazität in Fragen der Religion. Er stand auch Al Khatib El Idrissi, dem Chefideologen von Ansar al-Scharia, sehr nah und war genau die richtige Person, um eine dogmatische Linie zu gewährleisten, die den politischen Imperativen der

Bewegung entsprach. In der Tat nahm Ansar al-Scharia eine abwartende Haltung ein. Vorerst verstand die salafistische Bewegung sich als «Grünen Flügel»* der Ennahda, wohlwollend, aber wachsam.

Die Webseite war gerade an den Start gegangen, da gab es bei al-Qaida Anlass zu tiefer Trauer. Osama bin Laden war tot. Das Thema beherrschte die Chats, ganz gleich in welchem Forum. Ayman und seine Gruppe streiften mit der Kamera durch die Straßen von Sfax und der Nachbarstädte, um die Bestürzung, Trauer und Wut der Muslime zu dokumentieren.

Die Qualität der Reportagen garantierte dem Forum einen vielversprechenden Auftakt. Das System funktionierte. Die in der ersten Rubrik hochgeladenen Videos waren ausgiebig kommentiert worden. So sollte ein Chatroom funktionieren. Es wurden Textdokumente, Audio- und Videodokumente gepostet, und jeder konnte sie unter Aufsicht des Moderators kommentieren. Daraus resultierte eine ganz eigene Gruppendynamik, die zu neuen Berufungen führen oder den dschihadistischen Eifer der User beflügeln konnte.

Immer vorausgesetzt, dass die geposteten Inhalte einer sorgfältigen Kontrolle unterlagen.

Issam kam ziemlich gut mit seiner neuen Aufgabe zurecht. Er sichtete nicht nur sämtliche Dokumente und las jeden Kommentar in der von ihm betreuten Rubrik, sondern konsultierte auch oft und gern die religiösen Nachschlagewerke, um den Grad der Orthodoxie dieser oder jener Aussage besser einschätzen zu können. Abdelmalik war ihm dabei keine große Hilfe, außer dass er Tee für ihn kochte. Nourdine wäre ihm

* Grün: Farbe des Islam

sicher nützlicher gewesen. Doch laut Ayman war Nourdine als Moderator ungeeignet. Er hatte ihm stattdessen Aufgaben im Außendienst zugewiesen, die Nourdines Geschmack durchaus entgegenkamen. Und so arbeitete Nourdine jetzt als Kameramann. Er sollte eindrückliche, ungewöhnliche Bilder einfangen und sie gegebenenfalls ein wenig frisieren.

Und tatsächlich gelang es ihm, bei der ersten großen Demo der Nach-Ben-Ali-Ära eine kompakte Menge zu filmen, die nur das schwarze Banner des Dschihad zu schwingen schien, ganz gleich, aus welcher Perspektive der Kamerablick sie auch traf. Ein Dutzend Salafisten hatte bereitwillig bei dieser Inszenierung mitgespielt. Es war alles nur eine Frage des Kameraausschnitts. Man durfte eben nicht die tunesischen Nationalfahnen filmen, die da zu Dutzenden hochgehalten wurden, sondern nur die schwarzen Flaggen mit dem Schriftzug der Schahada. Desgleichen blendete Nourdine die jungen Frauen, die mit fliegender Haarmähne à la Marianne, der französischen Revolutions-Ikone, demonstrierten, nach Möglichkeit aus und platzierte geschickt einige verschleierte Muslimschwestern inmitten der demonstrierenden Menge. Nourdine machte seine Sache also ziemlich gut, und Ayman staunte nicht schlecht. Hatte er sich seiner doch längst entledigen wollen, und nun überraschte ihn die kleine Krabbe mit klug durchdachten und vor allem raffiniert montierten Bildern. Letztlich war es nur logisch, dachte Ayman. Nourdine war verschlagen und hinterhältig. Er war wie dafür gemacht, die Wahrheit zu verschleiern. Khaled konstatierte mit einem Lächeln, Ayman hätte ja wirklich ein Händchen dafür, die Mitglieder seiner Gruppe ihren jeweiligen Stärken entsprechend einzusetzen.

Anfang Juni 2011 dann machte ein unter dem Usernamen «Abou Dschihad» eingetragenes Forumsmitglied Issam das Leben schwer.

Seine Posts waren jedes Mal grenzwertig. Unter dem Deckmantel von *da'wa* und *tauhîd* drehte sich alles immer nur um den bewaffneten Dschihad. Dabei ging Abou Dschihad sehr geschickt vor, indem er den «*tauhîd* der Handlung» anführte, sodass Issam nicht recht wusste, ob er nun einschreiten sollte oder nicht. Einerseits war es ein Forum, das seine salafistische Ausrichtung nicht verbarg, andererseits war jeder Aufruf zum bewaffneten Dschihad in Tunesien strikt untersagt. Aber Abou Dschihad kritisierte die Befürworter des politischen *tauhîd*, also die Ennadha und die Muslimbrüder. Doch die Anweisungen waren klar: Bis zu den Wahlen im Oktober durfte kein böses Wort gegen die Ennahda fallen.

Anfangs ließ Abou Dschihad nur ab und zu mal eine Spitze los, und Issam hielt es für unnötig, Ayman zu informieren, bis es zu einem durchaus bedenklichen Vorfall kam.

Anlässlich einer eher harmlosen Diskussion hatte ein User die Vorzüge des Islam und die Einheit der Gläubigen in höchsten Tönen gepriesen. Er zeichnete ein idyllisches, fast schon romantisches Bild der Umma, in dem jegliche *fitna*, jeder Dissens unter Muslimen, ausgeschlossen war. Das hatte Abou Dschihad auf den Plan gerufen, vor allem, als der User den Islam dann noch als Religion des Friedens und der Toleranz beschrieb. Das war das Signal, auf das Abou Dschihad nur gewartet hatte. Er führte nacheinander so gut wie alle Koranverse und Hadithe an, die zu härtester Gewalt gegen Ungläubige aufriefen. Als Issam die langen Posts von Abou Dschihad las, beschlich ihn ein ungutes Gefühl. Dieser ließ den Islam in einem derart unversöhnlichen, gewaltbereiten Licht erscheinen, dass er, auch wenn alle Quellenangaben absolut korrekt zitiert waren, damit nur ein ganz bestimmtes Ziel verfolgen konnte.

Issam beschloss, Ayman zu informieren. Der war sehr verärgert. Es war, als hätte Abou Dschihad sich mit voller Absicht auf die das größte Gewaltpotenzial enthaltenden Koranverse und Prophetenaussprüche konzentriert, um die Nutzer des Forums zu verschrecken. Ayman informierte Abou Mohamed al-Tounsi über den Fall, welcher zu Aymans Verblüffung beschloss, keine IP-Sperre über Abou Dschihad zu verhängen. Issam war irritiert. Wenn das so war, was nützte dann ein Moderator, der nicht moderieren durfte? Issam wollte aussteigen. Ayman bat ihn weiterzumachen. Seine Zweifel zeigten doch nur, dass er die erforderliche Kompetenz für diesen Job besitze, selbst wenn man sich der editorialen Linie der Webseite beugen müsse. Schließlich sei es so in allen Redaktionen der Welt.

Issam ließ sich ohne allzu viel Mühe überzeugen. Er hatte Gefallen an der Tätigkeit als Moderator gefunden. Sie erlaubte ihm, seine Kenntnisse über den Islam kontinuierlich zu vertiefen. Er vernachlässigte sein eigentliches Studium und saß stundenlang nur noch am Monitor. Darüber vergaß er Kerkennah, Farhat, Fatima und Ahlam. Er hatte sie seit seinem damaligen plumpen Wiederannäherungsversuch nicht mehr gesehen. Paul und die Malerei hatte er ganz aus seinem Gedächtnis gestrichen.

Eine lebhafte Forumsdiskussion riss die alte Wunde wieder auf. Es ging um die Frage, was im Islam erlaubt sei, und zwar speziell in der Kunst. Eine ausführliche Darlegung von Abou Brahim, einem Stammgast im Forum, dessen Religionsgelehrtheit allseits geschätzt wurde, fesselte Issam.

«Die Musik, bestimmte Formen von Malerei, Tanz und Gesang dienen den Ungläubigen dazu, die Muslime zu verderben. Sie wollen ihnen den oberflächlichen Lebensstil des Westens schmackhaft machen, der aus nichts als nutzloser Zerstreuung besteht. Sie bieten ihnen flüchtige Freuden und kindische Vergnügungen an, die sie zur Wollust verführen und sie von Allah, dem Erhabenen, weglocken.»

«Lieber Bruder, erklärst du mir bitte, inwiefern die Kunst zur Wollust verführt?», schrieb eine Userin namens Oum Layla.

«Das ist ganz einfach, meine Schwester. Musik, Tanz und Gesang wecken die sexuelle Begierde. Desgleichen die Malerei, wenn sie menschliche Wesen darstellt, vor allem wenn Körper und Gesichter entblößt sind. Was nützt es dir, den Niqab zu tragen, wenn deine Stimme, dein Gesang oder deine Musik die Begierde wecken? Alles, was das sexuelle Verlangen stimulieren kann, ist im Islam verboten, denn diese Freuden verführen zu Unzucht und Ehebruch.»

«Und wenn eine Frau für ihren Ehemann singt, tanzt oder musiziert?»

«In dem Fall erlaubt es der Islam, denn es ist legitim, das Begehren des eigenen Mannes zu wecken.»

An dieser Stelle schaltete sich Abou Dschihad in die Diskussion ein.

«Ich habe großen Respekt vor dir, Abou Brahim, aber was du da sagst, ist nicht korrekt. Jegliche Musik ist verboten, Gesang ebenso wie das Spiel eines Instruments. Tanz wiederum ist weiter nichts als der körperliche und vulgäre Ausdruck der Musik. Es gibt nur zweierlei Ausnahmen, kriegerische Gesänge und das Tamburinspiel bei der Hochzeitsfeier.»

«Nichts im Koran und der Sunna verbietet einer Frau, ihren Mann zu betören. Ihm allein darf sie ihren Körper enthüllen. Somit ist es nur logisch, dass sie ihm auch ihre anderen Reize enthüllen darf», konterte Abou Brahim.

«Verzeih, Abou Dschihad», meldete sich nun wieder Oum Layla zu Wort, «aber ich habe eine dreijährige Tochter. Ich singe ihr Wiegenlieder vor. Ich sehe nicht, was daran Schlimmes sein soll.»

«Du gewöhnst sie an oberflächliche Vergnügungen. Du solltest ihr lieber Verse aus dem Heiligen Buch rezitieren.»

«Den Koran zu rezitieren ist doch auch eine Art von Musik.»

«Meine Schwester, wie kannst du es wagen, die Schönheit des Heiligen Buchs mit der Musik zu vergleichen? Lies den Koran und die entsprechenden Hadithe zu dieser Frage. Wenn du singst, und sei es nur ein Wiegenlied für deine Tochter, dann hörst du dir selber zu. Du testest die Schönheit deiner Stimme und das ihr innewohnende Verführungspotenzial.»

Abou Brahim klinkte sich aus dem Chat aus. Der lief nun auf einen Zweierdisput zwischen Abou Dschihad und Oum Layla hinaus.

«Ich glaube das alles nicht», schrieb Oum Layla. «Erzähl mir doch nicht, dass es *haram* ist, wenn man seiner Dreijährigen einen Abzählreim vorsingt!»

«Aber sicher ist das *haram*», bekräftigte Abou Dschihad.

Da war erst mal eine Weile Sendepause. Dann meldete sich Oum Layla erneut zu Wort:

«Lieber Bruder, ich wollte mich weder ereifern noch es dir

gegenüber an Respekt fehlen lassen. Aber könntest du mir das bitte erklären? Ich gestehe, ich begreife es nicht.»

«Wenn du singst, wird deine Tochter das Singen lieben und auch zu singen anfangen. Sie wird nicht verstehen, dass es *haram* ist, wenn man singt.»

Oum Layla wusste nicht mehr, was sie antworten sollte. Sie zog es vor, das Thema zu wechseln.

«Und was ist mit der Malerei, oder dem Zeichnen?»

«Da ist der Fall ganz klar. Lebewesen zu malen, ist verboten. Wer Bilder von Menschen oder Tieren malt, landet in der Hölle, denn es ist ein Zeichen maßloser Selbstüberschätzung, Gott, den einzigen Schöpfer, imitieren zu wollen.»

«Ja, aber Allah hat auch die Bäume und die Blumen erschaffen. Und die darf man trotzdem zeichnen.»

«Es wird geduldet, mehr nicht, weil es sich um seelenlose Kreationen handelt, die auf einer tieferen Stufe stehen. Gott hat ihnen kein Leben und kein Bewusstsein verliehen.»

«Verzeih, wenn ich so hartnäckig bin, Abou Dschihad. Meine kleine dreijährige Tochter zeichnet ihren Vater, ihre Mutter, ihr Haus und die Tiere. Alle Kinder tun das, sobald du ihnen einen Stift gibst, und manchmal sogar schon, bevor sie überhaupt sprechen können. Wie kann denn eine derart natürliche Sache *haram* sein?»

«Der Allmächtige hat es verboten, und sein Prophet hat uns seine Lehre übermittelt. Es gibt Dinge, die wir nicht verstehen können, aber akzeptieren müssen, weil der Allmächtige es besser weiß als wir. Aus welchem Grund hat Allah uns seine Botschaft wohl durch die Stimme seines Propheten zukommen lassen?»

Oum Layla war ratlos. Ihr fiel keine plausible Antwort ein.

«Siehst du, Oum Layla, du weißt noch nicht einmal das Wesentliche. Allah hat uns seine Botschaft zukommen lassen, damit wir sie befolgen. Das ist der einzige Grund. Das ist einfach und logisch.»

«Ja», gab Oum Layla zu.

«Und warum willst du seine Botschaft dann nicht befolgen? Aus welchem Grund argumentierst du ohne Ende, obwohl die *dalils* doch eine deutliche Sprache sprechen?»

Issam war nicht dazwischengegangen. Er hatte die Debatte gespannt verfolgt. An einer Stelle fühlte er sich an Nora erinnert, wie sie ihm, über ihn gebeugt, *«Es war einmal ein Dromedar ...»* vorgesungen hatte. Was Oum Layla da gesagt hatte, war ihm so vernünftig erschienen, dass er es gern gesehen hätte, wenn sie als Siegerin aus dem Disput mit Abou Dschihad hervorgegangen wäre.

Dieser Schlagabtausch blieb nicht unbemerkt. Er wurde in den folgenden Tagen ausführlich im Forum kommentiert. Manche gaben Abou Dschihad recht, andere Oum Layla. Mehrere Frauen erklärten, dass sie ihren Kindern weiterhin Wiegenlieder vorsingen würden und sie weiterhin Mama und Papa und so viele Tiere malen lassen würden, wie sie nur wollten. Die Debatte war so lebhaft, dass Abou Mohamed al-Tounsi Wind davon bekam. Er machte Ayman schwere Vorwürfe. Der gab sie an Issam weiter. Er sei nicht wachsam genug gewesen. Als Moderator hätte er Oum Layla ermahnen und die Debatte beenden müssen.

Der Entschluss des Webmasters war unwiderruflich: Oum Layla wurde für dieses Forum gesperrt, und Issam entzog man sein Amt als Moderator.

SECHZEHNTES KAPITEL

In Kerkennah hatte die Jasminrevolution ihre Ikone gefunden. Ahlam war überall zugleich. Vom ersten Tag an war sie in der ersten Reihe mit dabei. Sie demonstrierte erst in Remla, zusammen mit hundert Mitschülerinnen und Mitschülern, dann in Sfax. Dort nahm sie an einer Kundgebung teil, die in blutigen Krawallen endete. Farhat hatte versucht, ihren Eifer zu zügeln. Er fand ihr Engagement zwar gut, hielt es aber für gefährlich. Nach dem Sturz des Ben-Ali-Regimes wehte ein Wind der Freiheit durch Tunesien und über die Kerkennah-Inseln. In den fünf Cafés von Remla wurde lebhaft diskutiert. Man debattierte stundenlang über politische Themen, holte die verlorene Zeit wieder ein. Jeder hatte zu allem eine Meinung und staunte, dass er sie zu äußern wagte. Sogar die Frauen konnten frei reden, und Ahlam ließ sich das nicht zweimal sagen. Dann trat ein Moment der Stille und der Ungewissheit ein. Man atmete tief durch – und hielt erst einmal die Luft an. Es war eine Mischung aus Freude darüber, dass man dieses Kapitel nun hinter sich hatte, und Ungewissheit, wie es nun weiterginge. Die kommenden Wochen und Monate würden entscheidend sein. Die Wahl der Volksvertreter für die Verfassunggebende Versammlung war auf den 23. Oktober 2011 terminiert. Ganz ohne Sorge sah man einem möglichen Wahlsieg der Ennahda nur im Westen entgegen. In Tunesien wusste man bereits wenige Wochen nach dem

Sturz des Ben-Ali-Regimes, dass die USA auf die Ennahda gesetzt hatten. Die amerikanische Presse bezeichnete sie mit freundlicher Billigung als gemäßigte Islamisten. Die Amerikaner hatten schon immer den konservativen Islamismus gestützt, angefangen bei ihrer Allianz mit den Saudis. Für sie war ein gutes muslimisches Regime eines, das politisch konservativ war und wirtschaftlich liberal. Sofern die Islamisten nur die bestehende Weltordnung und den freien Welthandel respektierten, hatten sie Amerika noch stets auf ihrer Seite gehabt. Ahlam sträubte sich gegen den Begriff eines gemäßigten Islamismus. In ihren Augen war das ein absurdes Konzept. Wie konnte ein Islamist denn gemäßigt sein? Beim häuslichen Abendessen ereiferte sie sich über dieses Thema. Farhat versuchte, mit Argumenten dagegenzuhalten, doch nur in der Absicht, sein Töchterchen zu beschwichtigen. Fatima ihrerseits hatte wieder Farbe bekommen. Sie hoffte, nun sei endlich das Ende des Tunnels in Sicht, und erfreute sich am Anblick einer feuerspeienden Ahlam. Eine Revolution, das war wohl das Mindeste, was Ahlam brauchte, um über Paul hinwegzukommen, dachte sie schmunzelnd.

Ahlam hatte gar keine Zeit mehr, an Paul zu denken. Was in ihrem Land vor sich ging, war derart erregend! Sie wollte unbedingt Teil dieser Bewegung sein. Sollten andere doch auf den fahrenden Zug aufspringen, einen der letzten Waggons erwischen. Sie aber wollte ganz vorn in der Lokomotive sein. Ahlam, die gestern noch keinerlei Zukunft vor sich sah, hatte nun den Eindruck, dass plötzlich alles möglich sei. Vorausgesetzt, man zeigte Gesicht und ließe sich die Revolution nicht von den Bonzen des alten Regimes oder von den Islamisten stehlen.

Im Juni wurde Ahlam achtzehn Jahre alt. Farhat und Fatima wollten ihr ein großes Fest ausrichten. Ahlam war weniger begeistert, doch schließlich willigte sie ein. Sie hatte kein wirkliches Gegenargument. In Wahrheit tat sie alles, um Paul aus dem Weg zu gehen, und verging doch vor Sehnsucht, ihn wiederzusehen. Sie wusste, dass sein «Modell» längst nach Frankreich abgereist und Paul wieder allein war. Mehr als einmal hatte sie ihre Schritte schon zum Haus am Meer gelenkt, aber immer war sie kurz davor stehen geblieben, im Schutz einer Palme. Da stand sie dann und spähte aufs Haus, in der Hoffnung, Pauls hohe Gestalt zu erblicken. Sie hätte ihn so gern vor seiner Staffelei auf der Terrasse entdeckt, sich dann behutsam genähert, mit angehaltenem Atem, auf Zehenspitzen, wie damals mit Issam, zu Kinderzeiten. Sie verstand nicht, warum Paul bisher keinen Versuch unternommen hatte, sie wiederzusehen.

Aber Paul traute sich nicht. Er hatte verstanden, dass Ahlam ihn an jenem Abend, als er den feurigen Blicken Sophias nicht hatte widerstehen können, überrascht hatte. Das war nicht schwer zu erraten gewesen. Die Haustür stand weit offen, dabei war er sicher, dass er abgeschlossen hatte. Und Ahlam war die Einzige, die einen Schlüssel besaß. Den hatte Paul ihr seinerzeit gegeben, damit sie auch in seiner Abwesenheit Klavier spielen konnte. Sie war sicher schockiert gewesen von dem Anblick, der sich ihr geboten hatte, und Paul hatte es vorgezogen, ein wenig Gras über die Sache wachsen zu lassen. Dann war die Revolution ausgebrochen, und man hatte jedes Zeitgefühl verloren. Aber jetzt, dachte Paul, wäre es an der Zeit, die Sache zu bereinigen. Schließlich war es kein Weltuntergang. Ahlams

Geburtstag wäre der ideale Moment, sie um Verzeihung zu bitten.

Aber was sollte er ihr schenken?

Paul trat auf die Terrasse hinaus. Die Nacht war pechschwarz. Er hörte das Meer, ohne es zu sehen. Er konnte nur eine finstere Masse erahnen, direkt gegenüber, die noch kompakter war als die Nacht. Paul tastete blind nach einem der Terrassenstühle. Er hatte keine Lust, jetzt Licht anzumachen. Er setzte sich und zündete eine Zigarette an. Paul rauchte höchst selten, aber er liebte es, nachts diesen winzigen Glühpunkt zu erzeugen, den er trotz allen Bemühens nicht exakt auf die Leinwand bekam. Der warme rötliche Schein in der Dunkelheit war wie Leben in kalter Wüste, ein kleiner, heißer Planet in der Tiefe des Universums: der Hauch einer Verheißung, der zu erlöschen drohte. Man musste tief Luft holen, damit er überlebte. Nur um diesen Preis glühte er, und je mehr er glühte, umso mehr verglühte er. Aus der Fülle des Lebens stob er seinem Ende entgegen. Auch Noras Traum war verflogen wie sich kräuselnder Rauch.

Was sollte er Ahlam nur schenken?

Und wenn er sie doch nach Europa mitnähme? Er könnte ihr Paris, London, Rom, Madrid, Wien zeigen. Er könnte sie mit bedeutenden Klaviervirtuosen bekanntmachen. Vielleicht würde einer von denen sie unter seine Fittiche nehmen? Paul merkte, dass ihm dieser Gedanke missfiel. Es missfiel ihm, sich vorzustellen, dass Ahlam ihm entgleiten, ein anderer Mann ihre Zukunft in die Hand nehmen könnte. Außerdem würde Ahlam das sowieso nicht wollen. Seit dem Ausbruch der Revolution war sie eine andere geworden. Eine engagierte, von ihrer Mission beseelte junge Frau, die die Revolution in vollen Zügen aufsog und wirklich gar nichts ausließ. Paul beneidete sie um ihre Lebensenergie, ihr pulsierendes Verlangen, die Welt zu verändern. Sein ganzes Leben hatte sich immer nur um die Kunst gedreht, war um einen einzigen Pol rotiert, dem er sich letztlich nie genähert hatte. Warum nur interessierte die Welt ihn nicht? Und warum bewunderte er Ahlams Engagement, während er selbst sich unfähig fühlte, sich für eine Sache, und sei sie noch so gerecht, zu engagieren? Lag es daran, dass sie erst achtzehn war und er siebenunddreißig? Nein, Paul war schon immer so gewesen, politisch desinteressiert, gleichgültig gegenüber dem Auf und Ab einer Welt, die von ihm aus ruhig untergehen konnte, wenn man ihn nur malen ließ. Wäre er im Zweiten Weltkrieg zwanzig gewesen, er wäre weder Widerstandskämpfer noch Kollaborateur geworden. Er hätte gemalt, und basta. Dennoch bekam auch er die Folgen des menschlichen Wahns zu spüren. Der hatte ihm erst Issam genommen, und nun drohte Ahlam im Strudel zu verschwinden. Die Lust, aktiv am Rad der Geschichte zu drehen, war eben stärker als die zeitlose, statische Lust an der Musik.

Was sollte er ihr nun also schenken?

Pauls Zigarette war erloschen. Glühte nicht mehr in der Nacht. Zum ersten Mal machte Paul sich klar, was für ein unglaublicher Egoist er doch war. Von seinem Projekt verblendet, hatte er Issam und Ahlam an seine Kunst gekettet, hatte sie glauben lassen, dass alles andere bedeutungslos sei. Sie waren noch Kinder, als er beschlossen hatte, ihr Leben auf eine Palette und eine Partitur zu reduzieren. Vor der Welt hatte er sie bewahren wollen, weil er selbst so gelebt hatte. Und nun warfen sie sich dieser Welt so ungestüm in die Arme. Paul dachte zurück. Wie viele Stunden hatten Ahlam und Issam täglich eingeschlossen im Haus am Meer verbracht, während die anderen Kinder im Freien herumtobten und spielten? Wie oft hatten sie unter seiner Knute mit ihren Fingerübungen immer wieder von vorn angefangen? Vor der Schule, nach der Schule, an den Feiertagen und in den Ferien. Paul hatte sie eines normalen Lebens beraubt: Er war der Ben Ali der Farben und Klänge. Er hatte ihnen ihre Kindheit gestohlen. Und das Schlimmste war, er hatte es weder für sie noch für Nora getan. Es war zwecklos, sich etwas vorzumachen. Er hatte das ganz allein für sich selbst getan. Sein Weg hatte den zweier hochbegabter Kinder gekreuzt, deren künstlerisches Talent er ausnutzen wollte. Seinen eigenen Traum hatte er verwirklichen wollen, nicht Noras Traum. Er hatte sich wie ein Trainer benommen, der plötzlich merkt, dass aus der kleinen Turnerin da vorn eine Olympionikin wird, wenn er ihr das Leben und die Freiheit raubt … und es schafft, dass sie nie größer als einen Meter vierzig wird.

Was konnte dieses Monster, zu dem er geworden war, Ahlam denn bloß schenken?

Am Abend der Geburtstagsparty lag so viel Elektrizität in der Luft, dass die Gäste wie unter Strom standen. Es war ja nicht nur ein Geburtstag, den man da feierte, sondern, so empfand es jeder von ihnen, eine neue Welt. Ahlams Freunde waren alle unter dem Regime von Ben Ali geboren. Sie hatten nie etwas anderes kennengelernt. Natürlich hatten ihre Eltern ihnen von der Ära Bourguiba erzählt, mit zurückhaltender, doch unverkennbarer Nostalgie in der Stimme, aber das Ben-Ali-Regime schien unverrückbar, unumstößlich zu sein.

Die Party begann traditionell, mit einer Tamburin- und Flötentruppe, die tunesische Folklore spielte. Später am Abend dann tanzte die Jugend zu wilden Rhythmen hemmungslos – unter dem missbilligenden Blick der Älteren, die noch geblieben waren, um den Nachwuchs zu beaufsichtigen. Am Strand war eine Tanzpiste errichtet, umgeben von üppig beladenen Buffets. Die jungen Tänzer von Kerkennah ließen Ahlam keine Atempause, während Ahlam ihnen allen den Atem raubte. Farhat saß so weit wie möglich von den Boxen entfernt. Die ganze Hektik, die moderne Musik, dieser Lärm, das war ihm zu viel. Er hätte sich etwas mehr Haltung und Zurückhaltung gewünscht. Die Jugend von heute war wirklich fürchterlich! Fatima dagegen hatte ihre Freude daran, diese entfesselte Jugend zu beobachten. Sie betrachtete all die schönen jungen Männer, die nur Augen für Ahlam in ihrem figurbetonten roten Sommerkleid hatten. Und dann betrachtete sie Paul, der mit unruhiger Miene abseits saß. Nicht ein einziges Mal hatte Paul Ahlam zum Tanzen aufgefordert, und nicht ein einziges Mal war Ahlam zu Paul hingegangen. Die zwei Verliebten behandelten einander wie Luft. Paul wirkte wie eine Statue. Reglos saß er am Rand der Tanzpiste und musterte die jungen Männer von Kerkennah, die Ahlam um die Taille fassten, sie herumwirbelten und ihr ein paar verliebte Worte ins Ohr flüsterten. Ahlam lächelte, aber sie antwortete nicht. Fatima beobachtete aufmerksam Pauls Gesicht. Sie wollte in seinem Mienenspiel lesen, jede Veränderung seiner Mimik studieren. Sah er in Ahlam noch immer das Kind, die Tochter von Nora? War ihm bewusst, zu welch einer schönen jungen Frau sie herangewachsen war? Ahnte er, dass sie ihn liebte? Wenn ja, warum rührte er sich dann nicht? Fatima fand es entzückend zu sehen, wie unentschlossen Paul war. Wäre Farhat genauso ängstlich gewesen, Nora wäre nie in sein Fischernetz gefallen. Es sei denn … Ja natürlich!, durchzuckte es Fatima, Paul wusste nicht nur nicht, was Ahlam für ihn empfand, er wusste noch nicht einmal, was er selbst für sie fühlte. Ein komischer Franzose war das! Unfähig, im verliebten Blick einer Achtzehnjährigen zu lesen. Fatima fragte sich, was Nora wohl davon gehalten hätte. Schwer zu sagen. Zärtlich schaute sie Ahlam an. Die war nach über einer Stunde pausenlosen Tanzens völlig außer Puste. Nach jedem Tanz hatte sich ein neuer Kavalier präsentiert. Aber nun war Ahlam erschöpft und musste dem nächsten Kandidaten einen Korb geben. Sie ging zu dem langen Tisch hinüber, auf dem Softdrinks in allen Farben auf die durstigen Tänzer warteten. Der Abend ging dem Ende entgegen, und Paul fasste sich ein Herz. Er näherte sich Ahlam, die endlich allein war.

«Alles Gute zum Geburtstag, Ahlam.»

Ahlam hatte Paul nicht kommen sehen. Sie fuhr zusammen, dann warf sie ihm einen verstohlenen Blick zu.

«Danke. Ich hoffe, es ist nicht zu langweilig für dich.»

«Nein, ich hab dir zugesehen. Du bist so hübsch heute Abend.»

Hübsch! Paul redete mit ihr wie ein Vater mit seiner Tochter, wenn er ihr was Nettes sagen will. Warum hatte sie in seiner Gegenwart nur das Gefühl, noch immer sieben Jahre alt zu sein?

«Ich wollte dir noch dein Geschenk geben, bevor ich nach Hause gehe. Vorhin wollte ich dich nicht stören. Du warst ständig von deinen Freunden umringt. Und dann ist mein Geschenk ja auch ein bisschen …»

«Ein bisschen wie?», fragte Ahlam, während sie den Umschlag, den Paul ihr reichte, entgegennahm.

«Na ja, eigentlich wollte ich dir ja das Klavier schenken, aber du hast nirgends den nötigen Platz dafür. Deshalb das hier!»

Ahlam warf Paul einen zugleich neugierigen und beunruhigten Blick zu. Dann öffnete sie ein wenig widerwillig den Umschlag. Es war ein offizielles Dokument. Sie begann zu lesen, aber sie verstand nicht, was das sollte. Dabei war der Titel sonnenklar. Da stand « Schenkungsurkunde».

«Was ist das?», fragte Ahlam.

«Eine Schenkungsurkunde für das Haus am Meer.»

«Für wen?»

«Na, für dich natürlich! Für wen sonst? Dann hast du einen Platz für das Klavier. Du musst nur noch zum Notar gehen, um die Schenkung anzunehmen.»

«Ja und du?», entfuhr es Ahlam völlig entgeistert.

«Ich? Ach, ich denke, ich gehe wohl nach Frankreich zurück.»

Ahlam riss die Augen auf. Dann packte sie die Wut.

«Was soll das? Machst du es jetzt wie Issam? Willst du mich auch fallenlassen? Und was wird aus unserem Projekt? Das glaub ich jetzt nicht! Das gibt's doch nicht!»

Ahlam schäumte nur so. Paul war sprachlos. Diese Reaktion war das Letzte, womit er gerechnet hätte.

«Aber ich dachte, du wolltest nicht mehr …»

«Du dachtest! Monsieur Paul Arezzo dachte! Was soll ich denn mit deinem Meerhaus anfangen, wenn du … wenn du nicht mehr … Ach, du hast ja sowieso noch nie irgendwas verstanden!»

Ahlam machte auf dem Absatz kehrt, raste über die Tanzpiste und verschwand inmitten ihrer Gäste. Paul sah die Schenkungsurkunde vor seinen Füßen liegen. Er hob sie auf und schlenderte langsam zum Haus am Meer zurück. Fatima hatte die Szene beobachtet. Sie wusste zwar nicht, was der Grund für Ahlams Wutausbruch war, aber sie würde es sicher bald erfahren. Ahlam hatte sie noch nie anlügen können.

SIEBZEHNTES KAPITEL

Das Wahlergebnis vom Oktober 2011 löste bei Ahlam blankes Entsetzen aus. Die Ennahda hatte zwar nicht die absolute Mehrheit bekommen, doch die Islamisten hatten die Wahlen gewonnen. Was hatten die Tunesier sich nur dabei gedacht, ausgerechnet die Islamisten mit der Ausarbeitung der neuen Verfassung zu betrauen, in deren Augen Frauen bloß Untermenschen sind und die Demokratie lediglich das Sprungbrett für die Scharia ist? Nach einer kurzen Phase der Niedergeschlagenheit rappelte sich Ahlam aber bald wieder auf. Mit einigen Freundinnen beschloss sie, einen Verein zur Verteidigung der Frauenrechte zu gründen, der zusammen mit anderen gleichgesinnten Vereinen jede Menge Podiumsdiskussionen und Vorträge in der Region Sfax organisieren sollte. Die Einwohner von Kerkennah verfolgten ihre Aktivitäten mit wohlwollender Belustigung. Der Imam der Altstadtmoschee von Remla nannte sie anlässlich einer Predigt einmal die «Jasminas». Der Name sollte bleiben.

In Sfax verlief die erste von den Frauenrechtlerinnen durchgeführte Konferenz recht turbulent. Ein paar Ennahda-Mitglieder und eine Handvoll Salafisten waren im Saal und buhten die Vortragenden kräftig aus. Aber immerhin kam es nicht zu Gewaltausschreitungen, obwohl Ahlam sich offen über die Qamis-Gewänder und die Gesichtsschleier mokierte, die jetzt, nachdem Ben Ali verschwunden war, wieder im

Straßenbild auftauchten. Doch von Woche zu Woche wurde es schwieriger für den Verein, Räume zu bekommen. Die Ennahda hatte begonnen, ihre Parteigänger allenthalben in öffentliche Ämter zu hieven und an der Spitze der wichtigsten Verwaltungen und Institutionen zu platzieren. In Remla wurden der Imam der Altstadtmoschee und der Polizeichef ausgewechselt. An der Universität Sfax, vor allem am Institut für Informatik und Multimedia, machten immer mehr Studenten aus ihren salafistischen Überzeugungen keinen Hehl mehr. Auch Ayman und seine Männer hatten Jeans und Turnschuhe gegen lange weiße Gewänder eingetauscht. Und die Vollbärte hatten zu sprießen begonnen. Auf Anregung von Ansar al-Scharia patrouillierten einige Studenten als Sittenwächter in den Straßen von Sfax. Meistens wurden Männer und Frauen in anstößiger, das heißt ihrer Ansicht nach zu kurzer Kleidung nur verbal attackiert, aber hier und da kam es auch zu tätlichen Übergriffen.

Diese Kontrollgänge der Islamisten wurden in der Regel gründlich geplant und perfekt inszeniert. Nourdine war als Kameramann ständig auf Tour. Oft wurde er von Issam oder Abdelmalik begleitet, um den Einsatz der wahren Muslime zur Wahrung von Anstand und Sitte zu dokumentieren. Issam war sehr viel härter geworden. Er wollte Aymans volles Vertrauen zurückgewinnen, der ihm mit Skepsis zu begegnen schien. Das hatte nichts mit Issams Rausschmiss aus dem Moderatorenteam zu tun, aber Ahlams Aktivismus machte ihn in den Augen des Webmasters und der Führung von Ansar al-Scharia verdächtig. Ayman hatte zwar versucht, Issam zu verteidigen. Denn der sei ja schließlich nicht verantwortlich für seine Schwester. Aber dieses Argument hatte nicht gezogen. Was sei schon von einem Bruder zu erwarten, der nicht einmal in der Lage ist, dem göttlichen Gesetz in der eigenen Familie Respekt zu verschaffen? Issam litt entsetzlich unter dieser Situation und war sauer auf Ahlam. Er überlegte, wie er sich im Kreise der Seinen entlasten konnte, und verfiel auf den Gedanken, sich im Außendienst zu beweisen, aber nicht mehr mit Mikrophon, Computer und Kamera, sondern vermummt und mit dem Schlagstock in der Hand. Ayman war anfangs wenig begeistert. Er fand, das sei weit unter Issams Niveau. Die «Sicherheitskomitees», wie Ansar al-Scharia diese Trupps nannte, seien Sammelbecken für Gauner, die ihren Frust abreagieren und ihre Allmachtsphantasien ausleben wollten. Dennoch gab er schließlich nach, als ihm klar wurde, dass bei solchen Haudrauf-Aktionen durchaus interessante Bilder für ihre Webseite abfallen könnten. Nourdine war angesichts der Vorstellung, mit Issam zusammen auf Tour zu gehen, völlig aus dem Häuschen.

Also nahm Issam kaltblütig und höchst überzeugend an mehreren nächtlichen Expeditionen teil. Schon bald hatte er eine stolze Bilanz von zwei Bars und einem Nachtclub vorzuweisen, alle komplett verwüstet. Und Nourdines Kamera hatte akribisch eingefangen, wie Issam mit vermummtem Gesicht Alkoholflaschen, Tische, Stühle und Lautsprecherboxen zerschlug und dabei donnernd *Allahu akbar* brüllte.

Zu Beginn des Jahres 2012 wurde Nourdine mit einer ungewöhnlichen Mission betraut, die nicht gefilmt werden sollte. Es ging darum, einen Professor der Universität Sfax zu bestrafen, der eine seiner Studentinnen genötigt hatte, im Unterricht den Niqab, ihren Gesichtsschleier, abzulegen. Zwar war in Tunesien das Tragen des Niqab ohnehin gesetzlich verboten, aber es kam immer wieder vor, dass Studentinnen sich, sei es aus Provokation oder strategischen Gründen, in voller Verschleierung an der Uni zeigten.

Zwei Tage lang observierte Issam den Professor. Er schien nicht sonderlich auf der Hut zu sein. Dienstagabends endete seine letzte Vorlesung später als an den anderen Tagen, so gegen neunzehn Uhr. Er verließ den Campus stets im Auto, wohnte in einer sehr belebten Straße, und dann befand sich im Erdgeschoss seines Hauses auch noch ein Lebensmittelladen. Der Nachhauseweg dagegen war rund drei Kilometer lang, und die ersten beiden Straßen nach Verlassen des Campus waren finster und wie ausgestorben. Der Plan lag auf der Hand.

Am folgenden Dienstag wartete Issam, bis es dunkel war. Der Campus-Parkplatz war so gut wie leer. Issam brauchte keine zehn Sekunden, um die vier Reifen am Pkw des Professors zu zerstechen. Dann verließ er gemächlich den Campus, an dessen Ausgang schon zwei Brüder auf ihn warteten. Die drei Männer bezogen auf der für den Überfall auserkorenen Straße Stellung, Issam zu Beginn einer von der Straße abzweigenden Gasse, seine beiden Komplizen jeweils am Anfang und Ende der Straße. Während er wartete, stellte Issam sich das Gesicht des Professors vor, wenn der seine vier kaputten Reifen entdeckte. Er dürfte sicherlich einen Moment zögern, bevor er beschlösse, zu Fuß heimzugehen. Hinter der Abzweigung versteckt, lugte Issam verstohlen um die Ecke. Keine sechzig Meter entfernt erblickte er die Gestalt des Professors.

Doch der war nicht allein. Ein Student begleitete ihn. Issam hatte schon beschlossen, die Operation zu vertagen, als er sah, dass der am Anfang der Straße postierte Bruder den beiden folgte. Das war absurd. Einer der beiden müsste sich nur umdrehen, um ihn zu entdecken, wie er da vermummt mit seinem dicken Knüppel hinter ihnen hermarschierte. Und es würde zwangsläufig so kommen, denn Issam konnte in der Stille der Nacht schon jetzt den schnellen, entschlossenen Schritt seines Komplizen hören. Der Professor hörte ihn auch, wandte sich um und rief seinem Begleiter zu, er solle bloß um sein Leben laufen. Beide Männer, vom dritten vor sich hergetrieben, begannen zu rennen. Der Professor, der zwei, drei Meter vor dem Studenten herlief, war binnen zwei Sekunden auf der Höhe von Issam. Der sprang aus seiner Gasse hervor und traf ihn mit dem Knüppel mitten ins Gesicht. Durch die Wucht des Hiebs, verstärkt durch das Fluchttempo, prallte der Professor zurück und stürzte auf den Hinterkopf. Der Student war weitergelaufen. Issam sah ihm hinterher. Macht keinen Sinn, ihn zu verfolgen, dachte Issam. Sie waren ja nur wegen des Professors hier. Aber der Bruder, der am Ende der Straße lauerte, stoppte den Lauf des jungen Mannes jäh. Issam hörte ein grausiges Geräusch, wie von zermalmten Knochen, als wäre da eine Schädeldecke in tausend Teile zersprungen.

Am nächsten Tag beherrschte der Tod von Nabil, einem zwanzigjährigen Jurastudenten, die Schlagzeilen. Der Professor lag mit Nasenbeinfraktur und einem Gesichtstrauma im Krankenhaus, aber er schwebte nicht in Lebensgefahr. Die Vorsitzenden der größten laizistischen Parteien bezichtigten sogleich die Ennahda, an dieser Tragödie schuld zu sein, zumindest indirekt, wegen des Doppelspiels, das sie betrieb, und ihrer Unterstützung für die Salafisten. Issam war fix und fertig. Er rechnete stündlich mit seinem Ausschluss aus der Organisation. Doch nichts passierte. Denn letztlich hatte man mit der Ennahda ja einen Schuldigen gefunden, und das war den Anführern von Ansar al-Scharia gerade recht, die der allzu versöhnliche Kurs von Rachid Ghannouchi zunehmend verärgerte. Weit davon entfernt, den Vorfall herunterzuspielen, wollte *Al Qayrawan Media Foundation* ihn medial ausschlachten und auf die Mitverantwortung der Ennahda pochen. Mit seiner Politik der kleinen Schritte und seinem dauernden Zögern schüre Ghannouchi die Ungeduld der Muslime, die ihn an die Macht gebracht hatten, damit er eine auf der Scharia gründende Verfassung etabliere. Ghannouchi müsse diese Tragödie als Warnung auffassen. Wenn er Tunesien nicht schleunigst auf den Weg der Sunna führe, würden die Ausschreitungen zunehmen.

Am folgenden Freitag nach dem ersten Morgengebet rief Ayman Issam und Abdelmalik zu sich.

«Wir ziehen um. Ihr habt zwei Stunden, eure Koffer zu packen.»

«Aber wohin denn?», erkundigte sich Issam.

«An den westlichen Stadtrand. Wir werden ein großes Anwesen beziehen. Nourdine und Khaled sind schon da. Mehr weiß ich auch nicht, nur dass es ein Befehl ist. Ein Wagen wird uns abholen und hinbringen.»

«Heißt das, dass wir zu studieren aufhören?», fragte Abdelmalik.

«Ja. Wir haben ja sowieso sämtliche Seminare verpasst.»

Wie angekündigt wartete am Ausgang des Campus ein Wagen auf sie. Ein brandneuer Mercedes-Benz der G-Klasse.

«Wow! Die halten uns wohl für Saudis!», staunte Issam, der einmal rund um das Fahrzeug lief. «Das nenn ich ein Auto!»

«Und dabei hast du noch nicht mal das Innenleben gesehen!», rief Abdelmalik, der schon auf dem Rücksitz saß. «Sogar einen kleinen Kühlschrank gibt es hier.»

Issam und Abdelmalik waren über die Maßen erregt. Ayman sagte kein Wort. Er machte sich Sorgen. Er spürte, dass große Veränderungen auf sie zukämen.

Nach einer Stunde Fahrt gelangten sie zu einem Anwesen, das von einer mindestens zwei Meter hohen Mauer umgeben war. Beidseits der Toreinfahrt standen mehrere Wachmänner mit der Kalaschnikow im Anschlag, die die Insassen aus dem Fahrzeug holten. Dann wurde der Mercedes gründlich durchsucht, sogar mit Metalldetektor, und selbst das Chassis wurde von unten inspiziert. Ayman, Abdelmalik und Issam wurden gefilzt. Nur den Chauffeur ließ man in Ruhe. Danach durften alle wieder einsteigen. Das Tor öffnete sich, und sie rollten langsam auf ein großes Betongebäude zu, das mehr einem Bunker ähnelte als einem Ferienhaus.

Das Innere jedoch war ziemlich luxuriös. Sie gelangten in einen riesigen Salon, in dem drei Männer auf einem weißen Ledersofa saßen. Als sie eintraten, standen die drei auf. Issam erkannte sofort Nourdine und Khaled. Nourdine entblößte lächelnd sein spärliches Gebiss. Ayman ging auf den dritten Mann zu. Sie umarmten einander. Dann wandte der Fremde sich an Issam.

«Na, Künstler, erkennst du mich nicht wieder?»

Issam konzentrierte sich. Das Gesicht war ihm nicht völlig fremd.

«Du weißt echt nicht, wer ich bin? Ich bin's, der Saber!»

Issam hatte nicht eine Sekunde an Saber gedacht. In seiner Erinnerung war Nourdines Bruder lang und dünn, und nun stand da vor ihm ein wahrer Koloss, eine Muskelmasse von mindestens einhundert Kilo. Nur Sabers rundes Gesicht wirkte jetzt irgendwie länger. Das lag wohl am langen schwarzen Vollbart, der von weißen Stipperchen übersät war. Die Mütze, die Saber trug, betonte noch seine Ähnlichkeit mit einem gewaltigen Baumstamm.

Mit einer Handbewegung lud Saber seine Gäste ein, auf einem der vier Sofas, die ein exaktes Viereck bildeten, Platz zu nehmen. Der Tee wurde in erlesenem Geschirr serviert. Der Kontrast zwischen Sabers Outfit und dem Porzellanservice war beeindruckend. Saber trug einen beige-grünen Kampfanzug und eine Gefechtsweste, die vermutlich schon Bekanntschaft mit den Gebirgszügen im Nordjemen und dem Sand von Hadramaut gemacht hatte. Am Anfang kreiste das Gespräch um alles und nichts, die Erinnerungen an Kerkennah, die Neuigkeiten von der Familie und den Freunden, die Lage in Tunesien. Dann erzählte Saber in großen Zügen seinen Werdegang bis zum Tod von al-Awlaki im September 2011. Mittendrin unterbrach er sich plötzlich und lud seine Gäste ein, das Mittagsgebet zu verrichten. Er zeigte ihnen ein Bad, in dem sie ihre rituellen Waschungen ausführen konnten, und einen großen Teppich.

Nach dem Gebet ergriff Saber in feierlichem Tonfall erneut das Wort. Jetzt war es nicht mehr der alte Freund aus Kerkennah, der hier sprach, sondern der Kriegschef.

«Ihr werdet hier einziehen. Das Gebäude ist rundum gesichert, und wir werden hier zusammen wohnen. In Tunesien wird es langsam ernst, und ich habe beschlossen, dass ihr alle Mitglieder meiner *katiba* werdet.»

Issam versuchte, Aymans Blick aufzufangen, aber der schaute unverwandt Saber an. Es war Abdelmalek, der als Erster sprach, er, der sonst nie den Mund aufmachte.

«Ich gehorche nur Ayman. Ich gehöre zu Aymans *katiba.*»

«Aber Ayman hat gar keine eigene *katiba.* Er ist kein Emir», antwortete Saber lächelnd.

«Was sind wir denn dann?», wollte Abdelmalik wissen.

«Eine kleine Gruppe von Brüdern, die sich bisher im kleinen Rahmen nützlich gemacht hat. Ab sofort dient ihr unter meinem Befehl und werdet Vollgas geben.»

Issam und Abdelmalik warteten, dass Ayman etwas sagen würde, aber der schwieg nach wie vor. Saber verstand, was in ihren Köpfen vor sich ging. Er zog ein Blatt Papier hervor und reichte es Issam.

«Was ist das?»

«Der Text der *baya,* den jeder von euch laut vorlesen wird.»

«Du willst, dass wir dir den Treueeid leisten?»

Abdelmalik wurde immer nervöser. Er bettelte um einen Blick von Ayman, irgendetwas, an das er sich klammern konnte.

«Ich schwöre nur Ayman den Treueeid. Ihn kenne ich, dich nicht.»

Sabers Blick verfinsterte sich. Abdelmalik ging ihm langsam auf die Nerven. Dann aber entspannten sich seine Züge.

«Ich verstehe. Das ist normal. Ich komme hier einfach so an und verlange von euch den Treueeid. Ich hätte mich erst einmal vorstellen sollen. Im Irak und im Jemen kennt man mich unter dem Namen Abou Bakr al-Tounsi. Ich war schon immer euer Anführer, ihr wusstet es nur nicht. Los, Ayman, erklär es ihnen.»

Ayman wandte sich an Issam und Abdelmalik.

«Saber hat recht. Khaled und ich haben Saber schon vor sehr langer Zeit den Treueeid geschworen. Er ist unser Emir, und ich bitte euch, schwört ihm jetzt auch den Treueeid.»

Issam antwortete nichts. Die Sache war klar. Er fing an, laut die *baya* zu verlesen, und schaute dabei Saber an.

«Ich schwöre, Abou Bakr al-Tounsi treu zu dienen im Leichten wie im Schwierigen, im Hören wie im Gehorchen und selbst dann, wenn es mich an Leib und Leben hart träfe, und nicht gegen seine Weisungen zu verstoßen, es sei denn, mir läge der Beweis für seine Ungläubigkeit vor.»

Danach waren Abdelmalik und Nourdine an der Reihe.

Daraufhin wurde eine üppige Mahlzeit serviert. Abou Bakr wollte, dass seine Männer es sich gutgehen ließen und sich entspannten. Gute Laune machte sich breit. Dann wurde es Zeit für die erste Arbeitssitzung. Abou Bakr eröffnete seine Rede mit einem Lagebericht.

«Unsere *katiba* besteht jetzt aus zehn Brüdern. Das ist nicht viel, aber wir können nötigenfalls andere Brüder um Unterstützung bitten. Wir werden uns bei unseren Aktionen auf zwei Bereiche konzentrieren: auf die *tawaghit*-Politik*, die die Einführung einer profanen Demokratie anstrebt, und auf Künstler, die die Sunna nicht respektieren und die heili-

* Plural von *taghût*. Hier auf all jene bezogen, die ein nichtislamisches, säkulares Regime errichten wollen

gen Werte verletzen. Es versteht sich von selbst, dass ich bei diesem zweiten Punkt an dich gedacht habe, Issam. Das ist deine Chance, Vergebung für die Irrtümer deiner Kindheit zu erlangen. Du kannst gleich damit anfangen, dir Gedanken über unser erstes Ziel zu machen, den *Printemps des Arts.* Eigentlich könnt ihr alle schon mal darüber nachdenken.»

Issam machte sich an die Arbeit. Die Kunstmesse würde Anfang Juni im altehrwürdigen Palais Abdelliya in La Marsa, im Norden von Tunis, stattfinden. Er hätte keine Zeit zu verlieren. Er recherchierte ausgiebig im Internet über einige der Werke, die dort gezeigt werden sollten. Es war nicht eines darunter, das blasphemische Züge trug. Dagegen waren mehrere Werke figurativ, und manche hatten karikaturistische Züge, wie etwa ein Gemälde, das einen Bärtigen mit finsterem Blick darstellte, oder Büsten gesteinigter Frauen. Manche Werke waren indezent. Sie zeigten teilweise entblößte Frauenkörper. Insgesamt jedoch war keines der Werke dazu angetan, das muslimische Herz hinreichend zu entflammen. Issam trug der Gruppe die Ergebnisse seiner Analyse vor. Seiner Ansicht nach gab es nicht die mindeste Chance auf eine spontane Protestbewegung seitens der Umma gegen diese Ausstellung. Es sei jedoch wichtig, dass die Ablehnung gottloser Kunst von der Basis ausgehe, nicht von einer gesteuerten Kommando-Operation, bei der die Künstler am Ende als bedauernswerte Opfer eines Terroranschlags dastünden.

Saber war tief beeindruckt von Issams Analyse. Er hatte alles verstanden. In der Tat müssten die Reaktionen von den Brüdern ausgehen und völlig spontan aussehen. Ziel ihrer Aktion war es ja nicht nur, Druck auf die Künstler auszuüben, sondern zu zeigen, dass die Bevölkerung gezwungen war, die

Säuberungsaktionen selbst durchzuführen, die die Ennahda aus Feigheit und politischem Kalkül nicht zu unternehmen wagte. Die Message musste eindeutig sein: die Tunesier gehen auf die Straße, um der Scharia von sich aus den nötigen Respekt zu verschaffen – weil Ghannouchi es nicht tut. Freilich musste man erst einmal Mittel und Wege finden, um diesen Prozess in Gang zu setzen. Nourdine war es, der die Lösung fand.

«Das ist wie mit den Videos!»

«Wie meinst du das?», fragte Saber.

«Jedes Video ist nur so gut wie die Bildmontage. Lasst uns hier einfach dasselbe machen.»

«Und wie?»

«Wir nehmen unsere Webseite und die sozialen Netzwerke, um dort die gotteslästerlichen Werke, die in La Marsa ausgestellt sind, anzuprangern. Wir nennen ein paar Kunstwerke, die dort wirklich ausgestellt sind, und heben ihren blasphemischen oder pornographischen Charakter hervor, aber wir packen noch ein paar andere Bilder dazu, die echten Zündstoff bieten.»

«Ausgezeichnet», lobte Saber. «Hast du schon eine genauere Vorstellung?»

«Na, das ist Issams Job. Er ist der Künstler. Er wird schon was Passendes finden.»

Issams künstlerische Bildung reichte aus, um zu wissen, wo er suchen musste. Im Nu hatte er etwas Geeignetes gefunden: ein im Senegal ausgestelltes Gemälde, das den Propheten darstellte, wie er auf einem geflügelten Pferd über der Kaaba schwebte. Die Inspiration, einen dazu passenden Text zu verfassen, kam wie von selbst:

Man könnte meinen, dass den Möchtegern-Künstlern der schicken Vororte von Tunis jegliche Gottesfurcht abhandengekommen ist. Allein der obszöne Charakter ihrer Werke hätte schon die Peitsche verdient, auch ohne die unerträgliche Blasphemie, die damit einhergeht. Haben die Veranstalter des Printemps des arts *sich doch tatsächlich erdreistet, direkt neben einem Bild, das eine Menge bärtiger Zwerge hinter einer nackten Frau, deren Geschlecht nur von einer Schüssel Couscous bedeckt ist, zeigt, ein Gemälde zu platzieren, auf dem der Gesandte Gottes –* sallallâhou alayhi wa sallam *– auf seiner geflügelten Stute gen Himmel entschwebt. Der bloße Gedanke, dass das absolut Heilige im pornographischen Kontext erscheint, lässt mich vor Wut erbeben. Wo sind die Brüder, die unseren Propheten rächen und diesen* Frühling der Kunst *in eine ewige Eiszeit für Gotteslästerer verwandeln, während die Ennahda wie üblich tatenlos zusieht?*

Issams Vorhaben wurde von Saber abgesegnet. Auch das Timing wäre wichtig. Man durfte nicht zu früh an die Öffentlichkeit gehen, damit den Veranstaltern keine Zeit bliebe, die Wahrheit ans Licht zu bringen. Saber beschloss, die Bombe am letzten Tag der Ausstellung hochgehen zu lassen. Die Dinge mussten im großen Stil geschehen. Neben dem Internet musste Tunesien auch noch mit SMS-Botschaften und Twitternachrichten überschwemmt werden.

Die Operation wurde ein voller Erfolg, der die kühnsten Hoffnungen Sabers noch übertraf. Junge Salafisten verwüsteten die Ausstellung, zerschlugen Skulpturen, zerfetzten Gemälde, und das war längst nicht alles. Die ausstellenden Künstler erhielten Morddrohungen per Telefon, per SMS, in den sozialen Netzwerken. In mehreren Städten kam es zu

Tumulten. Die aufgestachelte Masse forderte die Hinrichtung der Veranstalter und der ausstellenden Künstler. Angesichts des Ausmaßes an öffentlicher Entrüstung beschloss die Ennahda, sich der Bewegung anzuschließen. Der Minister für religiöse Angelegenheiten griff die Künstler offen an, die, so der Politiker, heiligste Werte verhöhnten. Der Kulturminister erstattete Anzeige gegen die Organisatoren der Ausstellung, während ein Prediger der renommierten Zitouna-Moschee mehr oder weniger klar dazu aufrief, den Gotteslästerern die Kehle durchzuschneiden. Allenthalben zirkulierten Todeslisten mit den Namen der zu Exekutierenden.

Diese ruhmreiche Aktion hätte die Gruppe und ihren Emir eigentlich zusammenschweißen sollen, aber unter Saber herrschte ständig dicke Luft. Während Ayman seine Leute mit sanfter Hand und freundlicher Zuwendung motivierte, machte Saber sich einen Spaß daraus, sie runterzumachen und zu erniedrigen. Ayman hielt sich die meiste Zeit im Hintergrund, und Saber ignorierte ihn auch weitgehend. Er hatte sich Abdelmalik zum Prügelknaben auserkoren. Vielleicht ganz unbewusst, weil Abdelmalik Ayman verehrte und Saber diese Verehrung ärgerte? Wie auch immer, Fakt war jedenfalls, dass es Anschuldigungen und undankbare Aufgaben auf Abdelmalik nur so hagelte. Niemand traute sich dazwischenzugehen. In Sabers Blick lag eine Schwärze, die nicht nur von der Farbe seiner Iris oder seiner langen Wimpern herrührte. Jenes Schwarz war weniger das Fehlen jeglicher Farbe, jeglichen Lichts, sondern es war wie ein Abgrund, in den man stürzte. Es war das Schwarz eines Brunnenschachts, und doch war es kein absolutes Schwarz. Ein Licht tanzte am Grunde der Pupille wie ein Irrlicht in der

Nacht, ein aufblitzender Wahn. Saber wechselte jäh von Kalt zu Heiß, von Anspannung zu Beruhigung, von unterdrückter Gewalt zu aufgesetzter Sanftmut. Phasen intensiver Erregung schlugen um in Phasen tiefster Niedergeschlagenheit. Die Erregungsphasen waren durch einen Schwall ineinander verknäuelter Worte gekennzeichnet, durch ausladende, abrupte Gesten, durch ein Gesicht, dessen Mienenspiel launenhaft wie der Himmel über Schottland war, und durch eine seltene Lebhaftigkeit des Geistes, als ob sein Gehirn und in der Folge sein ganzer Organismus, Nerven, Muskeln und Blut, jäh verrückt spielten und wie im Zeitraffer funktionierten. In diesen Momenten redete er, erhob sich, lief hin und her, setzte sich, sprang sofort wieder auf und durchmaß erneut mit langen Schritten den Raum. Dann folgte eine Phase der Niedergeschlagenheit, furchtbar, unvorhersehbar, als wäre der Motor jäh abgewürgt, der Wirbelsturm von einem Schwarzen Loch verschluckt. Saber setzte sich hin, um gar nicht mehr aufzustehen, wie ein verwundeter Löwe. Wenn er sich überhaupt noch rührte, dann mit schwerfälligen, steifen, schmerzhaften Bewegungen. Er nahm den Kopf in beide Hände, fuhr sich mit den Fingern durchs Haar, sprach sehr leise oder versank in tiefem reglosem Schweigen.

Abdelmalik war zu subalternen Diensten verdonnert, Küche, Haushalt, Botenjunge für belanglose Nachrichten. Deshalb war Sabers Entschluss, ihm die Hinrichtung von Mohamed Sadri, dem Direktor eines Theaters in Tunis, zu übertragen, für die Gruppe eine große Überraschung. Der Theaterdirektor hatte ein Stück auf die Bühne gebracht, in dem die Salafisten als religiöse Heuchler dargestellt wurden, machtgierig und sexbesessen. Das Stück hieß in Anspielung an Molière *Les Tartuffe de la Zitouna* (Die Tartüffs von der Zitouna), und eine Szene darin hatte den Zorn der beiden Führungsriegen von Ennahda und Ansar al-Scharia heraufbeschworen. Eine junge, von Kopf bis Fuß verhüllte Frau, die den Fundamentalismus in puncto Kleidung bis auf ihre schwarzbehandschuhten Fingerspitzen trieb, lauschte der Moralpredigt eines Geistlichen, der so lange auf sie einredete, bis sie einwilligte, sich ihm hinzugeben. Sie hob ihren langen schwarzen Umhang an, setzte sich rittlings auf den Geistlichen und simulierte Geschlechtsverkehr. Das Regime hatte das Theater sofort schließen lassen und gegen Direktor und Schauspieler einen Strafverfolgungsantrag wegen Störung der öffentlichen Ordnung und Verunglimpfung der Religion gestellt.

Den Salafisten reichte das aber nicht.

Die Operation wurde sorgsam vorbereitet. Saber beschloss, sie persönlich zu überwachen. Während Khaled am Steuer blieb, sollte Nourdine filmen, und Abdelmalik hätte die Ehre, den Gotteslästerer umzubringen. Die Observation ergab, dass der Direktor auf der Hut war. Er wusste, wie gefährdet er war, und war nie ohne Begleitung unterwegs. Saber beschloss, trotzdem zu handeln, und teilte zum ersten Mal Waffen aus. Issam und Ayman bekamen jeder eine Kalaschnikow. Saber selbst nahm sich ebenfalls eine.

Der Angriff fand am hellen Tag statt, als Sadri gerade in Begleitung zweier Leibwächter aus dem Haus kam. Unter dem Druck der Kalaschnikows mussten die drei Männer sich zu Boden werfen. Während Ayman und Issam die beiden Leibwächter in Schach hielten, befahl Saber Sadri, aufzustehen und ein paar Schritte zu gehen. Mit einem heftigen

Schlag seines Gewehrkolbens zwang er ihn dann in die Knie. Nourdine filmte in Großaufnahme die Todesangst im Gesicht des Direktors. Dann gab Saber Abdelmalik ein Zeichen. Jetzt galt es, keine Zeit zu verlieren. Abdelmalik tat ein paar Schritte nach vorn, zitternd wie Espenlaub. Seine Beine wollten ihn kaum tragen. Und als er endlich hinter Sadri stand, war er wie gelähmt.

«Was tust du denn?», brüllte Saber.

Abdelmalik fuhr zusammen, zückte sein Messer, riss Sadris Kopf an den Haaren nach hinten und stieß ihm die Klinge auf Höhe der Halsschlagader in den Hals. Aber er hielt sein Opfer nicht fest genug, das wild zu zappeln begann, während Blutfontänen aus seinem Hals spritzten. Am Ende lag der Direktor bäuchlings am Boden. Er bewegte sich immer noch.

«Mach schon! Bring's zu Ende!», brüllte Saber.

Aber Abdelmalik war dazu nicht in der Lage. Er versuchte vergeblich, sein Opfer auf den Rücken zu drehen. Er hatte überall Blut kleben, sogar an den Augen, und verfiel in Panik. Saber stürzte sich auf Abdelmalik, nahm ihm das Messer aus der Hand und schob ihn vehement aus dem Blickfeld der Kamera. Dann bezog er auf Sabris Rücken Position, drückte ihm die Knie in die Lenden, packte seine Haare und riss seinen Kopf nach oben, bis er die tiefe, von Abdelmalik verursachte Schnittwunde sah. Mit brutaler Gewalt stieß er dort seine Klinge hinein, säbelte zwei-, dreimal hin und her, bis es ihm gelang, einen Nackenwirbel zu durchtrennen. Er schnipselte die letzten Fleischfetzen ab, dann drehte er sich zur Kamera um und schwenkte den abgetrennten Kopf, während er lautstark *«Allahu akbar!»* skandierte. Er ließ den Kopf über den Boden rollen, bis in den Straßengraben, und gab das Signal zum Aufbruch.

Im Wagen sagte Saber kein Wort. Abdelmalik weinte und wiederholte pausenlos, wie leid es ihm täte, und dass er sich entschuldige, aber er hätte es einfach nicht über sich gebracht. Ayman versuchte ihn zu beruhigen. Und Issam stand unter Schock, nach dem, was er da hatte mitansehen müssen.

Nach der Ankunft in ihrem Hauptquartier befahl Saber Abdelmalik, sich gründlich waschen zu gehen, und setzte für eine Stunde später das Debriefing an.

Jeder rechnete mit dem Schlimmsten. Saber ergriff das Wort und wandte sich an Abdelmalik.

«Du bist schuld, dass das Video nicht zu gebrauchen ist. Wir können keinen Film ins Netz stellen, der den Dilettantismus und das Zaudern eines Mudschahid zeigt.»

«Ich hab es ja versucht, Saber, ich hab's versucht.»

«Ja, aber du bist gescheitert, und unsere Mission ist ein Fiasko, selbst wenn der Ketzer für sein Verbrechen bezahlt hat. Ich habe dir vertraut, als ich dich mit dieser delikaten Mission beauftragt habe.»

«Sagen wir lieber, du hast sie ihm übertragen, obwohl du ganz genau wusstest, dass er scheitern würde», wandte Ayman ein.

Auf Aymans Worte folgte tiefe Stille. Zum ersten Mal bot er Saber offen die Stirn.

«Du hättest diese Mission jedem von uns übertragen können, aber du hast den Schwächsten ausgewählt, den, den du seit Wochen schon nur zur Hausarbeit verdonnerst. In Wahrheit wolltest du doch nur, dass er scheitert und seine Schwäche offen zutage tritt. Und wie geht es jetzt weiter, Saber? Du wirst ihn aus der Gruppe ausschließen, richtig?»

Saber hatte es mit einer regelrechten Rebellion zu tun. Am liebsten hätte er Ayman auf der Stelle getötet, aber er hielt sich zurück. Er spürte die fragenden Blicke der anderen Gruppenmitglieder. Sogar Khaled schien ihn zu missbilligen. Er fand eine Lösung.

«Aber Ayman, mein Bruder, wie kannst du nur so von mir denken? Klar schien mir Abdelmalik immer der Hasenfuß in der Gruppe zu sein. Deshalb wollte ich ihn ja abhärten. Der Dschihad braucht couragierte Mudschaheddins, keine, die davor zurückschrecken, das Blut der Ungläubigen zu vergießen. Aber deshalb schließe ich ihn doch nicht von der Gruppe aus. Ganz im Gegenteil, ich werde ihn mit neuen Missionen betrauen, damit ein echter Mudschahid aus ihm wird. Aber jetzt soll er erst einmal nach Syrien gehen, in den Kampf gehen Assad. Es ist eine große Ehre, im Bilad asch-Scham kämpfen zu dürfen. Wenn er zurückkommt aus dem Dschihad, ist er gestärkt und kann der Gruppe nützlich sein. Und wenn er nicht zurückkommt, dann ist er ein echter *shahid* geworden.»

Abdelmalik warf einen entsetzten Blick in Richtung Ayman.

«Ich kann das nicht. Ich will Ayman nicht verlassen!»

«Jetzt hör mit dem Gejammer auf!», herrschte Saber ihn an. «Du bist keine Frau, und Ayman ist nicht dein Ehemann! Pack deine Sachen. Das ist ein Befehl. Du brichst morgen früh auf.»

ACHTZEHNTES KAPITEL

Die Verfassunggebende Versammlung setzte ihre Arbeit sukzessive fort. Am 1. August, zu einer Zeit, da viele Tunesier in Urlaub waren, wagte die Ennahda sich daran, den Salafisten ein Zeichen guten Willens zu geben: Die Regierungspartei präsentierte ihren Entwurf für Artikel 28 der künftigen Verfassung, in dem die Frau die «Ergänzung des Mannes» sei. Das Prinzip der Gleichberechtigung der Geschlechter, das am 13. August 1956 von Staatspräsident Bourguiba im Personenstandsrecht festgeschrieben wurde, verschwand.

Die Reaktion ließ nicht lange auf sich warten. Die Zivilgesellschaft organisierte sich in Rekordzeit. Die laizistischen Parteien, die Gewerkschaften und Verbände planten eine Kundgebung, die nur am 13. August stattfinden konnte, dem Jahrestag von Bourguibas fortschrittlichem Personenstandsgesetz, an dem Tunesien den «Tag der Frau» beging.

Ahlam war mit großem Engagement dabei. Zusammen mit den Mitgliedern ihres Vereins und mehreren anderen Verbänden stellte sie Plakate, Spruchbänder und Aufkleber her. Sie sammelte Spendengelder, die die Transportkosten der Demonstranten nach Tunis abdeckten. Sie war in ständigem Kontakt mit den Veranstaltern und fand freiwillige Helfer für den Ordnungsdienst. Denn die Kundgebung würde unter hohem Risiko stattfinden. Es gab Gerüchte, dass die Ennahda eine Gegendemonstration verschleierter Frauen plane, und falls es zu Provokationen von Seiten der Salafisten käme, wäre nicht mit einem Einschreiten der Polizei zu rechnen. Ahlam pendelte täglich zwischen Kerkennah und Sfax hin und her. Die Treffen des Koordinationskomitees fanden in Sfax statt, und sie wollte keinen der Termine versäumen.

Am 10. August kam sie abends nicht nach Hause. Die drei Freundinnen, die sie am Hafen treffen sollte, um mit ihnen die letzte Fähre für die Inseln zu nehmen, warteten vergeblich auf sie. Sie waren nicht übermäßig beunruhigt, auch wenn Ahlam nicht an ihr Handy ging. Sicherlich war sie durch ein paar letzte noch zu klärende Details aufgehalten worden. Aber am nächsten Tag war Ahlam immer noch unauffindbar und auch telefonisch nicht zu erreichen.

Der Unruhe folgte die Angst. Farhat begab sich schweren Schrittes zum Haus am Meer. Jeder Schritt erinnerte ihn an jene, die er Jahre zuvor getan hatte, als er gekommen war, um Paul mitzuteilen, dass Nora im Krankenhaus liege. Und sein Freund war zur Stelle gewesen. Er hatte keine Wunder vollbracht, aber er war da gewesen, für ihn und für Nora. Im Grund seines Herzens glaubte Farhat an Pauls Allmacht. Als Paul ihm die Tür öffnete, brauchte er nur einen kurzen Moment, um den Kummer in den Augen seines Freundes zu lesen. Er nahm ihn in die Arme, und Farhat begann zu weinen. Dicke Schluchzer stiegen aus seiner Kehle auf. Paul wartete geduldig, bis Farhat so weit wäre, ihm alles zu erklären, doch in diesen zähen Minuten malte Paul sich alles Mögliche aus, und ihm wurde klamm ums Herz. Erst dachte er an Issams Tod, dann an den von Fatima. Plötzlich stand Ahlams Gesicht vor ihm. Er verscheuchte es. Nicht Ahlam. Alles, nur nicht Ahlam. Paul teilte die Ereignisse seines Lebens in zwei Kategorien ein, die erträglichen und die unerträglichen.

Farhat erzählte ihm das Unerträgliche. Und sah ihn erwartungsvoll an. Er dachte, sein Freund würde beruhigende Worte finden, aber Paul hatte keine Worte. Er war nur stummes Entsetzen.

«Was sollen wir tun, Paul? Was können wir tun?»

Paul hatte keine Idee. Er war innerlich leer. Was konnte man in diesem konfusen, richtungslosen Tunesien denn schon tun? An wen sich wenden? Sie mussten handeln, nur das konnte ihnen ein Gefühl der Erleichterung verschaffen. Irgendetwas tun. Etwas unternehmen. Nur was?

Farhat und Paul nahmen die Elf-Uhr-Fähre. Der diensthabende Kommissar im Polizeirevier von Sfax hörte ihnen zerstreut zu. Er war neu im Amt, von der Ennahda eingesetzt, und hatte für Frauen wie Ahlam, diese tunesischen Suffragetten, wie er sie nannte, die bloß die europäischen Feministinnen kopierten, nichts als Verachtung übrig. Paul regte sich auf. Paul stellte Forderungen. Aber die Zeiten hatten sich geändert.

«Sie haben hier nichts zu verlangen, Monsieur Arezzo. Sie sind Ausländer und im besten Fall auf tunesischem Boden geduldet.»

«Aber ich bin Tunesier, und ich bin Ahlams Vater!», erwiderte Farhat.

«So ist es. Und wenn ich Ahlams Vater wäre, hätte ich im Leben nie zugelassen, dass meine Tochter solche Dinge tut.»

«Was für Dinge?»

Farhat spürte, wie blanker Hass in ihm hochstieg. Er

musste sich zurückhalten, um dem Polizisten nicht an die Gurgel zu gehen. Als Paul das verzerrte Gesicht seines Freundes sah, erinnerte er sich an seine eigene Wut gegenüber dem französischen Konsulatsbeamten, der ihm die Visa für Farhat und Fatima verweigert hatte. Er legte seine rechte Hand auf Farhats linke Schulter und sagte begütigend:

«Komm, wir gehen. Das bringt nichts. Wir finden eine andere Lösung.»

Paul und Farhat verließen das Kommissariat wie Automaten. Die Hitze war erdrückend. Die Straßen lagen verlassen da. Nirgends eine Menschenseele, an die man sich hätte wenden können. Tunesien kam ihnen vor wie eine sengende Wüste. Die Polizei jedenfalls wäre ihnen keine Hilfe. Und auch Ahlams Freunde waren zu nichts zu gebrauchen. Sie wussten rein gar nichts. Beim Verlassen der Versammlung habe Ahlam nur gesagt, sie hätte noch eine Verabredung. Niemand wusste, mit wem. Niemand wusste, warum.

Sie nahmen die Fähre zurück nach Kerkennah. Es war das Eingeständnis ihrer Ohnmacht. Während des Abendessens legte Fatima einen Fatalismus an den Tag, der Paul erzürnte. Sie wirkte resigniert, schien mit dem Schlimmsten zu rechnen. Peu à peu färbte ihr Pessimismus auch auf Farhat ab. Der nickte nur müde, wenn Fatima ihre *mektoubs* und *inschallahs* hervorbrachte, die noch deprimierender waren als die mangelnde Hilfsbereitschaft des Kommissars. Fast hätte Paul sich anstecken lassen von dieser lähmenden Passivität. Doch je länger er Fatima und Farhat beobachtete, desto mehr gewann sein kämpferisches Naturell wieder die Oberhand. Es war nicht seine Art zu resignieren. Er hatte bei Nora nicht resigniert und würde es auch bei Ahlam nicht tun. Es gab doch sicher irgendetwas, das er unternehmen könnte.

Ganz bestimmt, nur was?

Im schlimmsten Fall war Ahlam von den Salafisten entführt worden. Im günstigeren Fall von der Ennahda.

Paul verabschiedete sich. Er würde zwar kein Auge zubekommen, aber er musste allein sein. Es tat gut, war irgendwie tröstlich, im Halbdunkel auf der Terrasse am Meer zu sitzen. Die frische Brise klärte seine Gedanken. Er machte sich eine Zigarette an und hoffte, dass aus dem rötlichen Schein die zündende Idee entspränge, um Ahlam zu retten.

Er wusste jetzt, dass er sie liebte. Der Schmerz, den er empfand, war viel zu stark, als dass es anders sein könnte.

Auch Ahlam nahm einen Lichtschein wahr. Eine Lampe leuchtete auf einem kleinen Holztisch. Ahlam begriff, dass da ein Lichtschein war, eine Lampe und ein Tisch. Sie begriff nur das. Alles andere entzog sich ihrem Geist. Denn der schwebte über dem Bett, in dem ihr Körper ausgestreckt lag. Dieser Körper, den sie nicht bewegen konnte. Warum das so war, verstand sie nicht. Sie brachte keine Bewegung zustande, auch keinen Gedanken, sie nahm nur eben den Lichtschien auf dem Tisch wahr. Und dann gar nichts mehr. Ahlam fiel wieder zurück in einen tiefen Schlaf.

Ein paar Minuten oder Stunden später öffnete Ahlam erneut die Augen. Sie blickte angestrengt zur Decke. Ihr Geist schwebte nicht mehr dort oben, er war zu ihr zurückgekommen. Sie hatte sich nur auf diesen einen Gedanken konzentriert, die Augen zu öffnen. Sie wusste, sie musste da heraus, aus diesem Zustand endloser Betäubung, dieser Erstarrung ihres ganzen Seins. Sie konzentrierte ihre Energie, trotzdem fielen ihr die Augen schon wieder zu. Die Anstrengung war zu groß. Die Augen zu schließen, brachte ihr auf der Stelle Erleichterung.

Der dritte Versuch war von Erfolg gekrönt. Diesmal war das Licht hell, waren die Bilder klar erkennbar. Eine Form, erst verschwommen, dann immer deutlicher, zeichnete sich am Fußende ihres Bettes ab. Es war eine junge Frau, in einen tiefschwarzen Jilbab gehüllt. Sie hatte ein rundes, lächelndes Gesicht.

«Na endlich! Du hast mir Angst gemacht. Sie haben ein bisschen überdosiert, und ich dachte schon, du würdest gar nicht mehr aufwachen. Ich bin Oum Aicha und habe dir Kleider mitgebracht. Ich habe sie dir da auf den Stuhl gelegt. Ich hole dir mal was zu essen und zu trinken.»

Oum Aicha verließ den Raum mit einem aufmunternden Lächeln in Richtung Ahlam. Als sie zurückkam, hatte Ahlam sich noch immer nicht gerührt. Sie hatte zwei-, dreimal versucht sich aufzusetzen, aber es gelang ihr nicht. Oum Aicha stellte das Tablett rechts vom Bett auf einem kleinen Tisch ab.

«Hör zu, Ahlam, du musst dich bewegen. Du bist noch benebelt, aber das gibt sich, wenn du etwas isst. Ich helfe dir dabei.»

Oum Aicha schob ihre Arme unter die von Ahlam und richtete sie behutsam auf. Sie half ihr an die Bettkante. Sie verstand, dass Ahlam von sich aus nicht weiter käme und brachte ihr das Tablett, war ihr beim Essen und Trinken behilflich. Dann legte Ahlam sich wieder hin. Diesmal wurde sie von einem friedlichen Schlaf hinweggetragen. Als sie aufwachte, fühlte sie sich wohl. Sie war geschwächt, aber ganz klar im Kopf. Sie war wieder in der Lage, zu denken … und sich zu erinnern. Und das, woran sie sich erinnerte, gefiel ihr ganz und gar nicht. Sie stand auf, tat ein paar Schritte und sah das schwarze Gebilde vor sich auf dem Stuhl. Sie faltete den kleinen Haufen Baumwollstoff auseinander. Es waren ein Jilbab, ein Niqab und schwarze Handschuhe. Ahlam ließ die Garderobe und den Gesichtsschleier, die Oum Aicha dort für sie hingelegt hatte, wieder sinken. Sie blickte an sich herunter, betrachtete ihre wohlgeformten Beine in den enganliegenden Jeans, spürte den Stoff ihrer weißen Bluse auf der Haut. Ein Schauder überlief sie. Da war sie wieder, die Erinnerung an ihren Bruder am Strand, der wie ein Irrsinniger auf sie eingeschlagen hatte. Sie hatte die Spuren dieses Gewaltausbruchs in ihrem Herzen niemals löschen können. Die Wunde saß zu tief. Was dann gefolgt war, war letztlich nur eine Kette erwartbarer Reaktionen, die aus diesem Erstschlag resultierten. War es möglich, dass ein Mensch sich so sehr veränderte, so radikal verwandelte?

Die Tür ging auf. Oum Aicha kam zurück. Aber jetzt lächelte sie nicht mehr.

«Ich habe dir doch gesagt, dass du dich anziehen sollst. Worauf wartest du denn noch?»

Ahlam war überrascht, wie barsch Oum Aicha sie anfuhr und wie böse sie sie ansah. Sie war doch eben noch so nett gewesen. Oum Aicha merkte, dass sie Ahlam gegenüber zu heftig aufgetreten war.

«Entschuldige, Ahlam. Es ist nur zu deinem Besten. Wenn sie dich holen kommen, werden sie das gar nicht gut finden.»

«Du siehst doch, dass ich schon was anhabe», antwortete Ahlam, mit einem Versuch von Ironie.

«Damit treibt man keine Scherze! Es wird dir noch leidtun. Du weißt ja nicht, wozu die fähig sind.»

«Oh doch, das weiß ich sehr wohl. Die sind zu allem fähig … außer dazu, mich zu zwingen, mich als Rabe zu verkleiden.»

«Wenn du es so siehst, lass es eben bleiben. Du wirst schon sehen. Ich wollte dir nur helfen.»

«Ach, du tust doch nur, was die von dir verlangen.»

Oum Aicha senkte den Blick. Sie schob ihren Niqab wieder vors Gesicht, drehte sich um und verließ den Raum. Ahlam hörte, wie sich der Schlüssel im Schloss drehte. Ihr war nach Weinen zumute. Auch wenn sie sich Oum Aicha gegenüber durchgesetzt hatte, sie hatte solche Angst.

Nur wenige Minuten nachdem Oum Aicha gegangen war, polterte ein Mann ins Zimmer herein. Er trug einen beigen Qamis und einen schwarzen Tuaregschal, der fast sein ganzes Gesicht verdeckte. Er rührte Ahlam nicht an, sah sie kaum an und machte den Mund nur auf, um ihr zu befehlen, ihm zu folgen. Ahlam folgte ihm durch einen schwach erhellten Gang, der ihr unendlich lang vorkam. Am Ende des Gangs war eine geöffnete Tür. Sie führte in einen völlig leeren Raum, in dem nur ein rechteckiger Tisch stand. Dahinter saßen auf Holzstühlen drei Männer, deren Gesichter Ahlam nicht erkennen konnte. Sie wollte näher herangehen.

«Bleib, wo du bist!», wies der mittlere der drei Männer sie an.

Ahlam blieb stehen, keine fünf Meter von den dreien entfernt.

«Wie kannst du es wagen, dich in dieser zuchtlosen Kleidung vor uns zu zeigen?», fuhr derselbe Mann sie mit kräftiger Stimme an.

«Ich nehme an, Sie sind der Vorsitzende dieser Maskerade? Was soll das hier sein, ein Tribunal?», erwiderte Ahlam, ohne zu zittern. «Sie sind die Freunde meines Bruders, stimmt's?»

«Zehn Stockhiebe!»

Im ersten Moment verstand Ahlam nicht. Der Mann hatte weiter nichts gesagt, und fünf Sekunden lang geschah auch nichts. Dann spürte sie ein Gewicht auf ihren Schultern und fiel auf die Knie. Sofort war da ein starker Schmerz auf der rechten Seite, und sie brach auf dem Boden zusammen. Ein weiterer Hieb erwischte sie am rechten Schulterbein, der nächste auf dem linken. Die Hiebe gingen mit großer Regelmäßigkeit auf ihren Rücken nieder. Danach wurde Ahlam auf ihr Zimmer geschleift. Die Tür fiel hinter ihr ins Schloss.

Trotz des Schmerzes gelang es Ahlam einzuschlafen. Als sie aufwachte, war der Schmerz noch stärker, und Oum Aicha stand vor ihrem Bett.

«Ich habe dich gewarnt. Es hat keinen Sinn, sich zu widersetzen. Unterwirf dich Allah. Das ist nun mal der Islam.»

Ahlam fühlte sich fiebrig. Sie hatte heftigen Schüttelfrost. Was nützte es zu antworten? Antworte nichts. Aber etwas in ihr drängte sie, Oum Aicha Paroli zu bieten.

«Allah unterwerfe ich mich gern, aber nicht diesen Typen!»

Ahlam hatte das laut herausgeschrien. Sie hatte die Worte förmlich aus ihrem Mund gespien.

«Mach dir keine Illusionen, Ahlam. Wenn du nicht anständig angezogen bist, wenn sie dich wieder holen kommen, dann fangen sie von vorne an. Das geht so lange, bis du nachgibst.»

«Ich mache mir keine Illusionen. Ich weiß, dass ich sterben werde.»

Ahlam war überzeugt, dass sie auf jeden Fall sterben würde, aber sie hatte Angst davor zu leiden. Nachdem Oum Aicha gegangen war, starrte sie den kleinen Haufen Kleidungsstücke an, der ihr neuerlichen Schmerz ersparen konnte. Sie geriet in Versuchung, die Sachen anzuziehen. Was würde das schon ändern? Hätten sie dann gewonnen? Aber was war das für ein Sieg? Eine junge verängstigte Frau zu zwingen, sich ihrem Willen zu unterwerfen, und sich dann zu sonnen im eigenen Allmachtsgefühl? Wäre es so schlimm, wenn sie nachgäbe? Sie wäre die Einzige, die es sich zum Vorwurf machen könnte. Ihr Stolz war nicht unbedingt die passende Antwort auf den Wahn dieser Männer. Aber wenn sie jetzt nachgab, wenn alle Tunesier so schwach wären wie sie, was bliebe dann noch von Tunesien übrig? Ahlams Blick schweifte von den Kleidern ab. Ihr war, als ob ihre eigene Person für ganz Tunesien stünde – eine Kapitulation schien ihr völlig unhaltbar. Wie sollte sie danach jemals wieder die Tunesier auffordern, Widerstand gegen die Salafisten zu leisten? Falls es überhaupt noch ein Danach für sie gäbe, sagte sie sich. Sie lächelte über ihre eigene Gutgläubigkeit, die ihr im Grund ihres Herzens noch Hoffnung gab. Ihre Freunde und die Familie suchten draußen doch längst nach ihr. Und Paul war bestimmt schon dabei, Himmel und Erde in Bewegung zu setzen. Worauf es jetzt ankam, war einzig und allein, durchzuhalten, Zeit zu gewinnen. Aber wie? Wenn sie sich fügte, würden sie sie bestimmt gleich töten, nachdem sie ihr Ziel erreicht und sie unterworfen hätten. Solange sie Widerstand leistete, würden sie sie kleinkriegen wollen und am Leben lassen. Also beschloss Ahlam durchzuhalten, doch nur eine Stunde später befiel sie panische Angst, als sie hinter der Tür Geräusche vernahm. Ihr Körper erinnerte sich an die Brutalität der Hiebe. Beim ersten Mal war es überraschend gekommen. Jetzt aber wusste ihr Körper, worauf er sich einließ, und verweigerte sich dem neuerlichen Schmerz. Ahlam fragte sich, ob ihre Mutter vor der zweiten Chemotherapie die gleiche Angst verspürt haben mochte: die Angst, dem Schmerz, dessen Wucht man schon kannte, erneut zu begegnen. Der Schmerz, der einen ohne Vorwarnung überfällt, erträgt sich leichter als der, der sich in Erinnerung ruft.

Das Geräusch auf dem Gang verstummte. Niemand öffnete die Tür. Stundenlang kam kein Mensch. Fieberglühend zermarterte Ahlam sich das Hirn. Mal wollte sie nachgeben, mal wieder nicht. Da lag sie vor ihr, die Versuchung, klein beizugeben, ein paar hundert Gramm Baumwollstoff. Als sie zum zweiten Mal vor ihre Richter geführt wurde, sagte sie nichts, antwortete sie nicht.

«Dreißig Stockhiebe!»

Sie hörte den Urteilsspruch kaum. Zehn, dreißig oder vierzig, das alles hatte keine Bedeutung mehr.

Die Kundgebung vom 13. August wurde ein großer Erfolg. Hier und da im Demonstrationszug tauchte Ahlams Gesicht auf großen Schildern über den Köpfen der Menge auf. Ihr Verschwinden hatte für Aufsehen gesorgt. Die Veranstalter hatten die Ennahda öffentlich beschuldigt, dafür verantwortlich zu sein.

Am folgenden Tag wurde Ahlam in der Innenstadt von Sfax aufgefunden, ganz in Schwarz gekleidet. Laut Zeugenaussagen wurde ihr Körper gegen zwei Uhr morgens aus einem Wagen geworfen. Ein Mann hatte sich wenige Minuten später genähert und ihr den Niqab vom Gesicht genommen. Er hatte gedacht, sie sei tot, aber er wollte sich noch vergewissern.

Neunzehntes Kapitel

Aber Ahlam war nicht tot. Als sie aufwachte, standen Paul, Farhat und Fatima an ihrem Bett.

«Wo bin ich?»

«In Sfax, im Krankenhaus», antwortete Farhat. «Alles ist gut. Du hast nur ein bisschen Fieber und ein paar angeknackste Rippen, aber nichts Schlimmes. Wenn du wüsstest, was für eine Angst wir um dich hatten.»

«Papa, ach Papa!», gluckste Ahlam mit schwacher Stimme und streckte die Arme nach ihrem Vater aus.

Farhat beugte sich über seine Tochter und drückte ihr zärtlich einen Kuss auf die Stirn.

«Ich nehme dich besser nicht in den Arm. Das könnte weh tun. Angeknackste Rippen sind sehr schmerzhaft.»

Als Nächste durfte Fatima sich ihrer Enkelin nähern und sie abküssen.

«Ich habe so für dich gebetet. Wer hat dir das nur angetan?»

Ahlam antwortete nicht gleich. Sie dachte nach, während sie Paul ansah. Ihm könnte sie die Wahrheit sagen, jemandem musste sie sie einfach sagen, aber bloß nicht Farhat und ihrer Großmutter.

«Ich weiß nicht, Großmutter. Ich war auf dem Weg zu meinen Freundinnen am Hafen, und danach erinnere ich mich an nichts mehr. Ich war vermutlich unter Drogen. Als ich aufgewacht bin, war da eine Frau, die wollte, dass ich den Niqab trage. Ich habe mich geweigert. Dann hat man mich vor drei Männer gebracht. Ich habe mich noch immer geweigert. Dann haben sie mir Stockhiebe verpasst. So ist das mehrmals gegangen. Mehr weiß ich nicht.»

Paul wusste, dass sie log. Er las es in ihren Augen.

«Als sie dich gefunden haben, hattest du islamistische Kleidung an. Du wurdest aus einem fahrenden Wagen geworfen. Deine Freundinnen haben uns gesagt, du seist am Tag deiner Entführung nicht mit ihnen zum Hafen gegangen, weil du noch etwas zu erledigen hättest. Was war das, Ahlam?», fragte Farhat.

«Weiß ich nicht mehr. Sei mir nicht böse, Papa, ich bin so schrecklich müde.»

«Sollen wir dich in Ruhe lassen?»

«Ja bitte, aber vorher würde ich gerne noch kurz mit Paul reden.»

Farhat und Fatima rührten sich nicht.

«Ich würde gern allein mit Paul reden», erklärte Ahlam.

Farhat war überrascht, Fatima kein bisschen.

«Dauert nicht lange.»

Als Vater und Großmutter aus dem Zimmer waren, richtete Ahlam sich im Bett auf.

«Ist es wegen Issam?», fragte Paul.

Tränen kullerten über Ahlams Wangen.

«Aber das war doch nicht er, der dich so zugerichtet hat!»

«Versprich mir, das für dich zu behalten, was ich dir jetzt sage, Paul.»

Paul seufzte. Er näherte sich Ahlam. Er hatte Lust, sie zu küssen. Stattdessen setzte er sich neben sie auf die Bettkante und nahm ihre rechte Hand in seine beiden Hände. Wie warm und weich ihre kleine Hand doch war.

«Paul, du bist der Einzige, dem ich die Wahrheit sagen kann. Mir tut alles weh. Issam war das nicht, aber es läuft auf dasselbe hinaus. Als ich an dem Abend aus der Versammlung weg bin, hatte ich einen Anruf von meinem Bruder erhalten. Er wollte mich sehen. Er sagte, es sei dringend. Er hat mich vor die Sidi-el-Lakhri-Moschee bestellt. Ich bin dorthin gegangen. Ich machte mir Sorgen, war aber glücklich, ihn wiederzusehen. Ich stellte mir alles Mögliche vor. Sagte mir, vielleicht will er zurückkommen, will die Salafisten verlassen, hat aber Angst. Dann hat mich jemand von hinten gepackt. Und dann war da nur noch ein schwarzes Loch, bis ich wieder aufwachte. Issam hat mich in die Falle gelockt, mein eigener Bruder! Seine Freunde haben mich geschlagen. Sie wollten, dass ich mich ihnen unterwerfe, dass ich die islamistische Kleidung anziehe. Ich habe mich geweigert. Ich wollte nicht nachgeben, aber ich hatte solche Angst … Nicht vor dem Sterben, sondern vor den Schmerzen.»

«Und dann hast du am Ende nachgegeben.»

«Ja, nachdem sie mich zum zweiten Mal verprügelt hatten. Plötzlich musste ich an dich denken, an meinen Vater und an Fatima.»

«Oh, mein Schatz, mach dir keine Vorwürfe. Ich kenne keinen Menschen, der so mutig ist wie du.»

Mein Schatz! Noch nie hatte Paul sie so genannt. Ahlams Herz registrierte nicht nur die Worte, sondern auch die Art, wie Paul sie ausgesprochen hatte, den Klang seiner Stimme, die Bewegung seiner Lippen, seinen Blick. Sie war so glücklich, dass sie noch am Leben war.

Paul drückte seine Lippen auf Ahlams Hand, bevor er ging. Farhat und Fatima warteten schon voller Ungeduld. Aber Farhat traute sich nicht zu fragen, was Ahlam ihm erzählt hatte. Fatima ebenso wenig, wenn auch aus anderen Gründen.

Ahlam schlummerte selig ein, mit Pauls Worten auf ihren Lippen. *Mein Schatz.*

Bei Paul wollte sich kein Schlaf einstellen. Er konnte sich keinen Reim darauf machen, warum Issam das getan hatte. Es musste eine andere Erklärung dafür geben. Ahlam nur eben zu entführen, um ihr beizubringen, sich sittsam zu kleiden, das machte keinen Sinn. Es war eher eine Nachricht an die Adresse der anderen, an alle jene, die für Demokratie und die Gleichheit von Mann und Frau in Tunesien einstanden. Doch in diesem Fall hätten sie Ahlam mit Sicherheit getötet. Dann wäre die Nachricht eindeutiger gewesen. Es sei denn, es handelte sich nur um eine Warnung an Ahlam, eine letzte Chance aus Rücksicht auf ihren Bruder? Das war eine logische Erklärung, vielleicht auch die einzige, aber sie gefiel Paul überhaupt nicht. Denn das hieße, dass Ahlam in Gefahr war. Weil sie weitermachen würde. Dessen war Paul sich ganz gewiss.

Paul hatte zum Teil recht. Es handelte sich effektiv um eine Warnung. Jedoch hatte das keineswegs in Issams Absicht gelegen. Als die Presse enthüllte, in welchem Zustand man Ahlam aufgefunden hatte, überfiel ihn eine unbezähmbare Wut. Zum Glück war Saber gerade nicht in Sfax. Issam erschien in einem Zustand derartiger Erregung vor Ayman und Khaled, dass er kaum noch wiederzuerkennen war.

«Wo steckt dieser Hund? Den bring ich um, dem schneide ich die Kehle durch! Ich mach Hackfleisch aus ihm und werf es den Schweinen zum Fraß vor!»

«Hör auf, Issam! Du sprichst von unserem Emir», rief Ayman ihn zur Ordnung.

«Wenn ich ihn umgelegt habe, war er die längste Zeit unser Emir.»

«Das wirst du nicht tun!», schimpfte Khaled. «Du bist ihm Gehorsam schuldig, und vergiss nicht, dass du selber deine Schwester in die Falle gelockt hast!»

«Ihr sollte aber kein Haar gekrümmt werden. Das wisst ihr beide ganz genau. Wir waren uns doch einig. Wir wollten sie nur davon abhalten, an der Kundgebung vom 13. August teilzunehmen. Mehr nicht. Ich hab's ja oft genug zu hören bekommen, wie wenig unsere großen Chefs es schätzen, wenn meine Schwester ihren Unglauben so offen vor sich herträgt. Das verstehe ich auch. Aber warum habt ihr sie geschlagen?»

«Frauen müssen geschlagen werden, wenn sie nicht gehorchen. Ob das nun deine Schwester ist oder nicht, macht keinen Unterschied», erklärte Khaled.

«In dem Fall schon», setzte Ayman hinzu. «Saber war nur deshalb so großmütig, weil Ahlam deine Schwester ist. Sonst hätte er sie getötet.»

«Trotzdem hat er nicht Wort gehalten. Er hat mich belogen, und wer lügt, der verstößt gegen den Islam.»

«Er war aufrichtig, als er dir sein Ehrenwort gab, aber er konnte nicht anders, als so zu handeln», erklärte Ayman.

«Was weißt du schon davon, und wieso verteidigst du ihn?»

«Ich weiß es, weil ich dabei war.»

Dieses Eingeständnis traf Issam wie ein Dolchstoß. Er

bewunderte Ayman wirklich sehr. Wie konnte das sein, dass er dabei gewesen war, ohne dazwischenzugehen?

«Aber warum, Ayman, warum?»

«Wir hatten sie einbestellt. Saber war da, Nourdine und ich. Saber wollte versuchen, sie auf den Weg des wahren Glaubens zurückzuführen. Aber sie war so arrogant. Es war weniger ihre Weigerung, sich dezent zu kleiden. Wenn du gehört hättest, in welchem Ton sie unserem Emir geantwortet hat, hättest du es verstanden, dann wärst du nicht so wütend auf ihn.»

Während Issam Aymans Worte hörte, beruhigte er sich. Fast schämte er sich. Wer war er, um auf diese Art über ihren Emir zu urteilen? Und außerdem, hatte er nicht selbst seiner Wut auf Ahlam damals am Strand freien Lauf gelassen? Wenn er, der eigene Bruder, es fertigbrachte, Issam zu schlagen, wie sollte er es dann Saber verübeln!

«Hör zu, Issam, du musst Herr deiner Emotionen werden», erklärte Ayman ihm mit sanfter Stimme, in der Verständnis und Wohlwollen schwang. «Saber ist beinhart. Was er tut, mag dir ungerecht erscheinen. Ich selbst habe oft Probleme, seine Entscheidungen zu akzeptieren. Aber er ist unser Emir, und ein sehr frommer Mudschahid. Allah weiß es besser als du. Vergiss das nicht! Allah weiß es besser als wir alle. Er ist es, der Saber bei jeder seiner Entscheidungen lenkt. Ich hoffe, deine Schwester hat die Lektion gelernt und bleibt in Zukunft zu Hause, wie eine wahre Muslimin.»

«Du hast recht, Ayman. Es tut mir leid, dass ich mich so aufgeregt habe.»

«Nein, entschuldige dich nicht. Ich hätte dir von dem Vorfall erzählen sollen. Mir hat einfach der Mut gefehlt. Vergessen wir das Ganze. Wir haben auf dem Weg des Dschihad noch Großes zu leisten.»

Zwei Tage später wurde Ahlam aus dem Krankenhaus entlassen. Sie konnte es kaum erwarten, Kerkennah wiederzusehen. Paul und Farhat kamen sie abholen und waren rührend um sie besorgt. Sie fühlte sich glücklich an Deck der *El Loud*. Das Meer funkelte in der Sonne, und Kerkennahs Konturen lagen vertraut am Horizont. Ahlam lehnte an der Reling, Farhat stand links, Paul rechts von ihr. Pauls Blick schweifte in die Ferne. Wie sie dieses Profil liebte, diese klaren, wie gemeißelten Züge, die schmalen Wangen. Mit ihrer rechten umfasste sie Pauls linke Hand. Paul drehte den Kopf nicht zu ihr um, aber sie sah, dass er lächelte. So blieben sie einen guten Teil der Überfahrt stehen. Ahlam achtete gar nicht mehr auf ihren Vater. Als Farhat beschloss, sich zu setzen, nachdem er seine Tochter zum zehnten Mal aufgefordert hatte, sich ausruhen zu kommen, erblickte er Ahlam und Paul jäh von hinten, Hand in Hand. Das Bild eines Paares. So hatte er sie noch nie gesehen. Plötzlich fielen ihm gewisse Anspielungen von Fatima wieder ein. Die er aber nie verstanden hatte. Und dann im Krankenhaus. Da hatte Ahlam mit Paul allein bleiben wollen. Farhat betrachtete sie erneut. Sie waren so schön, alle beide. Sicher, Paul war achtunddreißig und Ahlam erst neunzehn, aber das störte ihn nicht. Was Farhat irritierte, war, dass er sich gar nicht richtig freuen konnte. Die beiden Menschen, die er mehr liebte als alles andere auf der Welt, hielten sich unter der Sonne Tunesiens an der Hand, und wie reagierte er? Missmutig und gereizt. Denn er hätte sie weiterhin gern für sich allein behalten, schon alle beide, aber doch jeden für sich. Je länger er über die Situation nachdachte, umso mehr missfiel sie ihm. Paul war ein Frauenheld. Farhat hatte es mehr als einmal feststellen können. Und außerdem ginge er früher oder später nach Frankreich zurück. Wenn er Ahlam mitnähme, was bliebe dann für Farhat. Fatima? Ja, für die paar Jahre, die ihr noch vergönnt wären. Farhat fragte sich, ob Nora auch das vorhergesehen hatte: Paul und Ahlam. Er runzelte die Stirn. Ein unerfreulicher Gedanke war in ihm aufgeblitzt. Paul war Franzose und nicht von der Art, die bis zur Hochzeit wartete, um die Ehe zu vollziehen. Und Geduld war auch nicht eben Ahlams Stärke. Farhat war alles andere als beruhigt. Dabei war es doch unabdingbar, dass sie bei der Hochzeit noch Jungfrau wäre. Wie stünde Farhat sonst da? Frauen mussten bis zur Hochzeit Jungfrau bleiben. In dem Punkt gab es kein Wenn und Aber. Doch jäh zuckte ein gänzlich anderer Gedanke durch Farhats Hirn, und der war viel erfreulicher: die Erinnerung an ihn und Nora, damals, in der Feluke. Und er musste sich eingestehen, dass sie zu der Zeit nicht wirklich verheiratet gewesen waren. Ach, und wenn schon! Wer sprach denn hier von Ehe? Hatte Paul bei ihm je um Ahlams Hand angehalten? Nein! Wozu sich dann den Kopf zerbrechen?

Farhat schaute wieder zu Paul und Ahlam hinüber. Sie standen noch immer händchenhaltend an der Reling. Statt erst groß um die Hand seiner Tochter anzuhalten, hatte sein Freund sich mal eben selbst bedient. Sollte er den Rest doch auch gleich nehmen!

An den zwei darauffolgenden Tagen konnte Farhat an nichts anderes denken. Am Ende sah er auch klarer in sich selbst.

Sicher, er hatte Angst, seine Tochter zu verlieren, aber er hatte auch begriffen, dass sie in Gefahr war. Tunesien war außer Rand und Band geraten und viel zu gefährlich für einen Heißsporn wie Ahlam. Wenn Paul sie heiratete, könnte er sie in Frankreich in Sicherheit bringen. Und so schlimm wäre das nun auch wieder nicht. Er könnte sie ja mit Fatima in Paris besuchen kommen.

Ahlam erholte sich schnell. Die wiedergefundene Nähe zu Paul, seine kleinen, zärtlichen Gesten halfen ihr rasch über die erlittene Pein hinweg. Sie fühlte sich stark. Gestärkt durch die Liebe, die sie für Paul empfand, gestärkt durch die Liebe, die sie bei ihm erriet. Sie fühlte sich bereit für ein Wagnis, bereit für die nächste Herausforderung. Ihre Rippen taten ihr nicht mehr weh. Doch sie trugen noch die Stigmen ihres Martyriums: ihr Rücken war mit eindrucksvollen Hämatomen übersät, deren Farbe changierte. Ursprünglich rot, hatten die Blutergüsse sich mit der Zeit violett verfärbt, und neuerdings tauchten kleine orange-gelbe Flecken auf. Diese Farbabstufung brachte sie auf eine vage Idee, die nach und nach immer klarer Gestalt annahm. Ahlam begriff, in diesem Einfall steckte das Zeug zu einem grandiosen Projekt. Sie zog sich ganz aus und betrachtete sich im großen Badezimmerspiegel. Sie fand sich sehr schön. Die Blutergüsse gaben ihrem makellosen Körper einen fremdartigen Touch. Ihre Finger strichen sanft über ihren Hals, ihre Brüste, ihren Bauch und die Innenseite ihrer Schenkel, während sie ihr Spiegelbild ansah. Dann schloss sie die Augen, um sich leichter vorstellen zu können, wie Paul mit ihr machte, was sie selber gerade tat. Es war ein so wohliges Gefühl. Unter der Dusche fuhr sie fort.

Als Ahlam endlich fertig war, blitzsauber und frisch parfümiert, zog sie ihre schönste Unterwäsche an, schlichte blütenweiße Dessous. Dann wählte sie ein duftiges himmelblaues Sommerkleid, sexy, aber nicht übertrieben. Sie entschied sich für ein dezentes Make-up, nur ein wenig Kajal, um den Blick zu betonen. Bevor sie aufbrach, ein letzter Blick auf die Uhr. Fünfzehn Uhr. Sie hatte alle Zeit der Welt. Sie hatte nicht den leisesten Zweifel. Paul wäre im Haus am Meer, denn es sollte so sein. Heute wäre der Tag. Ihr Tag.

Mektoub.

Als Paul die Tür öffnete, war er angenehm überrascht. Ahlam stand als umwerfend strahlende Erscheinung vor ihm. Dennoch fragte er besorgt:

«Bist du sicher, dass du schon aus dem Bett darfst? Ist es nicht noch ein bisschen zu früh?»

«Ich habe mich noch nie so wohl gefühlt. Ich habe keine Schmerzen mehr und Energie für drei.»

Ahlam trat ein. Sie steuerte zielstrebig aufs Wohnzimmer zu und nahm ohne Zögern auf der Couch Platz, das Bild von Sophias nacktem, sehnsüchtig hingegossenem Körper vor Augen. Sie verübelte es Paul nicht mehr. Ab sofort gehörte Paul nur noch ihr. Die Vergangenheit hatte keine Bedeutung mehr. Sie fühlte sich stark und war zu den kühnsten Unternehmungen bereit.

Paul brachte ihr Tee.

«Gibt es sonst noch etwas, mit dem ich dir eine Freude machen könnte?»

Ahlam hatte schon so ein paar Ideen im Hinterkopf, Ideen, wie große Mädchen sie eben haben, aber da gab es noch diesen Kleinmädchenwunsch, der bis heute nicht befriedigt worden war.

«O ja! Ich kenne alles hier im Haus am Meer, bis auf den einen Ort, den du immer vor uns geheim gehalten hast.»

«Das verschlossene Zimmer?»

«Ja, das verschlossene Zimmer. Wenn du mir eine ganz, ganz, ganz große Freude machen willst, dann zeig es mir.»

Paul lächelte. Er nahm Ahlams Hand, half ihr von der Couch auf und ging mit ihr zum verschlossenen Zimmer hinüber.

«Du wirst alle meine Geheimnisse kennenlernen», sagte Paul, während er aufschloss.

Ahlam trat über die Schwelle des verbotenen Zimmers. Das Raumklima war angenehm, weder zu warm noch zu kalt. Der Raum war über und über mit Gemälden angefüllt, am Boden, auf Staffeleien, an den Wänden. Ahlam erkannte mehrere Bilder ihres Bruders wieder. Auch ein paar Aktbilder von Sophia. Dieses Weibsbild war wirklich verflixt gut gebaut. Schnell wurde ihre Aufmerksamkeit von drei Gemälden an der linken Wand gefesselt, die separat hingen. Sie hatten die ganze Wand für sich allein.

«Das sind ja Bilder aus deiner Serie der Frau mit dem wandelbaren Blick», rief Ahlam. «Ich dachte, sie wären alle verkauft.»

«Nicht diese hier, Ahlam. Es sind die, die mir am besten gelungen sind. Alle anderen habe ich verkauft, aber die hier habe ich behalten, weil sie noch am ehesten …»

Paul hatte mitten im Satz zu sprechen aufgehört. Er zögerte.

«Noch am ehesten was?», bohrte Ahlam nach. «Du hast

mir versprochen, keine Geheimnisse mehr vor mir zu haben. Ich war schon immer von dieser Serie von Porträts fasziniert, immer dieselbe Frau, aber nie derselbe Blick. Ich habe sämtliche Interviews von dir im Internet gelesen. Habe die Fachliteratur gewälzt. Aber nirgends eine Erklärung dazu.»

Paul sah sie forschend an. Warum hatte er plötzlich Lust, ihr alles zu erzählen, obwohl er bisher noch nie darüber geredet hatte?

«Ahlam, du bist irgendwie anders als früher.»

«Wechsle jetzt nicht das Thema», ermahnte sie ihn lächelnd.

«Aus dir ist eine …»

«Eine?»

«Du bist kein Kind mehr. Du strahlst Selbstbewusstsein aus. Aus dir ist eine richtige junge Frau geworden.»

War ja auch mal Zeit, dass dir das auffällt, dachte Ahlam.

«Also? Ich warte», fuhr sie fort.

Jetzt musste Paul lächeln. Kein Zweifel, aus Ahlam war eine junge Frau geworden, die sehr genau wusste, was sie wollte. Wie konnte das sein, nach allem, was sie hinter sich hatte? Oder war es am Ende gerade deshalb?

«Ahlam, ich habe dir noch nie erzählt, dass ich schon einmal in Kerkennah war. Damals war ich neun Jahre alt. Es waren meine letzten Ferien mit meinen Eltern. Sie haben sich mir für ewig ins Gedächtnis eingebrannt, weil mein Leben kurz darauf aus den Fugen geriet. Es war einen Monat nach unserer Rückkehr. Ein schöner Tag, blauer Himmel, reine Luft. Meine Eltern lachten, und ich lachte mit. Wir waren einfach nur glücklich. Weißt du, es war einer dieser magischen Momente puren Glücks und schwebender Leichtigkeit, wegen derer das Leben unter dem Strich doch lebenswert ist. Es ist merkwürdig, aber heute denke ich dasselbe, wenn ich dich so sehe. Wir fuhren auf einer schmalen Landstraße durch die Berge. Papa machte Witze, manchmal waren sie etwas plump, aber Mama und ich lachten trotzdem. Plötzlich, gleich hinter einer Kurve, sah ich da etwas vor uns. Ich saß nicht auf meinem Platz, sondern hatte mich zwischen die beiden Vordersitze geschoben, weil ich die Straße sehen und ganz nahe bei meinen Eltern sein wollte. Papa hatte es auch gesehen, eine Art enormer Walze, die quer über der Fahrbahn lag. Mama nicht, weil sie zu mir hinsah. Ohnmächtig bin ich nicht geworden. Aber plötzlich lag ich im Gras, zehn Meter vom Auto entfernt. Ich war durch die Windschutzscheibe geflogen. Ich war unverletzt, hatte nicht mal einen Kratzer. Verwundert bin ich wieder aufgestanden und zum Auto zurückgelaufen. Der Wagen lag auf dem Dach. Ich habe Papa geschüttelt, aber er bewegte sich nicht. Er war noch immer hinter dem Lenkrad, und neben ihm Mama. Ich bin ums Auto herumgelaufen, habe die Mama geschüttelt. Sie rührte sich auch nicht. Da hab ich zu weinen begonnen. Ich bekam Angst, habe laut geschrien. Da hat Mama die Augen geöffnet und leicht den Kopf gedreht. Und mich angesehen. Aber welch ein Blick! Das kannst du dir nicht vorstellen, Ahlam! Dieser Blick! Ein so schöner, so sanfter, so zärtlicher Blick. Mamas ganze Liebe lag in ihm, und auch die ganze Liebe von Papa. Mein gesamtes Leben lag in diesem Blick. Aber er war tieftraurig, ein Lebewohl-Blick, von einer Schwermut, die sich in keinem Gemälde wiedergeben lässt. Selbst mir ist das nicht gelungen. Dann hat Mama langsam die Augen geschlossen. Es war, als ob das Licht ausginge. Später kam jemand und hat mich mitgenommen. Ich hab's einfach geschehen lassen. Ich habe mich zum letzten Mal umgedreht, und Mama hat die Augen wieder aufgeschlagen. Ihr Blick hat mich verfolgt, dieser tieftraurige, unendlich zärtliche Blick. Er verfolgt mich bis heute. Andere Leute sind gekommen. Überall waren Leute. Ein großer Mann in Uniform hat sich neben mich gekniet, um auf meiner Höhe zu sein. Er war sehr freundlich. Er suchte nach Worten. Schließlich sagte er: ‹Deine Mama und dein Papa sind von uns gegangen, aber wir werden uns gut um dich kümmern.›»

Paul verstummte. Ahlam war tief gerührt.

«Dann sind die Bilder der Frau mit dem wandelbaren Blick ja ...»

«Ja, es ist meine Mutter. Ich habe versucht, ihren letzten Blick zu malen. Ich habe es so viele Male versucht. Ich habe es nie geschafft. Manchmal war ich kurz davor, aber irgendetwas fehlte immer. In diesem Zimmer hier siehst du die drei Bilder, die am nächsten an ihr dran sind. Oft setze ich mich davor und betrachte sie stundenlang, ohne mich zu rühren. Diese Bilder sind mein kostbarster Besitz. Als ich das Haus am Meer gekauft habe, dachte ich als Allererstes an einen Ort, an dem ich sie unterbringen könnte. Heute wäre ich gar nicht mehr in der Lage, auch nur annähernd so wie damals zu malen. Meine Erinnerung ist verblasst. Am Anfang war sie lebendig. Ich malte ein Bild, das ich so deutlich in mir trug wie am allerersten Tag. Dann wurde das Bild immer verschwommener. Darum habe ich die Serie der Frau mit dem wandelbaren Blick beendet, obwohl der Amerikaner immer noch mehr davon wollte. Für mich hatte es keinen Sinn mehr. Meine Mutter ist hier, vor dir. Ich habe ihre ganze

Zärtlichkeit gemalt, ihre ganze Liebe und Verzweiflung darüber, dass sie mich im Stich lassen musste. Und jetzt sieh gut hin, dann merkst du, welches der ganz wesentliche Unterschied zwischen diesen drei Bildern und allen anderen der Serie ist.»

Paul reichte Ahlam eine Taschenlampe.

«Halt die Lampe an die Augen.»

Ahlam strahlte mit dem Lichtpunkt die Pupillen an. Am Anfang begriff sie nicht, was sie da sah, diese mikroskopisch kleine Form auf dem Grund der Pupille. Sie führte die Lampe noch näher heran.

«Das ist doch nicht möglich! Mein Gott, Paul, das ist ja unglaublich!»

«Ja, Ahlam, das ist mein Reflex in der Pupille meiner Mutter. Das bin ich als Kind, so, wie meine Mutter mich damals gesehen hat. Das ist das letzte Bild, das sie von mir mit hinübergenommen hat, und ich habe das letzte Bild gemalt, das ich von ihr herübergerettet habe. Ich brauchte lange, um zu verstehen, dass im Blick meiner Mutter das, was sie erblickte, lag.»

Paul sprach noch immer. Ohne Ahlam anzusehen, ohne überhaupt etwas zu sehen. Er war weit weg. Ahlam stand hinter ihm. Sie spürte, wie eine warme Woge grenzenloser Liebe in ihr aufstieg. Geschmeidig streifte sie sich das Kleid über den Kopf, lautlos glitten Slip und BH zu Boden. Paul verstummte. Suchte Ahlam mit dem Blick. Sah sie weder rechts noch links. Er drehte sich um. Da stand sie, zwei Schritt vor ihm, völlig nackt. Paul war verzaubert. Sie war perfekt. Er näherte sich ihr, umschlang sie behutsam. Ahlam hatte die Augen geschlossen und hielt ihm ihre Lippen hin. Es wurde ein langer Kuss. Einen Moment lang musste Paul nach Ahlams Zunge tasten, dann fand er sie. Während sie sich küssten, erkundete Paul Ahlams Kurven. Seine Hände glitten ihren Rücken entlang, verharrten eine Weile auf ihrem runden Po, wanderten dann langsam wieder empor. Nach zwei oder drei Minuten löste Ahlam sich sachte von ihm.

«Und jetzt an die Arbeit!»

Paul verstand nicht.

«Paul, du wirst mich nackt malen, völlig nackt, und zwar von hinten.»

Ahlam wandte sich um, und da erst sah Paul die orangegelb-violetten Streifen. Es war schön und erschreckend zugleich. Von hinten ähnelte Ahlam einer prächtigen Königstigerin.

«Was hast du denn? Weibliche Akte sind dir doch nicht völlig fremd, oder?», neckte sie ihn. «Das wird der schönste von allen werden.»

Paul verstand, worauf sie hinauswollte. Er hätte sich denken können, dass sie etwas im Schilde führte. Er verstand und bekam Angst.

«Bist du dir wirklich ganz sicher, dass du so weit gehen willst?»

«Ja.»

Paul suchte sein Material zusammen, Staffelei, Pastellkreiden und Cansonpapier.

«Wohin?»

«Ins Wohnzimmer natürlich, auf die Couch!», antwortete Ahlam und versenkte ihren Blick in Pauls Augen.

Paul lachte laut auf. Er nahm Ahlam gleich wieder in die Arme und küsste sie ungestüm. Aber Ahlam schob ihn weg.

«Ich will nicht, dass du jetzt gleich Liebe mit mir machst. Ich will, dass du erst das Bild malst. Du sollst mich begehren, während du malst, damit dein Begehren dem Bild Strahlkraft verleiht.»

Umsichtig half Paul Ahlam auf der Couch in die gewünschte Position. Er wollte sie als Dreiviertel-Rückenakt malen, doch ihr Gesicht sollte erkennbar bleiben. Ahlam drehte den Kopf in seine Richtung. Der untere Teil ihres Gesichts wurde durch ihren linken Arm und den Schulteransatz verdeckt. Paul wählte beiges Cansonpapier von mittlerer Körnung. Rechts hinter sich baute er eine Leuchtstofflampe auf, die das Tageslicht simulierte. Dann umriss er mit Kohlestift den Rahmen und setzte gleich im ersten Durchgang die Schatten. Er zeichnete Ahlams perfekte Proportionen, und an manchen Stellen führte er die Pastellkreide mit der Kante übers Papier, um die Linien deutlicher hervortreten zu lassen. Auch für Augen, Wimpern und Augenbrauen nahm er die Kante, doch ohne aufzudrücken, um den samtig-weichen Gesamteindruck, der ihm vorschwebte, nicht zu verfälschen. Immer wieder kontrollierte er Intensität und Präzision des Blicks, Form und Dimension der Augen, indem er schräg vor Ahlams Gesicht einen Spiegel installierte. Er wollte nichts dem Zufall überlassen. Ahlams Körper sollte ein vollendeter Schrein für ihre Augen sein. Um die Tönung ihrer Haut wiederzugeben, benutzte er die ganze Palette der Ocker-, Rosa-, Orange-, Rot- und Blautöne. Wieder und wieder verwischte er den Farbauftrag, bis aus der Mischung der Farben auf dem gekörnten Papier die gewünschte Nuance entstand. Indem er die hellen Farben über den dunklen auftrug, gelang es ihm,

Schatten und Lichtreflexe zu modulieren und den seidigen Touch der Haut zu betonen. Paul streichelte das Papier so, als wäre es Ahlams Haut, als verschmölzen die Textur von Haut und Papier hier in eins. Und jetzt musste er dieses Meisterwerk, so wie Ahlams Entführer es getan hatten, auch noch besudeln, ohne ihm nachhaltig zu schaden, musste mit kraftvollen Strichen diese Schönheit geißeln, die dadurch indes, in phantastisch-ironischer Verkehrung, nur noch plastischer hervortrat. Paul entschied sich für Nachtblau, die blaue Maske der Schönheit. Die Islamisten waren gescheitert. Ahlam war schöner denn je, und die langen Striemen auf ihrem Rücken waren nur die stummen Zeugen ihrer Grausamkeit. Sie war eine aufreizende Schönheit, verhöhnt und doch strahlend provokant. Die Zeit verging wie im Flug. Nach drei Stunden stand Ahlam auf. Sie will wohl sehen, wie weit das Bild gediehen ist, dachte Paul. Sie huschte hinter ihn, während er weiterhin Farben auftrug, Linien zog, Farben verwischte, in Erinnerung an die Pose, die sie eben verlassen hatte. Sie küsste ihn auf den Hals, schwebte dann um ihn herum, bis sie vor der Staffelei stand. Sie presste ihren nackten Körper an seinen. Er spürte die Hitze ihres Busens durch den Stoff seines Hemdes hindurch. Sie nahm behutsam seine Hände, befreite sie von den Pastellkreiden, führte sie langsam ihren Rücken hinab bis zu ihren Lenden, über die Wölbung ihrer festen, weichen Pobacken und die samtige Haut ihrer wohlgeformten Schenkel. Hand in Hand steuerten sie auf die Couch zu. Ahlam entkleidete Paul, dann streckte sie sich aus. Paul legte sich auf sie und drang behutsam in sie ein, unendlich vorsichtig. Er fühlte sich ätherisch, auf einer Wolke, in einem Traum … *Ahlam.* Aber Ahlam wollte seinen Körper auf ihrem spüren. Sie schlang die Arme um ihn und hielt ihn ganz fest. Dann tat sie, was sie Sophia hatte tun sehen. Sie schloss ihre Beine wie Flügel um seine Taille. Nun gehörte er nur noch ihr. Jetzt konnte er nicht mehr entkommen.

ZWANZIGSTES KAPITEL

Ahlam in Pauls Schlafzimmer mit den elfenbeinfarbenen Wänden.

Ahlam in Pauls französischem Bett mit den marineblauen Laken.

Ahlam in Pauls Armen, dicht an ihn geschmiegt.

Die Zeit ist stehengeblieben. Nur die Gegenwart existiert.

So ganz kann die junge Frau es nicht glauben. Die Welt ist mit einem Mal zu perfekt. Was draußen passiert, interessiert sie plötzlich nicht mehr. Die Revolution existiert nicht mehr. Die Salafisten existieren nicht mehr. Sie haben niemals existiert. Tunesien hat nie existiert. Es gibt nur noch sie und ihn, sie ganz nah bei ihm. Er eben noch in ihr, und bald wieder in ihr. Nur dass sie ihn jetzt kennenlernen will. Er weiß alles von ihr. Hat sie aufwachsen sehen. Ihr die Augen für die Schönheit der Kunst geöffnet. Sie auf fremde, wunderbare Wege geführt. Hat ihren Traum mit Träumen genährt. Und sie am Ende noch in die Liebe eingeweiht. Sie war Jungfrau. Und hat auf ihn gewartet. Egal, wie groß der Altersunterschied ist. Nachher wird sie ans Klavier gehen und *Elisa* für ihn spielen. Sie wird ihn bitten, wie Serge Gainsbourg zu singen – *Tes vingt ans, mes quarante, si tu crois que cela me tourmente, ah non vraiment, Lisa* (Deine zwanzig Jahre, meine vierzig, wenn du glaubst, dass mich das quält, ah nicht wirklich, Lisa), und sie werden sich gemeinsam über dieses aus der Welt geräumte Hindernis, dieses alberne Detail, amüsieren. Aber jetzt will sie erst einmal alles über ihn wissen. Um mit ihm gleichzuziehen. Er soll erzählen, soll ihr von sich erzählen. Sie weiß schon, wo der Riss in seinem Leben ist, weiß von den Eltern, die in seinem Herzen und seinen Gedanken wohnen, weiß vom Blick seiner Mutter. Aber sie braucht mehr. Also beginnt Paul zu erzählen. Er fügt sich bereitwillig den Forderungen der Liebe.

«Wie alle Kinder habe ich zu malen und zeichnen begonnen, bevor ich überhaupt sprechen konnte. Nur, dass ich nie damit aufgehört habe. Vermutlich, weil ich meine Mutter malen sah. Vermutlich, weil sie mir das Malen beigebracht hat. Oder waren es doch nur die Gene? Sicher weiß ich nur eins: was der Auslöser für meine brennende Leidenschaft fürs Malen war, die mich, so lange ich lebe, begleiten wird. Es war die Magie dieser Namen, die man den Farben gab. Oder die durch sie inspiriert waren. Denn die Farben inspirieren die Wörter, und die Wörter inspirieren die Farben. Für mich war es so, als ob die ganze Welt, Blumen, Pflanzen, Tiere und Mineralien, der Schnee und das Meer, Ozeane und Gebirge, Himmel und Erde, das Feuer, die Sonne, die Planeten und Kometen, Leben und Tod in der Farbpalette enthalten wären, die ich staunend betrachtete und aus der ich wie ein Gott nach Herzenslust schöpfen konnte. Die Wörter waren so klangvoll, so fremdartig schön. Ich sprach sie mir vor. Sagte sie laut vor mich hin, artikulierte klar und deutlich: Zinnoberrot, Kadmiumorange,

Smaragdgrün, Zinkgelb, Elfenbeinschwarz, Kobaltblau, Kaltgrau, Siena, Karminlackrot, Ockerrot, Cremeweiß und Zitronengelb. Dann tauchten Bilder vor mir auf, schön und beunruhigend, magisch, exotisch. Ich sah die Smaragdminen mit den gebückten Arbeitern, den Flammenhimmel und die flehenden Indios, die stürmische Nacht mit den verängstigten Menschen, den schwefelgelben Morgen und die engumschlungenen Liebenden, die orangefarbene Wüste mit den verkohlten Knochen, die Häuser aus roter Erde und die betenden Völker, die Früchte im Kelch und darinnen die grüne Schlange.»

«Weißt du, Paul, eines Tages hat Issam mir von der Liebe zur Malerei erzählt, die du ihm beigebracht hast. Und er hat mir genau dasselbe erzählt. Von den klangvollen Namen, die die Farben hatten, und der Faszination, die das in ihm auslöste, den fulminanten Bildern, die sie erstehen ließen. Glaubst du, dass die Religion ihn am Ende noch mehr fasziniert hat?»

«Genau das ist passiert, Ahlam. Dein Bruder saugt die Wörter auf wie ein Schwamm. Und lässt sich von ihnen hinwegtragen. Er schließt die Augen und ist in einer anderen, einer besseren Welt. Die Koranverse und die Hadithe des Propheten wecken beim ihm ein Gefühl, das der tiefen Freude ähnelt, die er früher an den Farben hatte.»

«Das sogar noch stärker ist. Doch die Farben machen die Welt schöner, machen das ganze Leben schöner, während die Religion zum Krieg führen kann und ins Chaos.»

«Manchmal auch zur Liebe. Aber nicht so gewiss wie die Malerei. Die Malerei und die Liebe haben so manches gemein. Um sich entfalten zu können, brauchen beide eine Fülle kleinster Details, ein ganzes Ensemble stimmiger Dinge, eine mysteriöse Alchimie aus Harmonien, Farben und Düften, Kurven, Linien und Ansichten und den unzähligen Leuchtpunkten, die jene Milchstraße bilden, unter der unsere Seelen nach Frieden und Ausgleich streben. Darum ist es kein Zufall, wenn ich als Künstler ein Faible für den weiblichen Körper habe, der für mich die Liebe und das Begehren schlechthin repräsentiert. Eine Landschaft oder ein Objekt werden nie eine solche Gefühlsvielfalt und Seelentiefe, Abgründigkeit, Ungewissheit, Unstetigkeit und Wandelbarkeit ausdrücken können wie ein Körper oder ein Gesicht. Ein Objekt oder eine Landschaft leben nur im Auge des Betrachters, während ein Körper aus sich selbst heraus lebt und weiß, dass er angeschaut wird. Deshalb verwandelt er sich stetig unter dem Blick des Betrachters, wechselt fortwährend seine Haltung und Position. Welch eine Herausforderung für den Maler! Komplexer geht es wohl kaum. Keine Farbe ist schwerer darzustellen als jene der atmenden Haut, die im Licht schimmert, das aus verschiedensten Winkeln auf sie einfällt. Kein Licht lässt sich schwerer wiedergeben als das Leuchten der Seele. Wie malt man die Seele? Keine Flamme ist mühsamer einzufangen als ein strahlender, vor Leben sprühender Blick. Ich bin in den weiblichen Körper verliebt. Und was mich an diesem Körper berührt, ist vor allem der Blick, das Funkeln der Augen, das Beben der Lider, auch die langen Wimpern, die das Weite suchen, die zarten Schatten unter den Augen, die von seiner Verwundbarkeit zeugen, die Intensität des ganzen Blicks und die ihm innewohnende Macht der Verführung.»

«Und jetzt erzähl mir von deiner ersten Liebe», befahl Ahlam und schmiegte sich noch ein bisschen enger an ihren Liebsten.

«Sie war eines meiner Aktmodelle … wie nicht anders zu erwarten.»

«Das ist ja wohl eine alte Gewohnheit von dir!»

«Was willst du? Der Koch kostet schließlich auch von seinen Gerichten.»

«Oh! Das ist ja ein prima Vergleich!», rief Ahlam in gespieltem Zorn.

«Mein erstes Mal, das war mit einem jungen Mädchen, sie war so alt wie ich, ungefähr siebzehn. Ich habe sie nie völlig nackt gemalt, weil sie das nicht wollte. Übrigens musste ich bei unserem Bild wieder an sie denken und daran, wie es war, bei diesem allerersten Mal. Ich hatte sie so wie vorhin dich in Position für einen Dreiviertel-Rückenakt gebracht. Aber sie stand dabei aufrecht. Sie trug ein hauchdünnes Kleid, dessen Oberteil über ihre Hüften herabgeglitten war. Ihr Nacken war nackt, ihre Arme waren nackt, ihr Rücken war nackt. Ich hatte die unteren Knöpfe ihres Kleides aufgeknöpft, um die Linien ihres Körpers bis zum Ansatz der Pobacken freizulegen. Ihr Körper war perfekt. Ihre langen schlanken Beine mündeten am oberen Ende in einen klassischen Nektarinenpo und schienen am unteren kaum den Boden zu berühren. Aber das war alles nichts im Vergleich zu ihrem Blick, der mich entflammte, ihren langen, goldleuchtenden Wimpern, die ein schwarzer Lidstrich betonte, und ihren Augen, deren unergründliche Tiefe von sattem, ruhigem Ozeanblau zu luftig-wolkigem Hellblau changierte.»

«Danke, es reicht, lass uns das Thema wechseln», erklärte Ahlam leicht gereizt, weil Paul sich mit so sichtlichem Vergnügen an seine erste Liebe erinnerte.

Sie verschloss ihm den Mund mit einem gierigen Kuss. Sie hatte wieder Lust, Liebe zu machen. Seit einer Woche verbrachte sie nun schon den größten Teil ihrer Zeit in Pauls Armen. Sie hatte Vater und Großmutter erzählt, sie hätten die Arbeit jetzt mit Hochdruck wiederaufgenommen, und ihnen schon zweimal vorgeflunkert, sie würde die Nacht wegen einem Treffen, das spät zu Ende ginge, bei einer Freundin in Sfax verbringen. Doch sie hatte Kerkennah nicht verlassen und nur selten Pauls Bett. Und sie hatte wieder begonnen, Klavier zu spielen, zur großen Freunde ihres Liebsten. Doch der hatte bisher noch keinen Versuch gestartet, zu ihrer Musik zu malen. Das würde schon noch kommen, dachte Ahlam. Es gab Wichtigeres zu tun, auch wenn Paul das hinauszögerte.

Paul wusste, dass er handeln musste. Ahlam wartete darauf. Aber er brauchte diese Waffenruhe, diesen Rückzug von der Welt. Eine Zeitlang ausschließlich nur im Moment und in der Liebe leben, locker und federleicht. Ahlams Aktbild würde sie brüsk in die Realität zurückbringen, ins Tunesien der Salafisten und der Gewalt. Dieses Bild auszustellen, hieße, sich erneuter Angst und Gefahr auszusetzen, sich ein geruhsames Leben und ein sorgloses Glück zu versagen. Grund genug zu zögern. Aber das Bild war fertig. Paul hatte es eigenhändig gerahmt. Ahlam fand es phantastisch, eine entsicherte Granate war das!

«Paul, liebst du mich?»

«Natürlich, was für eine Frage.»

«Warum liebst du mich?»

Paul setzte eine nachdenkliche Miene auf.

«Weil du Ahlam bist, eine wunderschöne, superintelligente junge Frau, eine Pianistin der Extraklasse und ein …»

«Ein was?»

«Ein Sturkopf, ein Hitzkopf, eine Kämpferin.»

«Also liebst du mich auch, weil ich für das, woran ich glaube, kämpfe?»

Ahlam hatte gewonnen. Paul unternahm pro forma einen letzten Versuch.

«Ahlam, dieses Bild …»

«Dieses Bild ist sensationell gut.»

«Mag sein, aber es ist unglaublich gefährlich.»

«Gefährlich! Paul, sieh mich an! Du liebst mich dafür, dass ich bin, wie ich bin. Und du weißt, was sie mir angetan haben. Und was sie Tunesien angetan haben. Paul, ich verachte sie. Ich will sie bekämpfen. Ich habe einmal nachgegeben. Ich war zu schwach. Jetzt habe ich dich an meiner Seite. Unsere Liebe macht mich stark. Ich habe vor nichts Angst. Aber ich brauche dich und deinen Mut. Ich bin so glücklich. Nach Mamas Tod war ich nie mehr so glücklich. Und wenn man glücklich ist, hat man keine Angst. Ich habe keine Angst. Wenn du bei mir bist, habe ich keine Angst.»

«Du hast keine Angst, weil du neunzehn bist, Ahlam. Wenn man achtunddreißig ist, macht das Glück einem Angst. Das Leben hat einen gelehrt, dass das Glück an einem seidenen Faden hängt. Aber wie dem auch sei, ich füge mich deinem Wunsch. Ich wusste, was ich tat, als ich dieses Bild malte. Es ist zu spät, um einen Rückzieher zu machen. Gleich morgen fange ich an.»

Und Paul zog in den Krieg. Er rief all seine Bekannten in Paris an, und sogar in Tunesien. Die Medien zu mobilisieren, war das geringste Problem. Die saßen in den Startlöchern, seit Paul ihnen seinerzeit sein Projekt vorgestellt hatte. Das Schwierigste war, einen passenden Ausstellungsraum zu finden. Es verstand sich von selbst, dass er die Ausstellung nicht einem größeren Personenkreis anbot. Paul wäre nicht nur auf höfliche Ablehnung gestoßen, das Regime hätte in Windeseile Kenntnis von seinem Plan erlangt. Doch die Vernissage sollte auf jeden Fall in Tunesien stattfinden. Wenn Paul es klug anging, konnte man im günstigsten Fall darauf hoffen, dass das Bild zwei, drei Tage lang ausgestellt bliebe, bevor die unvermeidlichen Reaktionen einträten, von Seiten des Regimes, von Seiten der Salafisten – oder von beiden.

Es galt also, in Rekordzeit die größtmögliche mediale Aufmerksamkeit zu erzielen. Diese Ausstellung musste ein absolut einzigartiges, richtungweisendes Event werden. Warum also nicht gleich das schönste Museum, den großartigsten Rahmen, die prächtigste Kulisse auswählen, um der Welt ein neues *Guernica* zu präsentieren? Paul erinnerte sich an den Besuch des Direktors des Bardo-Museums. Dieser hatte sich persönlich nach Kerkennah bemüht, um Paul zuzureden, seine Gemälde bei ihm im Museum auszustellen. Gewiss, die Zeiten hatten sich geändert und derjenige, der dieses Bild ausstellte, würde mit Sicherheit seinen Posten verlieren, ganz zu schweigen von möglichen Repressalien und physischen Risiken. Hatte Paul das Recht, ein solches Opfer zu verlangen? Ahlam zumindest war davon fest überzeugt. Revolutionen verlangten nun mal Opfer. Und schließlich sei der Direktor des Bardo-Museums groß genug, um selbst zu entscheiden.

Die Begegnung fand drei Tage später auf Kerkennah statt. Der Direktor des Bardo war alt geworden. Er hatte Schwierigkeiten beim Gehen, auch wenn seine Miene noch immer den Filou von früher verriet. Er brannte vor Ungeduld, die großen Gemälde des Meisters zu sehen, doch dieser zeigte ihm nur eines. Auf den ersten Blick erlag der Direktor der Schönheit dieses Pastellgemäldes. Und dann begriff er. Ahlam, natürlich! In den Medien war von ihrem Martyrium die Rede gewesen. Die westlichen Medien hatten den Fall hochgespielt. Die Opposition hatte es zum Wahlkampfthema gemacht. Und das hier war die Krönung des Ganzen, der Gipfel der Provokation. Paul hatte ihm eine Falle gestellt. Er wollte ihn quälen, ihn auf die Zerreißprobe stellen zwischen seiner Kunstbegeisterung und der Loyalität gegenüber seinen neuen Vorgesetzten.

«Warum tun Sie mir das an?»

«Nehmen Sie es nicht persönlich. Ich brauche Sie, um dieses Bild auszustellen, das ist alles.»

«Sie wissen doch selber, dass das unmöglich ist.»

«Wieso?»

«Weil ich meinen Posten verlieren würde. Ich bin ein alter Mann, Monsieur Arezzo.»

«Vor einigen Jahren haben Sie mich hier aufgesucht, weil Sie um jeden Preis meine Bilder ausstellen wollten.»

«Das stimmt. Mir war zu Ohren gekommen, dass Sie phantastische Pastellbilder von Kerkennah machen.»

«Und ist das, was Sie hier sehen, etwa kein phantastisches Pastellbild von Kerkennah? Kennen Sie irgendetwas Schöneres auf dieser Insel?»

«Hören Sie auf! Sie wissen ganz genau, was ich meine. Ich

mag die Salafisten genauso wenig wie Sie, aber um ein Gemälde im Bardo auszustellen, benötige ich Genehmigungen. Es gibt ein Zensurkomitee. Tunesien ist nicht mehr, was es einmal war.»

«Was es einmal war? Sie meinen zu Zeiten Ben Alis, zu Zeiten der Vetternwirtschaft, der Korruption und des faulen Kompromisses? Das Tunesien von heute ist eine leere Hülle. Es wird das sein, was wir aus ihm machen, was Sie aus ihm machen. Machen Sie ein Land der Feigheit und Gewalt aus ihm, ein Land neuerlicher fauler Kompromisse – oder machen Sie es zum Vorbild für die ganze muslimische Welt, zu einer Insel der Möglichkeiten, einer einzigartigen Erfahrung. Noch ist es Zeit. Dieses Gemälde ist Teil der Möglichkeiten, Teil des Widerstands, Teil der Zukunft.»

«Es tut mir aufrichtig leid. Aber ich kann nicht. Ich bin zu alt. Ich bin mit dem Herzen auf Ihrer Seite. Ich werde Stillschweigen bewahren.»

Paul hatte damit gerechnet. Recht bedacht, lag es ja auf der Hand. Was bliebe jetzt noch an Möglichkeiten? Sein Glück woanders versuchen, auf die Gefahr hin, dass sich die Sache herumspricht?

Als er Ahlam von seinem Misserfolg erzählte, spielte ein rätselhaftes Lächeln um ihre Lippen. Sie hatte da so eine Idee. Vermutlich schon seit langem. Zum Teufel mit den Galerien! Zum Teufel mit den Museen. Ein Gemälde ließ sich überall ausstellen. Und es gab da einen Ort, der war wie gemacht dafür. Hauptsache, die Weltpresse wäre anwesend. Dieses Bild sollte in Tunesien ins Licht der Öffentlichkeit treten, an dem Ort, an dem es entstanden war, im Haus am Meer.

«Das ist nicht dein Ernst! Hier? Das ist Wahnsinn, Ahlam!»

«Weil du eine bessere Idee hast?»

«In Frankreich.»

«Hör auf. Du weißt ganz genau, dieses Bild muss in Tunesien an die Öffentlichkeit. Das ist seine Mission, hier hat es die größte Durchschlagskraft. Und welch besseren Ort als das Meerhaus gäbe es denn?»

«Und hast du an die Sicherheitsvorkehrungen gedacht?»

«Lass uns nur die Vernissage machen. Und nur mit der tunesischen und der internationalen Presse. Unter Ausschluss jeden Publikums. Ich werde ein paar Freunde bitten, für unsere Sicherheit zu sorgen. Nur einen Tag, einen einzigen Tag. Kameras, Mikrophone, Interviews. Und am nächsten Tag wird man von nichts anderem als von dem Bild sprechen … und von Tunesien. Die Ennahda wird es nicht verhindern können. Die Salafisten werden es nicht verhindern können. Die ganze Welt wird ihren Blick auf Kerkennah richten.»

Paul überlegte. Ahlam war blankes Dynamit. Sie hatte recht. Es war möglich. Es war machbar.

«Einverstanden», sagte Paul.

Ahlam stellte sich auf die Zehenspitzen und gab ihm aus voller Seele einen Kuss.

«Genau aus diesem Grund liebe ich dich so sehr.»

«Aber im Gegenzug will ich, dass du mir drei Dinge versprichst», setzte Paul hinzu.

«Ich höre.»

«Erstens, wenn alles vorbei ist, gehen wir nach Frankreich und werden dort leben.»

«Einverstanden.»

«Zweitens werden wir uns alle beide an die Arbeit machen und mein Projekt zum Abschluss bringen.»

«Einverstanden.»

«Drittens wirst du mich heiraten.»

Ein Leuchten ging über Ahlams Gesicht. Dann zog sie eine Kleinmädchenschnute.

«Ich würde ja schon wollen, aber da musst du erst Papa fragen.»

EINUNDZWANZIGSTES KAPITEL

Farhat. Wie eine Eins steht er da, auf seinem Boot, in seinem geblümten Hemd. Aufrecht, sich treu geblieben inmitten einer Welt, die zusammenbricht. Farhat, ein wenig verloren, im Zweifel, wie er sich jetzt verhalten soll. Auf Kerkennah haben die bösen Zungen kein anderes Thema mehr. Paul und Ahlam, so zischeln sie, Ahlam und der Ungläubige. Sind noch nicht einmal verheiratet. Auf Kerkennah hatte man den Maler aufrichtig geschätzt. Aber das war einmal, vor Ennahda. Heute gehört es nicht mehr zum guten Ton, einen Maler zu lieben, geschweige denn einen Maler aus dem Lager der Ungläubigen. Die Gemüter haben sich salafisiert. Natürlich nicht alle. Aber die Opportunisten, die Verlierer und die Revanchisten haben sofort «Hier» gerufen. Und von denen gibt es auf Kerkennah mehr, als Farhat sich je hätte vorstellen können. Das muss ein Modeeffekt sein, so wie in Paris oder Sydney, New York oder Amsterdam. Und deshalb muss Farhat jetzt mit Paul sprechen, dringend. Nur dass das nicht so einfach ist. Nur dass Paul seit so langer Zeit sein Freund ist. Farhat hat sich gegenüber Paul immer ein wenig wie ein Kind gefühlt. Und da ist noch etwas anderes. Farhat weiß nicht, was er eigentlich will. Er weiß nicht, was jetzt das Richtige wäre.

Paul musste lächeln, als er Farhat vor seiner Tür sah. Seltsam war das. Er wäre ihn am Abend besuchen gekommen. Und nun tat Farhat den ersten Schritt. Such nicht groß nach Worten, Farhat, ich weiß, was du mir sagen willst. In Remla wird viel getratscht. Alle wissen, was los ist. Die braven Leutchen sind empört. Und du bist unglücklich, Farhat. Beruhige dich. Du bist nicht umsonst gekommen. Ich bin reinen Herzens. Mein Entschluss steht fest.

«Guten Tag, *ahki*, wie geht's dir?»

«Danke, ganz gut», antwortete Paul. «Magst du nicht auf einen Kaffee oder einen Tee hereinkommen?»

Es sei denn ... Vor Pauls innerem Auge tauchte der ideale Schauplatz für die fällige Aussprache auf.

«Wie spät ist es jetzt, *abibi*?»

«Ungefähr sechs», antwortete Farhat ziemlich verblüfft.

«Was hältst du von einer kleinen Bootspartie?»

«Jetzt?!»

«Ich finde, das ist der ideale Moment.»

Schweigend gingen die beiden Freunde an Bord. Es wehte eine leichte Brise, und Farhat lenkte die Feluke langsam aufs offene Meer hinaus. Er verstand nun, was Paul wollte, und ihm ging es genauso: nur sie beide allein auf hoher See, fern der anderen, fernab vom Ufer.

Farhat sah auf Kerkennah hinüber. Das dürfte genügen. Er holte das Segel ein.

«*Akhi*, ich muss mit dir reden.»

«Ich weiß, *abibi*. Aber womit willst du anfangen?»

Farhat war erleichtert. Dank Pauls feinfühliger Frage musste er nicht gleich zum Kern der Sache vorstoßen. Vorausgesetzt, ihm fiele ein unverfängliches Thema ein. Er dachte angestrengt nach. Was könnte er ihn nur fragen? Ach ja!

«Du musst mir nicht antworten, *akhi*, wenn es dir nicht

passt. Vor einiger Zeit war Ahlam mal sehr zornig auf dich. Sie wollte nicht mehr ins Haus am Meer gehen. Sie wollte nicht mehr Klavier spielen. Sie regte sich auf, wenn man von dir sprach. Es war in der Zeit direkt vor Ben Alis Sturz.»

«Ist es wirklich das, was du wissen willst?», erwiderte Paul amüsiert. «Dann will ich deine Neugier befriedigen, auch wenn mich die Frage wundert. Erinnerst du dich noch an Sophia, die Blondine mit den langen Beinen, die nach Kerkennah gekommen war, um für mich Modell zu stehen?»

«Ich laufe bestimmt nicht Gefahr, sie je zu vergessen, weder ich noch sonst irgendwer auf Kerkennah.»

«Gut. Nun, es ist so, dass ich mich damals ein wenig hinreißen ließ …»

«Ein wenig …»

«… ein wenig hinreißen ließ. Na, du verstehst schon. Das Problem war, dass Ahlam uns dabei überrascht hat. Sie kam zum Klavierspielen. Und es war, sagen wir mal, kaum der geeignete Moment.»

Farhats Augen wurden immer runder.

«Du willst sagen …»

«Ja, ich fürchte, sie hat einer Szene beigewohnt, die ein wenig … gewagt war. Aber wenn sie mir das so sehr verübelt hat, dann aus einem viel ernsteren Grund, und aus diesem Grund wolltest du mit mir reden.»

Paul hatte Farhat eine goldene Brücke gebaut, aber Farhat blickte beharrlich nach unten, auf die Planken.

«Hey, Farhat, weißt du, was wir jetzt brauchen? Mein lieber Scholli, das haben wir ja schon ewig nicht mehr gemacht. Halt mal auf eine deiner Rosé-Bojen zu.»

Farhat war hocherfreut. Ihm fiel ein Stein vom Herzen.

Alles, was ihm half, Zeit zu gewinnen, war willkommen. Er steuerte also eine Rosé-Boje an. Auf dem Weg dorthin drehte und wendete er die Worte in seinem Kopf. Wie sollte er nur diese Frage stellen, ohne seinen Freund zu verletzen? Das Segel sackte wie ein toter Vogel zu Boden. Fast zeitgleich verlor die Feluke an Fahrt. Paul zog aus dem Bauch des Meeres ein Netz voller Roséweinflaschen, die wie vor Wohlbehagen perlten. Er entkorkte eine, goss erst seinem Freund ein, dann sich selber. Die beiden Männer wollten auf etwas anstoßen.

«Auf was?», fragte Farhat.

«Bitte, Farhat. Ich fühl mich auch nicht besser als du. Du weißt nicht, was du sagen sollst, aber mach dir nichts draus, wenn einer reden muss, dann bin ich das. Denn ich bin hier der Antragsteller. Monsieur Farhat, Monsieur mein bester Freund, Monsieur der Mann, den ich auf diesem kleinen Planeten, auf dem die Leute sich aus lauter idiotischen Gründen gegenseitig umbringen, am meisten schätze, Monsieur das Genie, das mit Nora außergewöhnliche Geschöpfe gezeugt hat, Monsieur der Fischer des Kerkennah-Archipels, würden Sie mir wohl gestatten, das schönste Juwel von ganz Tunesien zur Frau zu nehmen? *Abibi*, ich bitte dich um die Hand deiner Tochter.»

Es folgte eine lange Pause. Paul respektierte weiße Flecken auf der Leinwand und Pausen in der Musik, aber zu ausgedehnt sollten sie auch wieder nicht sein.

«Ich fasse mal kurz zusammen, lieber Freund. Erstens ist es nicht so leicht, auf einer Feluke bei Sonnenuntergang so eine Nachricht zu verdauen, noch nicht mal mit einer Flasche Rosé. Zweitens bin ich ein Ungläubiger von achtunddreißig Jahren, während deine Tochter eine neunzehnjährige Muslimin ist. Unterm Strich bin ich doppelt so alt wie sie und alles andere als der ideale Schwiegersohn.»

Paul wartete. Bis auf das Plätschern der Wellen gegen den Bug der Feluke war es ganz still. Es war ein so angenehmes, friedliches Geräusch. Vor ihm saß Farhat mit sorgenvoller Miene. Und dachte angestrengt nach. Es war rührend, ihn so zu sehen. Paul konnte seine Gedanken unschwer erraten. Was hätte Nora davon gehalten?

«Hör mal, Farhat, zerbrich dir den Kopf nicht allzu sehr, dann wird bloß der Rosé warm. Schenk mir lieber noch ein Gläschen ein, und dir gleich dazu.»

Wenn Farhat hätte schwimmen können, wäre er ins Meer gesprungen, um einen klaren Kopf zu bekommen. Es gelang ihm nicht, auch nur einen Gedanken zu fassen. Er hatte nicht eine Sekunde lang erwogen, dass Paul ihn um die Hand seiner Tochter bitten könnte. Auf die Gerüchte hatte er ihn ansprechen wollen, die über ihn und Ahlam kursierten. Er hatte gehofft, dass Paul ihn verstünde und Abstand von Ahlam nähme. So verstrichen etliche Minuten ohne ein Wort. Paul war es, der den Rosé nachschenkte. Farhat trank mechanisch. Allein das Meer rhythmisierte seine Gedanken. In der Ferne sah er die Lichter des Hauses am Meer. Er erinnerte sich an die Renovierungsarbeiten, die Auswahl der Materialien, die Unheil abwendende Seezunge über der Tür. Er erinnerte sich an all die glücklichen Momente, die sie zusammen verlebt hatten. An die langen Abende mit Nora, an Issams und Ahlams fröhliches Gelächter. Er stellte sich Paul und seine Tochter in dem großen Haus vor, sie am Klavier, er an der Staffelei. Er ahnte, welch ein harmonisches und kraftspendendes Leben das wäre. Und dann fiel es ihm plötzlich wie Schuppen von den Augen. Natürlich, es stand so geschrieben. Mit Sicherheit stand es so geschrieben. So musste es sein. Er liebte seine Tochter wie sich selbst. Er liebte Paul wie sich selbst. Und warum nicht? Wieso eigentlich nicht? Was konnte er Besseres für Ahlam erhoffen?

Farhat stellte sein Glas ab und umarmte seinen Freund.

«Ja, *akhi*, ja. Ich bin sehr stolz.»

«O *abibi*, wenn du wüsstest, wie erleichtert ich jetzt bin. Und Ahlam wird so was von glücklich sein. Wenn es dir wichtig ist, *abibi*, kann ich auch Muslim werden.»

«Nein, *akhi*. Bleib, wie du bist. Du bist Christ, Ahlam ist Muslimin. Na und! Die Welt ist verrückt geworden. Lass uns klüger sein als die Welt. Aber jetzt muss ich dir etwas beichten.»

«Nanu, Farhat, die Beichte gehört doch ins Christentum, nicht zum Islam.»

«Paul, ich war dir im tiefsten Inneren lange Zeit sehr, sehr böse. Und das war nicht gerecht von mir.»

«Warum denn, *abibi*?»

«Weil du an Noras Seite warst, als sie gestorben ist, und weil das eigentlich mein Platz gewesen wäre. Es kam mir so vor, als hättest du mir einen kostbaren Moment gestohlen. Und dann hast du mir nie von Noras letzten Minuten erzählt.»

«Du hast mich nie danach gefragt.»

«Du hättest von dir aus darauf kommen müssen. Ich dachte, du wolltest diese Erinnerungen mit niemandem teilen.»

«Farhat, manche Dinge lassen sich nur schwer erzählen, sind kaum mitteilbar. Aber als ich neben ihr saß, *abibi*, ihr die Hand hielt und ihr die Stirn kühlte, da dachte sie nur an dich und eure Kinder. Sie liebte euch so sehr und war froh, dass du sie nicht leiden sehen musstest. Das war für sie eine Erleichterung, auch wenn sie dich so gern ein letztes Mal geküsst hätte. Sei mir deshalb nicht böse, Farhat.»

«Und jetzt willst du mir Ahlam wegnehmen.»

«Sie ist und bleibt doch deine Tochter, und du bist und bleibst mein Freund.»

ZWEIUNDZWANZIGSTES KAPITEL

Abdelmalik observierte die Ruine des Gebäudes gegenüber, rund zweihundert Meter entfernt. Assads Soldaten hatten sich darin verschanzt. Und einer von ihnen tat im Moment sicher dasselbe wie Abdelmalik. Aber es geschah nie etwas, oder doch nur sehr selten. Vor drei Tagen hatte sein Kompagnon seinen Kopf ein wenig zu früh herausgesteckt. Und schon hatte ihn ein Heckenschütze erwischt. Man musste also doch auf der Hut sein. Und eben das war so verdammt schwierig. Die Tage vergingen mit Warten, doch nie passierte irgendetwas. Und schwupp, vergaß man die elementaren Sicherheitsregeln. Abdelmalik mochte diesen Job als *ribaat** überhaupt nicht. Es hatte ihm vorher besser gefallen, als er an der großen Kreuzung im Einsatz war, unweit der früheren Schule. Er hatte darüber schon mit seinem Emir gesprochen, aber nur ein sadistisches Grinsen zur Antwort bekommen. Abou Hassan el Iraki konnte Abdelmalik nicht leiden. Er kochte innerlich schon hoch, wenn er diesen struppigen Straßenkater nur sah. Abdelmalik wünschte sich nichts sehnlicher, als Ayman dabeizuhaben. Der hätte gewusst, was zu tun ist. Der hätte ihn verstanden. Abdelmalik verstand überhaupt nichts. Erst war da dieser Emir, ein Ehemaliger von Saddam Husseins Geheimdiensten. Abdelmalik

* Wachtposten, bewaffnete Patrouille

fand das höchst merkwürdig. Dann war da dieser Vorfall mit den drei Mitgliedern der Freien Syrischen Armee. Sie hatten sich mehr oder weniger verlaufen und waren vom *ribaat* des Postamts festgenommen worden. Abdelmalik wusste zwar, dass Abou Hassan el Iraki die Ungläubigen der FSA nicht mochte, aber sie deshalb gleich so abzuknallen, ganz ohne jede Diskussion! Genau genommen hatte die *katiba* von el Iraki bisher mehr Mitglieder der FSA umgelegt als Soldaten von Assad. Abdelmalik war nicht der Einzige, der das seltsam fand. Auch andere Brüder schätzten es nicht besonders, Sunniten zu töten.

Nichtsdestotrotz hatte man die Befehle zu befolgen und sich nicht allzu viele Fragen zu stellen. Abdelmalik lächelte. Genau das waren die Worte seines Kompagnons gewesen, bevor ihm die Kugel des Heckenschützen durch den Schädel fuhr. Abdelmalik fragte sich, was man fühlte, wenn einem eine Kugel durch den Kopf schoss. Blieb einem überhaupt noch Zeit, sich dessen bewusst zu werden? Ging man sofort ins *firdaus* ein, oder landete man erst in einer Warteschleife? Eigentlich ist es ja unglaublich, dachte Abdelmalik, man sitzt irgendwo im Dreck und guckt sich von früh bis spät die Augen nach dem Feind aus. Einmal denkt man kurz an was anderes, und paff!, schon ist man im Paradies, umgeben von Huris, eine schöner als die andere.

Abdelmalik schloss die Augen. Er sah sich schon am Ziel. Er hatte noch nie mit einer Frau geschlafen, und dann gleich … den Anfang mit einer Paradiesjungfrau machen! Er hätte gern ein bisschen vorab auf Erden trainiert, aber Abou Hassan teilte die künftigen Ehefrauen zu. Mangel herrschte keiner. Sie kamen von überall her. Sogar Französinnen waren darunter! Und die meisten waren blutjung. Abdelmalik dachte wieder an seinen Kompagnon. Dem war das wenigstens noch vergönnt gewesen, drei Tage vor seinem Tod. Und er hatte ihm davon erzählt.

«Das kannst du dir nicht vorstellen, Abdelmalik. Ihre Haut ist wie ... total irre ... echt wie Seide. Sie ist sechzehn und kommt aus Holland. Ich verstehe kein Wort von dem, was sie sagt, aber das macht nichts. Außerdem ist sie ungeheuer fromm, fährt voll auf den *dîn** ab.»

«Und ihr Vater hat die Genehmigung für die Heirat gegeben?»

«Also, weißt du, das ist so: Eine Genehmigung brauchst du nicht, wenn der Vater ein Ungläubiger ist. Die brauchst du nur, wenn der Vater Muslim ist.»

Abdelmalik hatte die Augen wohl ein wenig zu lange geschlossen. Denn er war eingenickt, mit einem kleinen Lächeln auf den Lippen. Ein riesiger Schmerz riss ihn unsanft aus dem Schlaf. Assads Soldaten! Überall waren sie. Und vor allem war da einer direkt über ihm, der ihm gerade eins mit dem Gewehrkolben über den Brustkorb gezogen hatte. Jetzt schien er darüber nachzudenken, was er mit seinem Gefangenen anstellen solle. Abdelmalik sagte sich, dass er wirklich ein Pechvogel war. Tage und Tage als *ribaat* im Dienst, und dann greifen die ausgerechnet in dem Moment an, in dem er mal eben kurz eingeschlafen war. Der Soldat über Abdelmalik überlegte noch immer. Er zögerte. Sollte er ihn mitnehmen, um ihm ein paar Fragen zu stellen? Er musterte seinen Gefangenen. Der sah wirklich nach gar nichts aus.

* Religion

Dieser kleine Scheißdreck mit dem struppigen Haar hätte vermutlich nichts Spannendes zu erzählen. Wozu sich die Mühe machen, ihn erst noch zu foltern! Der Soldat legte seine Kalaschnikow auf Abdelmalik an und drückte ab. Ein einziger Schuss, mitten ins Herz.

Eine Woche später erfuhr Ayman aus Sabers Mund von Abdelmaliks Tod. Er hätte sich freuen müssen. Das macht man üblicherweise. Aus Abdelmalik war ein *shahid* geworden. Er war zur Stunde im Paradies. Er hatte den Dreck, den Hunger, den Krieg hinter sich gebracht. Adieu, Straßenkatze. Aber Ayman war traurig. Sollten denn nur die Ungläubigen das Recht haben, den Tod derer, die ihnen nahestanden, zu beweinen?

DREIUNDZWANZIGSTES KAPITEL

Es war ein voller und magischer Tag. Die Weltpresse fiel über Kerkennah her wie ein Heuschreckenschwarm übers Feld. Das hatte der Archipel noch nie erlebt. Eine ganze Fähre, die *El Loud*, brechend voll, Dutzende von Journalisten, Kameras, armlange Mikrophone, die unwahrscheinlichsten Apparaturen, mobile Satelliten-Relais-Stationen. Die Moderatoren trugen Anzug und Krawatte. Die Moderatorinnen Röcke und Stöckelabsätze. Die Techniker sahen aus, als kämen sie gerade von einem Einsatz im afrikanischen Busch zurück. Am meisten fielen die Japaner auf. Sie waren klein, zahlreich und ausgesucht höflich. Und alle waren sie handverlesen. Hatten das Geheimnis gewissenhaft gewahrt. Die Gelegenheit war einfach zu schön. Paul war ein Rätsel, und ein Teil dieses Rätsels würde nun im Rahmen einer Sneak-Preview-Session gelüftet. Und dann war da vor allem dieses Gemälde! Seit seiner berühmten Serie der Frau mit dem wandelbaren Blick hatte Paul nicht mehr ausgestellt. Er war nicht mehr in Paris. Er lebte an diesem weltabgeschiedenen, unbekannten Ort, den Kerkennah-Inseln. Sein freigewähltes Exil hatte die Aura des Mysteriösen, die ihn umgab, noch verstärkt. Und die politisch instabile Lage Tunesiens machte das Ganze aufregend gefährlich, als hinge ein Hauch von Schwefel in der Luft. Paul war eine romantische Perle, eingeschlossen in einer tunesischen Auster, die sich endlich öffnete. Und sich höchstwahrscheinlich kurz darauf wieder schließen würde. Die Redaktionen hatten ihre besten Journalisten, die besten Mitarbeiter geschickt. Etwas Unglaubliches sollte sich dort ereignen, auf diesem völlig flachen Stückchen Land. Das Ganze lief so pünktlich wie ein Uhrwerk ab. Als man in der Präfektur von Sfax zum Großeinsatz blies, war es längst zu spät. Niemand verstand, was vor sich ging. Tunis verlangte Erklärungen, die kein Mensch liefern konnte. Auf Kerkennah organisierte der Kommissar eilends ein Empfangskomitee, wurde aber nur mit ironischen Antworten abgespeist.

«Wir machen eine Reportage über die Inselgruppe.»

Warum gerade jetzt? Warum die ganze Welt auf einmal?

Von Minute zu Minute wuchs die Aufregung. Tunis wurde nervös, bestand auf einer Erklärung. Gegen elf Uhr konnte dem Innenminister endlich eine überprüfte Information zugestellt werden.

«Sie sind alle beim Maler.»

«Was tun sie denn da?»

«Das wissen wir nicht.»

«Und wofür werdet ihr dann bezahlt?»

Der Kommissar machte sich mit einem mulmigen Gefühl zum Haus am Meer auf. Der Strand war schwarz von Menschen. Auf der Terrasse waren Kameras auf Stativen aufgebaut. Davor glänzten Aluminium-Parabolantennen im Sonnenlicht. Der Kommissar wagte sich bis auf die Veranda vor. Dort stand Paul. Er gab auf Englisch ein Interview und erklärte mit Verve, dass es Aufgabe der Kunst sei, den Fanatismus zu bekämpfen, und dies hier sei der Kampf des Lichts gegen den Obskurantismus. Ahlam machte im Wohnzimmer dasselbe auf Arabisch. Sie erzählte zum tausendsten Mal bis ins kleinste Detail, was die Terroristen ihr angetan hatten. Auf der Couch saßen zwei Franzosen und ein Engländer und tranken Bier. Ein Chinese spielte am Klavier einen Song von Frank Sinatra. Der Kommissar wusste nicht, an wen er sich wenden sollte. Er fing den Blick einer tunesischen Journalistin auf und ging zu ihr hin.

«Was ist denn das hier für ein Zirkus?»

Die Journalistin musterte den Kommissar voller Verachtung. Es war unverkennbar, dass es sich um einen Polizisten handelte. Er roch drei Meilen gegen den Wind nach Schnüffler.

«Das ist eine Vernissage.»

«Eine Vernissage von was?»

«Was kann man denn vernieren, außer Metallknöpfen?»

Der Kommissar hatte keinen blassen Schimmer.

«Schauen Sie mal da. Das Bild!»

Der Kommissar schaute. Es war seltsam. Eine nackte Frau mit Striemen, die von Hieben herzurühren schienen, quer über den Rücken, fast wie Zebrastreifen. Er ging näher. Das Gesicht kam ihm bekannt vor. Aber natürlich, das war Ahlam. Dieses Flittchen, das auf allen Titelseiten geprangt hatte.

«Nun, haben Sie es begriffen, oder brauchen Sie noch eine Gebrauchsanleitung?»

Der Kommissar hatte nur eines begriffen: Es stank zum Himmel. Er war keine Kapazität, er konnte keine genaue Analyse der Konsequenzen dessen vorzulegen, was sich da im Haus am Meer zutrug, aber andere in Tunis brauchten nicht lange, um das Ausmaß der Katastrophe zu erkennen.

Der Kommissar durfte ruhig wieder in seinen Büroschlaf versinken. Im Internet und den sozialen Netzwerken war die Bombe längst geplatzt. Es folgten das Radio und die Abendnachrichten. Und am nächsten Morgen prangte das Bild in Farbe in sämtlichen Tageszeitungen, mit dem Titel *Das Zebra* und mit der Bildunterschrift: «Der tunesische Traum in den Händen der Salafisten».

Als Paul und Ahlam aufwachten, wussten sie, dass sie eine Schlacht gewonnen hatten. Sie waren glücklich und hungrig. Nach dem Mittagessen setzte Ahlam sich ans Klavier. Sie spielte lange Berlioz, während Paul auf dem Sofa vor sich hinträumte. Dann schlug Ahlam gedankenverloren mit der rechten Hand ein paar Töne an. Sie sah sich als Neunjährige vor der Tastatur. Ihre kleinen Finger spielten die Tonleiter, einschließlich der Halbtöne: C, Cis, D, Dis, E, F, Fis, G, Gis, A, Ais.

«Spiel mir das noch mal vor!», rief Paul.

«Das ist doch nur die Tonleiter.»

«Spiel das, bitte!»

Pauls Stimme klang ungeduldig und herrisch. Ahlam gehorchte: C, Cis, D, Dis, E, F, Fis, G, Gis, A, Ais.

«Das ist doch nicht die Möglichkeit!», rief Paul. «All die Jahre! All die Jahre, und dabei liegt die Antwort auf der Hand, ist so simpel, so einfach.»

«Was hast du denn?», fragte Ahlam besorgt.

Paul stand auf und ging zu Ahlam ans Klavier. Sie stellte sich vor ihn und suchte nach einer Antwort in seinen Augen.

«Ahlam, das ist es! Ich hab's! Ich hab's gefunden, dank dir!»

Er nahm die junge Frau in die Arme und wirbelte sie durch die Luft. Ihr flogen fast die Flipflops von den Füßen.

«Hör auf, mir ist schon ganz schwindlig. Erklär es mir lieber.»

Ahlams Besorgnis schwand, weil Paul so schallend lachte. Sie ließ sich von seinem Lachen anstecken, obwohl sie den Grund noch immer nicht kannte. Schließlich landeten beide, während die Welt sich um sie drehte, erschöpft auf dem Boden, lagen Seite an Seite auf dem Rücken und holten erst einmal tief Luft. Paul wandte Ahlam sein Gesicht zu, fast berührten sich ihre Lippen.

«Elf, Ahlam, elf! C, Cis, D, Dis, E, F, Fis, G, Gis, A, Ais. Elf und keine Note mehr. Die Tonleiter mitsamt der Halbtöne. Elf – wie die elf Vokalreime. Aus meinem Traum ist Wirklichkeit geworden!»

«Ich dachte, ich wäre dein Traum», antwortete Ahlam, die an Pauls Freudenausbruch ihre helle Freude hatte.

«Aber natürlich, mein Schatz, du bist mein Männertraum. Du wärst der Traum eines jeden Mannes. Aber ich habe auch meinen Künstlertraum. Wir haben den Schlüssel gefunden, den Schlüssel für mein System des großen Ganzen, den Beweis für die Einheit aller Künste. Für das C, D, E und F werden wir die Vokalreime *o*, *é*, *i* und *a*, sprich Orange, Grün, Grau und Gelb wählen. Für das Cis wählen wir den Vokalreim *on*, für das Dis das *è*, für das Fis das *eu*, für das G das *ou*, für das Gis das *u*, für das A das *in* und für das Ais das *an*.»

«Mein armer Liebling, du hast das H vergessen, weil ich es nicht gespielt habe. Es sind nicht elf Grundtöne, sondern zwölf. Dein System ist unvollkommen.»

«Wer spricht denn von Vollkommenheit? Ich suche die Einheit der Kunst, nicht ihre Vollkommenheit. Mein System ist nicht vollkommen, weil es die Unvollkommenheit der Welt reflektiert. Und exakt diese Kleinigkeit hindert es daran, vollkommen zu sein, dieser zwölfte Ton, der Ton der Diskordanz. Er wird das sein, was wir aus ihm machen. Er ist die künstlerische Freiheit. Er kann eine spezielle Farbnuance sein, ein Konsonantenreim, oder einfach nur eine Pause. Sobald ein H auftaucht, machen wir das Beste daraus, um die Welt und das Bild zu verschönern. Diese Kleinigkeit bestimmt alles, das ganze Leben, das Wunder, das Unerwartete.»

«Warum ausgerechnet das H?»

«Weil das H ein Joker ist, eine Hypothese, und weil alle Hypothesen erlaubt sind. Weil das H sich auf alles und jedes reimt. Weil es eine grenzenlose Auswahl bietet. Wenn du nicht wärst, mein Schatz, was wäre dann ich? Wenn du nicht wärst, was täte dann ich? Ich stünde vor meinem Bild und fieberte jedem einzelnen H entgegen. Was aber täte ich dann mit ihm? Das ist die Frage! Und mit der Antwort überraschte ich mich selbst.»

«Du bist verrückt, mein Liebling. Ich bin sicher, du wirst die ganze Nacht durch malen.»

«Oh ja, die ganze Nacht. Und weißt du auch, was ich malen werde?»

«Nein, aber ich vermute stark, etwas, was bisher noch keiner gemalt hat.»

«Genau, ich werde eine Oper malen. Nicht die ganze Oper, nur einen Teil, den zentralen Part der Handlung. Eine Oper malen! Stell dir das mal vor! Ein so phantastisch komplexes Klanggeflecht in einem Feuerwerk von Farben explodieren zu lassen! Und auch ihre Seele zu malen, die Seele der Oper, und ihren Geist, um dem Gemälde ihren Atem einzuhauchen. Das wird ein absolut einmaliges Werk, für das ich eine außergewöhnliche Figur brauche. Man malt eine Figur, und ihr Geist nimmt Gestalt an. Mein Ziel ist die ganz große Symbiose aus Worten, Farben und Klängen anhand der universellen Menschheitsthemen, der Vergänglichkeit, dem Begehren, dem Tod. Rate mal, auf wen meine Wahl gefallen ist!»

«Die Vergänglichkeit, das Begehren, der Tod? Keine Ahnung.»

«Auf Mozarts *Don Giovanni*! Wen sonst? Ich liebe die Abgründigkeit seines Don Giovanni, die brutale Aufrichtigkeit, mit der er zu seinen Lügen, seiner Niedertracht, seinem ungeschminkten Egoismus steht, mit der er bekennt, nur der eigenen Lust zu frönen. Ich liebe die Wahrheit dieses Lebens in ihrer grenzenlosen Melancholie. Das Leben ist ein Spiel, das dieser Don Giovanni spielt, und bei dem er hinter der frivolen Maske der Wollust mit Anmut verliert. Don Giovanni, der Pseudo-Libertin, ein so düsterer wie feuriger Charakter! Kannst du dir das vorstellen? Düster und feurig zugleich! Ich werde ein Bild malen, das ihm gleicht, mit frappierenden, furchterregenden Kontrasten. Leuchtende Farben, die auf dunklem Grund explodieren. Aber es wartet eine Menge Arbeit auf uns. Wir müssen uns gründlich in Szene 15 im zweiten Akt vertiefen, Don Giovannis Höllenfahrt. Da finden wir alle Abgründigkeit und die Finsternis, die wir brauchen. Wir werden uns anhören, wie die Zeit entfleucht, wie der Tod naht, wie das Begehren sich in Angst verwandelt. Wir werden deutlich das nahende Ende spüren, den sich öffnenden Schlund, das Höllenfeuer. Ich denke, ich werde ganz viel Dunkelblau setzen, um die Trostlosigkeit und die unerträgliche Conditio humana dieses Don Giovanni zu malen: Mondscheinblau, Königsblau, Marineblau.»

«Und was tue ich dabei?», fragte Ahlam und zappelte aufgeregt.

Pauls nahezu mystischer Überschwang wirkte allmählich ansteckend.

«Du wirst die Partitur vereinfachen. Du reduzierst sie auf die Gesangsmelodie und die zentralen Akkorde. Wir nehmen die französische Übersetzung des Librettos als Grundlage. Da wir jeder Note der Tonleiter, außer natürlich unserem variablen H, eine Grundfarbe und einen Vokalreim zuordnen, werden die Akkorde mit den wichtigsten Konsonantenreimen und den zugehörigen Farbnuancen gekoppelt. Natürlich nehmen wir uns ein paar Freiheiten heraus, wie Übersetzer es tun, Hauptsache ist, dass wir die Kraft und den Geist des Don Giovanni bewahren. Wir müssen streng auf einen musikalischen Satzrhythmus achten und uns nicht scheuen, auch mal schräge Konsonanzen zu verwenden, um möglichst expressive Farbkontraste zu erzielen. Aber lass uns von vorne anfangen. Hol dir ein Blatt und einen Stift. Ich werde dir alles diktieren.»

Ahlam ging zu dem zierlichen Damensekretär rechts von Pauls französischem Bett hinüber. Sie setzte sich und harrte der Dinge. Paul, völlig verklärt von seiner Inspiration, blieb stehen.

«Hör gut zu, dass dir ja nichts entgeht.»

Ahlam lauschte konzentriert. Wort für Wort protokollierte sie die lange Liste des neuen Prévert der Malerei. Paul war ein wahrer Alchimist. In einer anderen Epoche wäre er als Hexer auf dem Scheiterhaufen gelandet. Ahlam notierte:

A (GELB), REIM WEIBLICH, NOTE F: *Quercetin, Safran, Gold, Zitrone, Antimon, Chrom, Zink, Cadmium, Ockergelb.*

AN (WEISS), REIM WEIBLICH, NOTE AIS: *Antik-, Silber-, Blei- und Cremeweiß, Kremserweiß, Milchweiß, Kalkweiß, Spanischweiß.*

È (BEIGE), REIM ANDROGYN, NOTE DIS: *Wolle, Icy-Beige, Metallic Beige, Zimt, Beige Hâlé, Weichholz, Weizen-, Sand-, Perlbeige.*

É (GRÜN), REIM MÄNNLICH, NOTE D: *Englischgrün, Smaragdgrün, Mandel, Pistazie, Seladongrün, Veronesergrün, Jade, Lind- und Flaschengrün.*

EU (BLAU), REIM MÄNNLICH, NOTE FIS: *Ultramarin, Himmelblau, Kobaltblau, Preußischblau, Marineblau, Mondscheinblau, Königsblau, Indigo, Blauviolett.*

I (GRAU), REIM ANDROGYN, NOTE E: *Perl-, Maus-, Eisen-, Schiefergrau, Anthrazit, Kaltgrau, Apfelschimmel.*

O (ORANGE), REIM ANDROGYN, NOTE C: *Kadmium, Apricot, Tango, Goldorange, Karamellorange, Blutorange, Pomeranze, Ocker-Orange.*

ON (MARRON), REIM MÄNNLICH, NOTE CIS: *Siena, Eiscafé, Chocolat, Honigkuchen, Terracotta, Samtbraun, Dunkelholz.*

OU (ROT), REIM WEIBLICH, NOTE G: *Kadmiumrot, Karmesin, Brandrot, Amaranth, Cochenille, Kirsch, Krapprot, Purpur, Zinnoberrot, Granat, Rubin, Blutrot.*

U (Schwarz), Reim männlich, Note Gis: *Elfenbeinschwarz, Kaaba, Kohlschwarz, Carbonschwarz, Holzkohle, Korkeiche verbrannt, Weinsteinschwarz, Anilin.*
IN (Rosé), Reim weiblich, Note A: *Flieder, Altrosé, Lachs, Bonbon, Blassrosa, Zartrosa, Krabbenrosa, Silberrosé.*
Note H: *Improvisation.*

Ahlam betrachtete ihr Blatt. Ihr war, als hätte sie einen Schatz vor Augen, die Bundeslade mit den zwölf Geboten des Künstlers. Paul hatte sich aufs Bett gelegt. Er wirkte erschöpft. Na, dann wollen wir mal sehen, ob ich es nicht schaffe, dich wieder flottzumachen, du großes Genie, dachte Ahlam und näherte sich dem Bett.

Nach dem Liebesspiel war Ahlam fest eingeschlafen. Als sie aufwachte, war Paul verschwunden. Aber sie wusste, wo sie ihn finden würde. Sie erhob sich und schlüpfte in einen Bademantel. Paul stand im Wohnzimmer an der Staffelei. Von der Leinwand, zwei mal drei Meter groß, strahlte ein einsamer Don Giovanni in Spanischweiß. Zu seinen Füßen taten sich tiefe Strudel von der Farbe dunklen Holzes auf. Im inneren Auge jedes Strudels war ein Mondscheinblau. Je weiter die Farbkreise sich vom inneren Auge entfernten, umso heller wurden sie. Diese Halos von eisiger Hitze waren von blutroten Aureolen umgeben. Am Grund der Strudel erahnte man das Grün des Höllenschlunds.

Ahlam küsste Paul in den Nacken.

«Paul, warum liebst du die Kontraste so sehr?»

«Weil das Leben aus lauter Kontrasten besteht, aus magischen und aus unglaublich schmerzlichen Momenten. Was dazwischen liegt, zählt nicht, es ist nur Zeit, die vorübergeht.»

VIERUNDZWANZIGSTES KAPITEL

«Wo steckt deine Tochter?»

Mehr hörte Farhat nicht. Auch sah er kaum etwas. Doch er dachte sich sein Teil. Männer waren ins Schlafzimmer eingedrungen, hatten ihm eine Kapuze über den Kopf gestülpt, ihn auf den Bauch gedreht und gefesselt. Und jetzt war Fatima dran. Farhat hörte seine Mutter einmal aufschreien, das war's.

Ahlam war nicht da, weil sie die Nacht bei Paul verbrachte.

Engumschlungen lagen die beiden im Bett. Ihr Anblick löste eine Explosion glühenden Hasses aus, eine Orgie blanker Gewalt. Es prasselte Fußtritte, Fausthiebe, Schläge mit dem Gewehrkolben. Paul wurde von den Schlägen völlig entstellt. Ahlam kauerte sich zusammen, um ihr Gesicht zu schützen. Irgendwann hörte das Geprassel auf. Stille trat ein. Nur die erstickten Schluchzer des jungen Mädchens waren noch zu hören.

«Führt sie raus, an den Strand», befahl Saber. «Und sucht mir sämtliche Bilder zusammen.»

Paul und Ahlam wurden wie Stoffpuppen bis zum Strand geschleift, dann auf den kalten Sand geworfen. Während einiger Sekunden passierte nichts. Dann wurde Paul brutal bei den Haaren gepackt. Er lag mit blutigem Gesicht auf den Knien.

«Wir haben die Schlüssel für die Tür gefunden. Jetzt gib uns den Code.»

«Für welche Tür?»

«Die Tür zum Geheimzimmer. Halt mich nicht für einen Trottel.»

Mit seinen geschwollenen Lidern hatte Paul Mühe, den Mann vor sich zu erkennen.

«Bist du das, Nourdine?»

«Ja, ich bin's. Und – Überraschung! – Issam ist auch dabei.»

Paul drehte den Kopf leicht nach rechts. Da war Issam. Als Ahlam den Namen ihres Bruders hörte, richtete sie sich trotz ihrer Schmerzen auf und schrie:

«Issam, was machst du? Wir sind das, Issam, Paul und ich!»

Issam gab keine Antwort. Er hatte kaum einen Blick für seine Schwester. Saber hockte sich vor Paul hin.

«Hör zu, ich hab meine Zeit nicht gestohlen. Entweder du rückst den Code raus, oder ich töte das Mädchen. Ich werde dich das kein zweites Mal fragen.»

«Dreimal nach rechts, dann sechsmal nach links.»

Sabers Männer machten sich an die Arbeit. Sie waren zu zehnt, schätzte Paul. Es dauerte nicht lange, und die übereinandergestapelten Bilder bildeten einen Scheiterhaufen, der etwa anderthalb Meter hoch war. Eine der Frauen mit dem wandelbaren Blick lehnte fast aufrecht an einer Seite des Scheiterhaufens, Paul direkt gegenüber. Nur ein Gemälde war noch übrig, Ahlams Aktbild. Saber hielt es am ausgestreckten Arm von sich weg und betrachtete es aufmerksam.

«Du hättest uns nicht provozieren sollen», sagte Saber. «Du wirst sterben. Aber bevor du stirbst, wirst du alles mit ansehen.»

«Issam, warum bist du da?», fragte Paul und sah ihm direkt in die Augen.

Issam sagte kein Wort. Saber antwortete an seiner Stelle:

«Du bist ja echt komisch, Franzose. Was glaubst du denn? Ich habe ihm angeboten, nicht mitzukommen. Aber er hat es sich nicht ausreden lassen. Schließlich wurde er ja übler als wir alle beleidigt. Du hast seine Schwester zur Nutte gemacht. Du hast der ganzen Welt ihren Körper gezeigt. Du hast sie zur Sünde verführt. Sie wird in der Hölle schmoren, und das nur wegen dir. Issam hat mich um einen Gefallen gebeten, und ich habe nicht nein gesagt. Willst du wissen, was es ist?»

«Dass er es ist, der mich töten darf.»

«Genau. Aber nicht nur das. Vorher lässt Issam das Werk des Scheitans noch in Flammen aufgehen.»

Saber nickte Issam kurz zu. Der verschwand und kam Sekunden später mit einem Kanister in der Hand zurück. Gewissenhaft besprengte er die Bilder mit Benzin. Darunter nicht wenige, die er selbst gemalt hatte. Ahlam sah ihm zu. Sie weinte nicht mehr. Sie spürte keinen Schmerz mehr. Sie wollte nur noch, dass das hier schnellstmöglich zu Ende ginge. Issam trat einen Schritt zurück, dann warf er ein brennendes Streichholz in den Haufen. Fast auf der Stelle züngelten die Flammen hoch. Saber kam näher heran und schleuderte Ahlams Bild auf den Flammenberg. Paul sah unverwandt geradeaus: auf den Blick seiner Mutter. Er sagte sich, wenn er es schaffte, völlig in diesen Blick einzutauchen, nur noch an ihn zu denken, sich ganz auf ihn zu konzentrieren, wäre alles andere inexistent, machte ihm der Tod keine Angst. Doch plötzlich fingen die Augen seiner Mutter Feuer. Die Flammen waren von hinten gekommen. Hatten sich als Erstes durch die Augen gebohrt. Paul sah die beiden schwarzen Löcher inmitten des vollkommenen Gesichts. Er schloss die Augen. Als er sie wieder aufschlug, war von dem Bild nichts mehr übrig. Das Feuer brannte noch immer lichterloh. Paul musste lächeln. So weit war es mit Tunesien gekommen. Zehn Terroristen entzünden ein Feuer an einem der Strände von Kerkennah. Und lassen sich dabei Zeit. Sind noch nicht einmal vermummt, in der Gewissheit, nicht gestört zu werden. Denn es würde niemand kommen. Das Feuer war kilometerweit zu sehen, aber weder Polizei noch Armee würden auch nur den kleinen Finger rühren. Sein Tod war längst beschlossene Sache. Und nicht nur für Saber. Aber da war noch Ahlam. Paul blickte sie an. Auch sie blickte ihn an. Und dieser Blick schien zu sagen, hab keine Angst, wir bleiben für immer und ewig zusammen. Saber stand keinen Meter von der jungen Frau entfernt. Paul musste Gewissheit haben. Es war das Einzige, was ihm noch wichtig war.

«Was macht ihr mit Ahlam?»

«Du willst wissen, ob ich sie töte?», entgegnete Saber.

«Ja.»

«Wir töten keine Frauen», erwiderte Saber, während er sich zu Ahlam umdrehte. «Du solltest mal den Koran lesen», fügte er hinzu.

Dann lief Saber zu Issam hinüber. Mitfühlend legte er seine rechte Hand auf Issams linke Schulter.

«Bringen wir's zu Ende.»

Issam ging an Paul vorbei, ohne ihn anzusehen. Paul lag noch immer auf den Knien.

«Issam, du hattest Gold in den Händen», sagte Paul mit farbloser Stimme.

Paul spürte Issams Anwesenheit hinter sich. Er sah ein letztes Mal Ahlam an. Sie schloss die Augen. Auch Paul schloss die Augen. Sie würde leben. Nur das allein zählte. Issam packte mit der Linken Pauls Haarschopf und zog ihn nach hinten.

Eins, zwei, drei. Bei drei bin ich nicht mehr da, *mon amour*, dachte Paul. Und Ahlam antwortete ihm: «Wirst du mich je vergessen, dort, wo du bist?»

EPILOG

Die Sonne versank in den Wellen und ließ das Haus am Meer im Licht ihrer letzten Strahlen erglühen. In der Ferne war noch so eben Farhats geblümtes Hemd erkennbar. Das weiße Segel seiner Feluke leuchtete rot. Das war die Stunde, die Paul am liebsten mochte, dachte Farhat, und nicht nur, um zu malen. Wie oft hatten sie nicht bei Sonnenuntergang gemeinsam Kurs auf die Boje mit dem Rosé genommen? Farhat schloss die Augen. Er sah seinen Freund vor sich, mit einem Glas in der Hand.

«Sag mal, *abibi*, was sagt man eigentlich für Aperitif auf Arabisch?»

«Dafür gibt es kein Wort.»

Ungefähr zur gleichen Stunde, am selben Ort, hatte Paul damals um Ahlams Hand angehalten. Farhat schlug die Augen wieder auf und schaute hinüber zum Haus am Meer. Er wusste, dass im selben Moment ein orangenes Licht Pauls Grab sanft erleuchtete, im Garten unter dem Mandelbaum. Auf der Terrasse räumte ein kleiner Junge von zwei Jahren, des Künstlers ultimatives Meisterwerk, konzentriert die große Plastikkiste mit den Spielsachen aus. Ahlam und Fatima sahen ihm dabei zu. Er nahm drei Pastellkreiden, richtete sich auf und lief auf pummeligen Beinchen zu seiner Mama hin. Als er vor ihr stand, öffnete er die Hand, und da sah sie die Stifte.

«Papa», sagte er.

DANK

Einmal mehr ein herzliches Dankeschön an Karina, Muriel und das gesamte Team der Éditions Lattès für das Vertrauen, das sie mir entgegengebracht haben. Diesmal ohne Emmanuelle in der ersten Reihe, denn sie hatte Wichtigeres zu tun. Ein freundschaftlicher Gruß an Grégoire Delacourt, der mich darin bestärkt hat, einen Roman zu schreiben. Und schließlich möchte ich allen Tunesierinnen und Tunesiern danken, die dafür kämpfen, allen zu zeigen, dass ein islamisches Land sehr wohl eine weltoffene, anderen Kulturen zugewandte Demokratie sein kann und dass die Frau dem Mann ebenbürtig ist und nicht seine Ergänzung.

QUELLENNACHWEISE

Die beiden Koranzitate auf Seite 111 und Seite 112 wurden folgender Ausgabe entnommen:

Der Koran. Das heilige Buch des Islam. Aus dem Arabischen von Max Henning. Überarbeitet und herausgegeben von Murad Wilfried Hofmann. Heinrich Hugendubel Verlag, Kreuzlingen, München 1999, 2. Auflage 2001, Seite 330 (Sure 31, «Luqmân», Vers 6) und Seite 234 (Sure 17, «Die Nachtfahrt», Vers 64).

Das Verlaine-Zitat auf Seite 91 in der Übersetzung von Richard Schaukal stammt aus der Anthologie:

Das junge Frankreich. Eine Anthologie der Übertragungen, herausgegeben von Friedrich von Oppeln-Bronikowski, Oesterheld, Berlin 1908, Kapitel 5, Seite 40.

Soundtrack zu dem Roman *Ahlam* von Voix de Plumes: http://www.voixdeplumes.com

MIX
Papier aus verantwortungsvollen Quellen
FSC® C083411
FSC
www.fsc.org

Das für dieses Buch verwendete Papier ist FSC®-zertifiziert.